郁达夫◎著

郁达夫精品文集

Yudafu jingpin wenji

团结出版社

UNITY PRESS

图书在版编目（CIP）数据

郁达夫精品文集 / 郁达夫著. —北京：团结出版
社，2018.1（2024.5 重印）
ISBN 978-7-5126-5435-8

Ⅰ.①郁… Ⅱ.①郁… Ⅲ.①中国文学—现代文学—
作品综合集 Ⅳ.①I216.2

中国版本图书馆 CIP 数据核字（2017）第 196883 号

出　　版：团结出版社
　　　　　（北京市东城区东皇城根南街84号　邮编：100006）
电　　话：（010）65228880　65244790（出版社）
网　　址：http://www.tjpress.com
E-mail：zb65244790@vip.163.com
经　　销：全国新华书店
印　　装：三河市金兆印刷装订有限公司

开　　本：640mm×915mm　16开
印　　张：12.5
字　　数：200千字
版　　次：2018年1月　第1版
印　　次：2024年5月　第3次印刷

书　　号：978-7-5126-5435-8
定　　价：68.00元

前言 / QIANYAN

中国现代文学的时间跨度大致从 1919 年五四运动始，到 1949 年中华人民共和国建立止。

从五四新文化运动到 1937 年抗战爆发为其前半期，从抗战爆发到新中国建立为后半期。

进入 20 世纪，世界列强把中国变成了半封建半殖民地的国家，民族危机感对 20 世纪中国民族的文化心理产生了不可估量的影响，以"天下之中"自诩的中国当政者再也撑不下去了。现代与传统，新思潮与旧意识的斗争愈演愈烈。

先是"白话文运动"，接着就是陈独秀和胡适极力倡导的文学现代化。从此，现代文学就如打开了闸门的洪水，以汹涌澎湃之势，义无反顾地冲决一切阻力，不可遏止地成就了一片汪洋。从而，一种崭新的文学形态在深重的危机感和中国古典文学厚重的土壤上诞生了。

进入 20 世纪 20 年代，现代文学的影响和实践范围进一步拓展，由泛泛的思想和宣传转化为具体而专门的文学实践。

全国各大城市风起云涌般地出现了种种刊物，报纸也纷纷办起了副刊，有意无意地发表了许多散文、小说、小品等白话文学作品，一时竟蔚成风气，为现代文学开辟了阵地。全国各地也涌现出了许多青年文学社团，造就了一大批卓有建树的现代文学作家。一时间，写散文、写小说、写诗歌、写小品、写剧本，翻译欧、美、日文学作品，出专集、出结集、出选集……蔚为大观。

现代文学的作者们在自己的作品中生动地抒写了自己的禀性、气质、情思、嗜好、习惯、修养、人生经历和人生哲学，生动地表现自己的思想感情和人格，无情地撕破了道貌岸然的面具，彻底地反对封建主义桎梏，彻底摒弃了为圣人解经、为圣人立言的旧思想、旧传统，字里行间充满了民族觉醒和自我解放，这反映了作者们由封闭型思维体系向开放型思维体系的转化，亦即由自我完善、自我调节、自我延续向面对世界、面对新潮、面对社会人生转化。

当然，各作者的经历不同，其间中西、新旧、激进与保守思想的差异也必然存在。但无论如何，中国现代作家自觉地将文学的内容和形式与时代联系起来，共同地给予现代文学规定了明确的目的：即文学的创作是这样一种时代的工作，它本身是历史向未来过渡的一个重要部分。而未来，必然是比当时美好的，有希望的。

中国现代文学史早期最重要的作家有郁达夫。

郁达夫（1896-1945），本名郁文，字达夫，浙江富阳人。早年入私塾受启蒙教育，后到嘉兴、杭州等地中学读书。1913 年随哥哥赴日本留学，学经济专业，后转向文学创作。1921 年和郭沫若一起创办创造社，并开始小说创作。郁达夫一生著述甚丰。1930 年参加中国左翼作家联盟。1945 年在苏门达腊被日本宪兵杀害。

郁达夫是 20 世纪 20 年代中国现代文学中仅次于鲁迅的最重要的小说家之一。郁达夫自称自己身上有三重精神要素：对大自然的迷恋、向空远的渴望和远游之情。这些反映到他的作品中，形成善于写风景、回归大自然的郁达夫的特色。

"五四"运动的主题可以概括为"人的发现"。但中国现代文学中"自我"的范围是极不稳定的。在当时社会秩序迅速崩溃的现实中大多是找不到归属感的，郁达夫也是其中之一。郁达夫的作品所呈现出的颓废和病态正是一种历史危机时刻主体性漂泊不定的反映。郁达夫的"自叙传"的小说形式也正是在这个意义上显示了更深刻的文学价值。

本书选编了郁达夫作品的大部分，基本可以反映作者的思想、才华和艺术取向。

目录 / MULU

▶▶▶ 散文

>>> 小说

散文

夜在龙游宿，并且还上城隍庙去看了半夜为募捐而演的戏。龙游地方银行的吴姜诸公，约于明日中午去吃龙游的土菜，所以三迷石，乌石山等远处，是不能去了。

感伤的行旅

一

犹太人的飘泊，听说是上帝制定的惩罚。中欧一带的"寄泊栖"的游行，仿佛是这一种印度支族浪漫的天性。大约是这两种意味都完备在我身上的缘故罢，在一处沉滞得久了，只想把包裹雨伞背起，到绝无人迹的地方去吐一口郁气。更况且节季又是霜叶红时的秋晚，天色又是同碧海似的天天晴朗的青天，我为什么不走？我为什么不走呢？

可是说话容易，实践艰难，入秋以后，想走想走的心愿，却起了好久了，而天时人事，到了临行的时节，总有许多阻障出来。八个瓶儿七个盖，凑来凑去凑不周全的，尤其是几个买舟借宿的金钱。我不会吹箫，我当然不能乞食，况且此去，也许在吴头，也许向楚尾，也许在中途被捉，被投交有砂米饭吃有红衣服着的笼中，所以踏上火车之先，我总想多带一点财物在身边，免得为人家看出，看出我是一个无产无职的游民。

旅行之始，还是先到上海，向各处去交涉了半天。等到几个版税拿到在手里，向大街上买就了些旅行杂品的时候，我的灵魂已经飞到了空中："Over the hills and far away." 坐在黄包车上的身体，好像在腾云驾雾，扶摇上九万里外去了。头一晚，就在上海的大旅馆里借了一宵宿。

是月暗星繁的秋夜，高楼上看出去，能够看见的，只是些黄苍颓荡的电灯光。当然空中还有许多同蜂衙里出了火似的同胞的杂噪声，和许多有钱的人在大街上驶过的汽车声融合在一处，在合奏着大都会之夜的"新魔丰腻"，但最触动我这感伤的行旅者的哀思的，却是在同一家旅舍之内，从前后左右的宏壮的房间里发出来的娇艳的肉声，及伴奏着的悲凉的弦索之音。屋顶上飞下来的一阵两阵的比西班牙舞乐里的皮鼓铜琶更野噪的锣鼓响乐，也未始不足以打断我这愁人秋夜的客中孤独，可是同败落头人家的喜事一样，这一种绝望的喧阗，这一种勉强的干兴，终觉得是肺病患者的脸上的红潮，静听起来，仿佛是有四万万的受难的人民，在这野声里啜泣似的，"如此烽烟如此（乐），老夫怀抱若为开"呢？

不得已就只好在灯下拿出一本德国人的游记来躺在床沿上胡乱地翻读……

一七七六，九月四日，来干思堡，侵晨。

早晨三点，我轻轻地偷逃出了卡儿斯罢特，因为否则他们怕将不让我走。那一群将很亲热地为我做八月廿八的生日的朋友们，原也有扣留住我的权利；可是此地却不可再事淹留下去了。……

这样地跟这一位美貌多才的主人公看山看水，一直的到了月下行车，将从勃伦纳到物络那（Vom Brenner bis Verona）的时候，我也就在悲凉的弦索声，杂噪的锣鼓声，和怕人的汽车声中昏沉睡着了。

不知是在什么地方，我自身却立在黑沉沉的天盖下俯看海水，立脚处仿佛是危岩巉兀的一座石山。我的左壁，就是一块身比人高的直立在那里的大石。忽而海潮一涨，只见黑黝黝的涡旋，在灰黄的海水里鼓荡，潮头渐长渐高，逼到脚下来了，我苦闷了一阵，却也终于无路可逃，带黏性的潮水，就毫无踌躇地浸上了我的两脚，浸上了我的腿部，腰部，终至于将及胸部而停止了。一霎时水又下退，我的左右又变了石山的陆地，而我身上的一件青袍，却为水浸湿了。在惊怖和懊恼的中间，梦神离去了我，手支着枕头，举起上半身来看看外边的样子，似乎那些毫无目的，毫无意识，只在大街上闲逛，瞎挤，乱骂，高叫的同胞们都已归笼去了，马路上只剩了几声清淡的汽车警笛之声，前后左右的娇艳的肉声和弦索声也减少了，幽幽寂寂，仿佛从极远处传来似的，只有间隔得很远的竹背牙牌互击的操搭的声音，大约夜也阑了，大家的游兴也倦了罢，这时候我的肚里却也咕噜噜感到了一点饥饿。

披上棉袍，向里间浴室的瓷盆里放了一盆热水，漱了一漱口，擦了一把脸，再回到床前安乐椅上坐下，呆看住电灯擦起火柴来吸烟的时候，我不知怎么的陡然间却感到了一种异样的孤独。这也许是大都会中的深夜的悲哀，这也许是中年易动的人生的感觉，但无论如何，我觉得这样的再在旅舍里枯坐是耐不住的了，所以就立起身来，开门出去，想去找一家长夜开炉的菜馆，去试一回小吃。

开门出去，在静寂粉白和病院里的廊子一样的长巷中走了一段，将要从右角转入另一条长廊去的时候，在角上的那间房里，忽而走出了一位二十左右，面色洁白妖艳，一头黑发，松长披在肩上，全身像裸着似的只罩着一件金黄长毛丝绒的 Negligee 的妇人来。

这一回的出其不意地在这一个深夜的时间里忽儿和我这样的一个潦倒的中年男子的相遇，大约也使她感到了一种惊异，她起始只张大了两只黑晶晶的大眼，怀疑惊问似的对我看了一眼，继而脸上涨起了红霞。似羞缩地将头俯伏了下去，终于大着胆子向我的身边走过，走到另一间房间里去了。我一个人发了一脸微笑，走转了弯，轻轻地在走向升降机去的中间，耳朵里还听见了一声她关闭房门的声音，眼睛里还保留着她那丰白的圆肩的曲线，和从宽散的她的寝衣中透露出来的胸前的那块倒三角形的雪嫩的白肌肤。

司升降机的工人和在廊子的一角呆坐着的几位茶役，都也睡态朦胧了，但我从高处的六层楼下来，一到了底下出大门去的那条路上，却不料竟会遇见这许多暗夜之子在谈笑取乐的。他们的中间，有的是跟妓女来的龟头鸨母，有的是司汽车的机器工人，有的是身上还披着绒毯的住宅包车夫，有的大约是专等到了这一个时候，夹入到这些人的中间来骗取一枝两枝香烟，谈谈笑笑藉此过夜的闲人罢，这一个大门道上的小社会里，这时候似乎还正在热闹的黄昏时候一样，而等我走出大门，向东边角上的一家茶馆里坐定，朝壁上的挂钟细细看了一眼时，却已经是午夜的三点钟了。

吃取了一点酒菜回来，在路上向天空注看了许多回。西边天上，正挂着一钩同镰刀似的下弦残月，东北南三面，从高屋顶的电火中间窥探出去，也还见得到一颗两颗的暗淡的秋星，大约明朝不会下雨这一件事情总可以决定的了。我长啸了一声，心里却感到了一点满足，想这一次的出发也还算不坏，就再从升降机上来，回房脱去了袍袄，沉酣地睡着了四五个钟头。

二

几个钟头的酣睡，已把我长年不离身心的疲倦医好了一半了，况且赶到车站的时候，正还是上行特别快车将发未动的九点之前，买了车票，挤入了车座，浩浩荡荡，火车头在晨风朝日之中，将我的身体搬向北去的中间，老是自伤命薄，对人对世总觉得不满的我这时代落伍者，倒也感到了一心的快乐。"旅行果然是好的"，我斜倚着车窗，目视着两旁的躺息在太阳和风里的大地，心里却在这样的想："旅行果然是不错，以后就决定在船窗马背里过它半生生活罢！"

江南的风景，处处可爱，江南的人事，事事堪哀，你看，在这一个秋尽冬来的寒月里，四边的草木，岂不还是青葱红润的么？运河小港里，岂不依旧是白帆如织满在行驶的么？还有小小的水车亭子，疏疏的槐柳树林。平桥瓦屋，只在大空里吐和平之气，一堆一堆的干草堆儿，是老百姓在这过去的几个月中间力耕苦作之后的黄金成绩，而车辚辚，马萧萧，这十余年中间，军阀对他们的征收剥夺，掳掠奸淫，从头细算起来，哪里还算得明白？江南原说是鱼米之乡，但可怜的老百姓们，也一并的作了那些武装同志们的鱼米了。逝者如斯，将来者且更不堪设想，你们且看看政府中什么局长什么局长的任命，一般物价的同潮也似的怒升，和印花税、地税、杂税等名目的增设等，就也可以知其大概了。啊啊，圣明天子的朝廷大事，你这贱民哪有左右容喙的权利，你这无智的牛马，你还是守着古圣昔贤的大训，明哲以保其身，且细赏赏这车窗外面的迷人秋景罢！人家瓦上的浓霜去管它作甚？

车窗外的秋色，已经到了烂熟将残的时候了。而将这秋色秋风的颓废末级，最明显地表现出来的，要算浅水滩头的芦花丛薮，和沿流在摇映着的柳色的鹅黄。当然杞树，枫树，柏树的红叶，也一律的在透露残秋的消息，可是绿叶层中的红霞一抹，即在春天的二月，只教你向树林里去栽几株一丈红花，也就可以酿成此景的。

至于西方莲的殷红，则不问是寒冬或是炎夏，只教你培养得宜，那就随时随地都可以将其他树叶的碧色去衬它的朱红，所以我说，表现这大江南岸的残秋的颜色,不是枫林的红艳和残叶的青葱,却是芦花的丰白与岸柳的髡黄。

秋的颜色,也管不得许多,我也不想来品评红白,裁答一重公案,总之对这些大自然的四时烟景,毫末也不曾留意的我们那火车机头,现在却早已冲过了长桥几架,超过了洋澄湖岸的一角,一程一程的在逼近姑苏台下去了。

苏州本来是我依旧游之地,"一帆冷雨过娄门"的情趣,闲雅的古人,似乎都在称道。不过细雨骑驴,延着了七里山塘,缓缓的去奠拜真娘之墓的那种逸致,实在也尽值得我们的怀忆的。还有日斜的午后,或者上小吴轩去泡一碗清茶,凭栏细数数城里人家的烟灶,或者在冷红阁上,开开它朝西一带的明窗,静静儿的守着夕阳的晼晚西沉,也是尘俗都消的一种游法。我的此来,本来是无遮无碍的放浪的闲行,依理是应该在吴门下榻,离沪的第一晚是应该去听听寒山寺里的夜半清钟的,可是重阳过后,这近边又有了几次农工暴动的风声,军警们提心吊胆,日日在搜查旅客,骚扰居民,像这样的暴风雨将到未来的恐怖期间,我也不想再去多劳一次军警先生的驾了,所以车停的片刻时候,我只在车里跑上先跑落后的看了一回虎丘的山色,想看看这本来是不高不厚的地皮,究竟有没有被那些要人们刮尽。但是还好,那一堆小小的土山,依旧还在那里点缀苏州的景致。不过塔影萧条,似乎新来瘦了,这不会病酒,它不会悲秋,这影瘦的原因,大约总是因为日脚行到了天中的缘故罢。拿出表来一看,果然已经是十一点多钟,将近中午的时刻了。

火车离去苏州之后,路线的两边,耸出了几条绀碧的山峰来。在平淡的上海住惯的人,或者本来是从山水中间出来,但为生活所迫,就不得不在看不见山看不见水的上海久住的人们,大约到此总不免要生出异样的感觉来的罢,同车的有几位从上海来的旅客,一样的因看见了那西南一带的连山而在作点头的微笑。啊啊,人类本来就是大自然的一部分细胞,只教天性不灭,决没有一个会对了这自然的和平清景而不想赞美的,所以那些卑污贪暴的军阀委员要人们,大约总已经把人性灭尽了的缘故罢,他们只知道要打仗,他们只知道要杀人,他们只知道如何的去敛钱争势夺权利用,他们只知道如何的来破坏农工大众的这一个自然给与我们的伊甸园。啊呀,不对,本来是在说看山的,多嘴的小子,却又破口牵涉起大人先生们的狼心狗计来了,不说罢,还是不说罢,将近十二点了,我还是去炒盘芥莉鸡丁,弄瓶"苦配"啤酒来浇浇块垒的好。

三

正吞完最后的一杯苦酒的时候，火车过了一个小站，听说是无锡就在眼前了。

天下第二泉水的甘味，倒也没有什么可以使人留恋的地方。但震泽湖边的芦花秋草，当这一个肃杀的年时，在理想上当然是可以引人入胜的，因为七十二山峰的峰下，处处应该有低浅的水滩，三万六千顷的周匝，少算算也应该有千余顷的浅渚，以这一个统计来计算太湖湖上的芦花，那起码要比扬子江河身的沙渚上的芦田多些。我是曾在太平府以上九江以下的扬子江头看过伟大的芦花秋景的，所以这一回很想上太湖去试试运气看，看我这一次的臆测究竟有没有和事实相合的地方。这样的决定在无锡下车之后，倒觉得前面相去只几里地的路程特别的长了起来，特别快车的速度也似乎特别慢起来了。

无锡究竟是出大政客的实业中心地，火车一停，下来的人竟占了全车的十分之三四。我因为行李无多，所以一时对那些争夺人体的黄包车夫们都失了敬，一个人踏出站来，在荒地上立了一会，看了一出猴子戴面具的把戏，想等大伙的行客散了，再去叫黄包车直上太湖边去。这一个战略，本是我在旅行的时候常用常效的方法，因为车刚到站，黄包车价总要比平时贵涨几倍，等大家散尽，车夫看看不得不等第二班车了，那他的价钱就会低让一点，可以让到比平时只贵两成三成的地步。况且从车站到湖滨，随便走哪一条路，总要走半个钟头才能走到，你若急切的去叫车，那客气一点的车夫，会索价一块大洋，不客气的或者竟会说两块三块都不定的。所以夹在无锡的市民中间，上车站前头的那块荒地上去看一出猴犬两明星合演的拿手好戏，也是一件有意义的事情，因为我在看把戏的中间就在摆布对车夫的战略了。殊不知这一次的作战，我却大大的失败了。

原来上行特别快车到站是正午十二点的光景，这一班车过后，则下行特快的到来要在下午的一点半过，车夫若送我到湖边去呢，那下半日的他的买卖就没有了，要不是有特别的好处，大家是不愿意去的。况且时刻又来得不好，正是大家要去吃饭缴车的时候，所以等我从人丛中挤攒出来，想再回到车站前头去叫车的当儿，空洞的卵石马路上，只剩了些太阳的影子，黄包车夫却一个也看不见了。

没有办法，只好唱着"背转身，只埋怨，自己做差"而慢慢地踱过桥去，在无锡饭店的门口，反出了一个更贵的价目，才叫着了一乘黄包车拖我到了迎龙桥下。从迎龙桥起，前面是宽广的汽车道了，两公司的驶往梅园的公共汽车，隔十分就有一乘开行，并且就是不坐汽车，从迎龙桥起再坐小照会的黄包车去，也是十分舒适的。到了此地，又是我的世界了，而实际上从此地起，不但有各种便利的车子可乘，就是叫一只湖船，叫它直摇出去，到太湖边上去摇它一晚，也是极容易办到的事情，所以在一家新的公共汽车行的候车的长凳上坐下的时候，我心里觉得是已经到了太湖边上的开原乡一带，实在是住家避世的最好的地方。九龙山脉，横亘在北边，锡山一塔，障得往东来的烟灰煤气，西南望去，不是龙山山脉的蜿蜒的余波，便是太湖湖面的镜光的返照。到处有桑麻的肥地，到处有起屋的良材，耕地的整齐，道路的修广，和一种和平气象的横溢，是在江浙各农区中所找不出第二个来的好地。可惜我没有去做官，可惜我不曾积下些钱来，否则我将不买阳羡之田，而来这开原乡里置它的三十顷地，营五亩之居，筑一亩之室。竹篱之内，树之以桑，树之以麻，养些鸡豚羊犬，好供岁时伏腊置酒高会之资，酒醉饭饱，在屋前的太阳光中一躺，更可以叫稚子开一开留声机器，听听克拉衣斯勒的提琴的慢调或卡儿骚的高亢的悲歌。若喜欢看点新书，那火车一搭，只教有半日工夫，就可以到上海的璧恒、别发，去买些最近出版的优美的书来。这一点卑卑的愿望，啊啊，这一点在大人先生的眼里看起来，简直是等于矮子的一个小脚指头般大的奢望，我究竟要在何年何月，才享受得到呢？罢罢，这样的在公共汽车里坐着，这样的看看两岸的疾驰过去的桑田，这样的注视注视龙山的秋景，这样的吸收吸收不用钱买的日色湖光，也就可以了，很可以了，我还是不要作那样的妄想，且念首清诗，聊作个过屠门的大嚼罢！

Mine be a cot beside the hill A bee-hive's hum shall soothe my ear,

A willowy brook that turns a mill, With many a fall shall linger near.

The swal'ow, oft, beneath my thatch, Shall twitter from her clay-built nest,

Oft shall the pilgrim lift the latch, And share my meal, a welcome guest,

Around my ivied porch shall spring

Each fragrant flower that drinks the dew,

And Lucy, at her wheel, shall sing

In russet-gown and apron blue.

The village-church among the trees,

Where first our marriage-vows were given,

With merry peals shall swell the breeze

And point with taper spire to Heaven.

这样的在车窗口同诗里的蜜蜂似的哼着念着，我们的那乘公共汽车，已经驶过了张巷、荣巷，驶过了一支小山的腰岭，到了梅园的门口了。

四

梅园是无锡的大实业家荣氏的私园，系筑在去太湖不远的一支小山上的别业，我的在公共汽车里想起的那个愿望，他早已大规模地为我实现造好在这里了。所不同者，我所想的是一间小小的茅篷，而他的却是红砖的高大的洋房；我是要缓步以当车，徒步在那些桑麻的野道上闲走的，而他却因为时间是黄金就非坐汽车来往不可的这些违异。然而人同此心，心同此理，看将起来，有钱的人的心理，原也同我们这些无钱无业的闲人的心理是一样的，我在此地要感谢荣氏的竟能把我的空想去实现而造成这一个梅园，我更要感谢他既造成之后而能把它开放，并且非但把它开放，而又能在梅园里割出一席地来租给人家，去开设一个接待来游者的公共膳宿之场。因为这一晚我是决定在梅园里的太湖饭店内借宿的。

大约到过无锡的人总该知道，这附近的别墅的位置，除了刚才汽车通过的那支横山上的一个别庄之外，要算这梅园的位置算顶好了。这一条小小的东山，当然也是龙山西下的波脉里的一条，南去太湖，约只有小三里不足的路程，而在这梅园的高处，如招鹤坪前，太湖饭店的二楼之上，或再高处那荣氏的别墅楼头，南窗开了，眼下就见得到太湖的一角，波光容与，时时与独山、管社山的山色相掩映。至于园里的瘦梅千树，小榭数间，和曲折的路径，高而不美的假山之类，不过尽了一点点缀的余功，并不足以语园林营造的匠心之所在的。所以梅园之胜，在它的位置，在它的与太湖的接而又离，离而又接的妙处，我的不远数十里的奔波，定要上此地来借它一宿的原因，也只想利用利用这一点特点而已。

在太湖饭店的二楼上把房间开好，喝了几杯既甜且苦的惠泉山酒之后，太阳已有点打斜了，但拿出表来一看，时间还只是午后的两点多钟。我的此来，原想看一看一位朋友所写过的太湖的落日，原想看看那落日与芦花相映的风情的，若现在就赶往湖滨，那未免去得太早，后来怕要生出久候无聊的感想来。所以走出梅园，我就先叫了一乘车子，再回到惠山寺去，打算从那里再由别道绕至湖滨，好去赶上看湖边的落日。但是锡山一停，惠山一转，遇见了些无聊的俗物——在惠山泉水旁的大嚼豪游，及许多武装同志们的沿路的放肆高笑——我心里就感到了一心的不快，正同被强人按住在脚下，被他强塞了些灰土尘污到肚里边去的样子，我的脾气又发起来了，我只想登到无人来得的高山之上去尽情吐泻一番，好把肚皮里的抑郁灰尘都吐吐干净。穿过了惠山的后殿，一步一登，朝着只有斜阳和衰草在弄情调戏的濯濯的空山，不晓走了多少时候，我竟走到了龙山第一峰的头茅篷外了。目的总算达到了，惠山锡山寺里的那些俗物，都已踏踢在我的脚下。四大皆空，头上身边，只剩了一片蓝苍的天色和清淡的山岚。在此地我可以高啸，我可以俯视无锡城里的几十万为金钱名誉而在苦斗的苍生，我可以任我放开大口来骂一阵无论哪一个凡为我所疾恶者，骂之不足，还可以吐他的面，吐面不足，还可以以小便来浇上他的身头。我可以痛哭，我可以狂歌，我等爬山的急喘恢复了一点之后，在那块头茅篷前的山峰头上竟一个人演了半日的狂态，直到喉咙干哑，汗水横流，太阳也倾斜到了很低很低的时候为止。

气竭力嘶，狂歌高叫的声音停后，我的两只本来是为我自己的噪聒弄得昏昏的耳里，忽而沁的钻入了一层寂静，风也无声，日也无声，天地草木都仿佛在一击之下变得死寂了。沉默，沉默，沉默，空处都只是沉默。我被这一种深山里的静寂压得怕起来了，头脑里却起了一种很可笑的后悔。"不要这世界完全被我骂得陆沉了哩？"我想，"不要山鬼之类听了我的啸声来将我接受了去，接到了他们的死灭的国里去了哩？"我又想，"我在这里踏着的不要不是龙山山头，不要是阴间的滑油山之类哩？"我再想。于是我就注意看了看四边的景物，想证一证实我这身体究竟还是仍旧活在这卑污满地的阳世呢，还是已经闯入了那个鬼也在想革命而谋做阎王的阴间。

　　朝东望去，远散在锡山塔后的，依旧是千万的无锡城内的民家和几个工厂的高高的烟突，不过太阳斜低了，比起午前的光景来，似乎加添了一点倦意。俯视下去，在东南的角里，桑麻的林影，还是很浓密的，并且在那条白线似的大道上，还有行动的车类的影子在那里前进呢，那么至少至少，四周都只是死灭的这一个观念总可以打破了。我宽了一宽心，便掉头朝向了西南，太阳落下了，西南全面，只是眩目的湖光，远处银蓝蒙漾，当是湖中间的峰面的暮霭，西面各小山的面影，也都变成了紫色了。因为看见了斜阳，看见了斜阳影里的太湖，我的已经闯入了死界的念头虽则立时打消，但是日暮途穷，只一个人远处在荒山顶上的一种实感，却油然的代之而起。我就伸长了脖子拼命地查看起四面的路来，这时候我实在只想找出一条近而且坦的便道，好遵此便道而赶回家去。因为现在我所立着的，是龙山北脉在头茅篷下折向南去的一条支岭的高头，东西南三面只是岩石和泥沙，没有一条走路的。若再回至头茅篷前，重沿了来时的那条石级，再下至惠山，则无缘无故便白白的不得不多走许多的回头曲路，大丈夫是不走回头路的，我一边心里虽在这样的同小孩子似的想着，但实在我的脚力也有点虚竭了。"啊啊，要是这儿有一所庵庙的话，那我就可以不必这样的着急了。"我一边尽在看四面的地势，一边心里还在作这样的打算，"这地点多么好啊，东面可以看无锡全市，西面可以见太湖的夕阳，后面是头茅篷的高顶，前面是朝正南的开原乡一带的村落，这里比起那头茅篷来，形势不晓要好几十倍。无锡人真没有眼睛，怎么会将这一块龙山南面的平坦的山岭这样的弃置着，而不来造一所庵庙呢？唉唉，或者他们是将这一个好地方留着，留待我来筑室幽居的罢？或者几十年后将有人来，因我今天的在此一哭而为我起一个痛哭之台，而与我那故乡的谢氏西台来对立的罢？哈哈，哈哈。不错，很不错。"末后想到了这一个夸大妄想狂者的想头之后，我的精神也抖擞起来了，于是拔起脚跟，不管它有路没有路，只是往前向那条朝南斜拖下去的山坡下乱走。结果在乱石上滑坐了几次，被荆棘钩破了一块小襟和一双线袜，跳过了几块岩石，不到三十分钟，我也居然走到了那支荒山脚下的坟堆里了。

　　到了平地的坟树林里来一看，西天低处太阳还没有完全落尽。走到了离坟不远的一个小村子的时候，我看了看表，已经是五点多了。村里的人家，也已经在预备晚餐，门前晒在那里的干草豆萁，都已收拾得好好的，老农老妇，都在将暗未暗的天空下，和他们的孙儿孙女游耍。我走近前去，向他们很恭敬的问了问到梅园的路径，难得他们竟有这样的热心，居然把我领到了通汽车的那条大道之上。等我雇好了一乘黄包车坐上，回头来向他们道谢的时候，我的眼角上却又扑簌簌地滚下了两粒感激的大泪来。

五

　　山居清寂，梅园的晚上，实在是太冷静不过。吃过了晚饭，向庭前去一走，只觉得四面都是茫茫的夜雾和每每的荒田，人家也看不出来，更何况乎灯烛辉煌的夜市。绕出园门，正想拖了两只倦脚走向南面野田里去的时候，在黄昏的灰暗里我却在门边看见了一张有几个大字写在那里的白纸。摸近前去一看，原来是中华艺大的旅行写生团的通告。在这中华艺大里，我本有一位认识的画家C君在那里当主任的，急忙走回饭店，教茶房去一请，C君果然来了。我们在灯下谈了一会，又出去在园中的高亭上站立了许多时候。这一位不趋时尚，只在自己精进自己的技艺的画家，平时总是讷讷不愿多说话的，然而今天和我这他乡一遇，仿佛把他的习惯改过来了，我们谈了些以艺术作了招牌，拼命地在运动做官做委员的艺术家的行为。我们又谈到了些设了很好听的名目，而实际上只在骗取青年学子的学费的艺术教育家的心迹。我们谈到了艺术的真髓，谈到了中国的艺术的将来，谈到了革命的意义，谈到了社会上的险恶的人心，到了叹声连发，不忍再谈下去的时候，高亭外的天色也完全黑了。两人伸头出去，默默地只看了一回天上的几颗早见的明星。我们约定了下次到上海时，再去江湾访他的画室的日期，就在黑暗里分手各自走了。

　　大约是一天跑路跑得太多了的缘故罢，回旅馆来一睡，居然身也不翻一个，好好儿地睡着了。约莫到了残宵二三点钟的光景，槛外的不知哪一个庙里来的钟声，尽是当当当当的在那里慢击。我起初梦醒，以为附近报火的钟声，但披衣起来，到室外廊前去一看，不但火光看不出来，就是火烧场中老有的那一种叫噪的人号狗吠之声也一些儿听它不出。庭外如云如雾，静浸着一庭残月的清光。满屋沉沉，只充满着一种遥夜酣眠的呼吸。我为这钟声所诱，不知不觉，竟扣上了衣裳，步出了庭前，将我的孤零的一身，浸入了仿佛是要粘上衣来的月光海里。夜雾从太湖里蒸发起来了，附近的空中，只是白茫茫的一片。叉桠的梅树林中，望过去仿佛是有人立在那里的样子。我又慢慢地从饭店的后门，步上了那个梅园最高处的招鹤坪上。南望太湖，也辨不出什么形状来，不过只觉得那面的一块空阔的地方，仿佛是由千千万万的银丝织就似的，有月光下照的清辉，有湖波返射的银箭，还有如无却有，似薄还浓，一半透明，一半黏湿的湖雾湖烟，假如你把身子用力的朝南一跳，那这一层透明的白网，必能悠扬地牵举你起来，把你举送到王母娘娘的后宫深处去似的。这是我当初看了那湖天一角的景象的时候的感想。但当万籁无声的这一个月明的深夜，幽幽地慢慢地，被那远寺的钟声，当嗡，当嗡的接连着几回有韵律似的催告，我的知觉幻想，竟觉得渐渐地渐渐地麻木下去了，终至于什么也不想，什么也不干，两只脚柔软地跪坐了下去，眼睛也只同呆了似的盯视住了那悲哀的残月不能动了。宗教的神秘，人性的幽幻，大约是指这样的时候的这一种心理状态而说的罢，我像这样的和耶稣教会的以马内利的圣像似的，被那幽婉的钟声，不知魔伏了许多时，直到钟声停住，木鱼声发，和尚——也许是尼姑——的念经念咒的声音幽幽传到我耳边的时候，方才挺身立起，回到了那旅馆的居室里来，这时候大约去天明总也已经不远了罢？

　　回房不知又睡着了几个钟头，等第二次醒来的时候，前窗的帷幕缝中却漏入了几行太阳的光线来。大约时候总也已不早了，急忙起来预备了一下，吃了一点点心，我就出发到太湖湖上去。天上虽各处飞散着云层，但晴空的缺处，看起来仍可以看得到底的，所以我知道天气总还有几日好晴。不过太阳光太猛了一点，空气里似乎有多量的水蒸气含着，若要登高处去望远景，那像这一种天气是不行的，因为晴而不爽，你不能从厚层的空气里辨出远处的寒鸦林树来，可是只要看看湖上的风光，那像这样的晴天，也已经是尽够的了。并且昨晚上的落日没有看成，我今天却打算牺牲它一天的时日，来试试太湖里的远征，去找出些前人所未见的岛中僻景来，这是当走出园门，打杨庄的后门经过，向南走入野田，在走上太湖边上去的时候的决意。

　　太阳升高了，整洁的野田里已有早起的农夫在辟土了。行经过一块桑园地的时候，我且看见了两位很修媚的姑娘，头上罩着了一块白布，在用了一根竹杆，打下树上的已经黄枯了的桑叶来。听她们说这也是蚕妇的每年秋季的一种工作，因为枯叶在树上悬久了，那老树的养分不免要为枯叶吸几分去，所以打它们下来是很要紧的，并且黄叶干了，还可以拿去生火当柴烧，也是一举两得的事情。

在野田里的那条通至湖滨的泥路，上面铺着的尽是些细碎的介虫壳儿，所以阳光照射下来，有几处虽只放着明亮的白光，但有几处简直是在发虹霓似的彩色。

像这样的有朝阳晒着的野道，像这样的有林树小山围绕着的空间，况且头上又是青色的天，脚底下并且是五彩的地，饱吸着健康的空气，摆行着不急的脚步，朝南的走向太湖边去，真是多么美满的一幅清秋行乐图呀！但是风云莫测，急变就起来了，因为我走到了管社山脚，正要沿了那条山脚下新辟的步道走向太湖旁的一小湾，俗名五里湖滨的时候，在山道上朝着东面的五里湖心却有两位着武装背皮带的同志和一位穿长袍马褂的先生立在那里看湖面的扁舟。太阳光直射在他们的身上，皮带上的镀镍的金属，在放异样的闪光。我毫不留意地走近前去，而听了我的脚步声将头掉转来的他们中间的武装者的一位，突然叫了我一声，吃了一惊，我张开了大眼向他一看，原来是一位当我在某地教书的时候的从前的学生。

他在学校里的时候本来就是很会出风头的，这几年来际会风云，已经步步高升成了党国的要人了，他的名字我也曾在报上看见过几多次的，现在突然的在这一个地方被他那么的一叫，我真骇得颜面都变成了土色了。因为两三年来，流落江湖，不敢出头露面的结果，我每遇见一个熟人的时候，心里总要怦怦的惊跳。尤其是在最近被几位满含恶意的新闻记者大书了一阵我的叛党叛国的记载以后，我更是不敢向朋友亲戚那里去走动了。而今天的这一位同志，却是党国的要人，现任的中央机关里的党务委员，若论起罪来，是要从他的手中发落的，冤家路窄，这一关叫我如何的偷逃过去呢？我先发了一阵抖，立住了脚呆木了一下，既而一想，横竖逃也逃不脱了，还是大着胆子迎上去罢，于是就立定主意保持着若无其事的态度，前进了几步，和他握了握手。

"呵！怎么你也会在这里！"我很惊喜似地装着笑脸问他。

"真想不到在这里会见到先生的，近来身体怎么样？脸色很不好哩！"他也是很欢喜地问我。看了他这样态度，我的胆子放大了，于是就造了一篇很圆满的历史出来报告给他听。

我说因为身体不好，到太湖边上来养病已经有二年多了，自从去年夏天起，并且因为闲空不过，就在这里聚拢了几个小学生来在教他们的书，今天是礼拜，所以才出来走走，但吃中饭的时候却非要回去不可的，书房是在城外××桥××巷的第××号，我并且要请他上书房去坐坐，好细谈谈别后的闲天。我这大胆的谎语原也已经听见了他这一番来锡的任务之后才敢说的，因为他说他是来查勘一件重大党务的，在这太湖边上一转，午后还要上苏州去，等下次再有来无锡的机会的时候再来拜访，这是他的遁辞。

他为我介绍了那另外的两位同志，我们就一同地上了万顷堂，上了管社山，我等不到一碗清茶泡淡的时候，就设辞和他们告别了。这样的我在惊恐和疑惧里，总算访过了太湖，游尽了无锡，因为中午十二点的时候我已同逃狱囚似的伏在上行车的一角里在喝压惊的"苦配"啤酒了。这一次游无锡的回味，实在也同这啤酒的味儿差仿不多。

一九二八年十一月作者在途中记

西游日录

　　一九三四年（甲戌），三月二十八日（旧二月十四），星期三，大雨，寒冷如残冬。

　　晨四时，乱梦为雨声催醒，不复成寐；起来读歙县黄秋宜少尉《黄山纪游》一卷，系前申报馆仿宋聚珍版之铅印本，为《屑玉丛谈》二集中之一种。这游记，共二十五页，记自咸丰九年己未八月二十八日从潭渡出发去黄山，至同年九月十一日重返潭渡间事。文笔虽不甚美，但黄山的伟大，与夫攀涉之不易，及日出，云升，松虬，石壁，山洞，绝涧，飞瀑，温泉诸奇景，大抵记载详尽。若去黄山，亦可作导游录看，故而收在行箧中。

　　咋日得上海信，知此次同去黄山游者，还有四五位朋友，膳宿旅费，由建设厅负担，沿路陪伴者，由公路局派往，奉宪游山，虽难免不赔——山灵忽地开言道："小的青山见老爷！"——之讥，然而路远山深，像我等不要之人无产之众，要想作一度壮游，也颇非易事。更何况脚力不健，体力不佳，无徐霞客之胆量，无阮步兵之猖狂，若语堂、光旦等辈，则尤非借一点官力不行了。

　　午后四时，大雨中，忽来了一张建设厅的请帖，和秋原、增嘏、语堂等到杭，现住西湖饭店的短简。冒雨前去，在西湖饭店楼下先见了一群文绉绉的同时出发之游览者及许多熟人，全、叶、潘、林，却雅兴勃发，已上西泠印社，去赏玩山色空濛的淡妆西子了。伫候片时，和这个那个谈谈天气与旧游之地，约莫到了五点，四位金刚，方才返寓。乱说了一阵，并无原因地哄笑了几次，我们就决定先去吃私菜，然后再去陪官宴。吃私菜处，是寰宇驰名的王饭儿，官宴在湖滨中行别业的大厅上。

私菜吃完，赶至湖滨，中行别业的大厅上，灯烛辉煌，摆满了五六桌热气蒸腾的菜。在全堂哄笑大嚼的乱噪声中，又决定四十余人，分五路出发，一路去南京芜湖，一路去天台雁荡，一路去绍兴宁波，一路去杭江沿线，一路去徽州，直至黄山。语堂、增嘏、光旦、秋原，申报馆的徐天章与时事新报馆的吴宝基两先生，以及小于，是去黄山者，同去的为公路局的总稽查金籛甫先生。

游临安县玲珑山及钱王墓

三月二十九日，星期四，晴。

昨晚雨中夹雪，喝得醉醺醺回来的路上，心里颇有点儿犹豫，私下在打算，若明天雨雪不止者，则一定临发脱逃，做一次旅行队里的 Renegade，好在不是被招募去的新兵，罪名总没有的。今天五六点钟，探头向窗帷缺处一望，天色竟青苍苍的晴了，不得已只好打着呵欠，连忙起来梳洗更衣，料理行箧，赶到湖滨，正及八点，一群奉宪游山者，早已手忙脚乱，立在马路边上候车子来被搬去了。我们的车子，出武林门，过保俶塔，向秦亭山脚朝西驶去的时候，太阳还刚才射到了老和山的那一座黄色的墙头。宿雨初晴，公路明洁，两旁人行道上，头戴着银花，手提着香篮的许多乡下的善男信女，一个个都笑嘻嘻的在尘灰里对我们呆着，于是乎就有了我们这一批游山老爷的议论。

"中国的老百姓真可爱呀！"是语堂的感叹。

"春秋二季是香市，是她们的唯一的娱乐。也可以借此去游山玩水，也可以借此去散发性欲，Pilgrimage 之为用，真大矣者！"是精神分析学者光旦的解释。

"她们一次烧香，实在也真不容易。恐怕现在在实行的这计划，说不定是去年年底下就定下了，私私地在积些钱下来。直到如今，几个月中间果然也没有什么特别事故发生，她们一面感谢着菩萨的灵佑，一面就这么的不远千里而步行着来烧香了。"这又是语堂的 Dichtung。

增嘏、秋原大约是坐在前面的头等座位里，故而没有参加入车中的讨论。一路上的谈话，若要这样的笔录下来，起码有两三部 Canterbury Tales 的分量，然而时非中世，我亦非英文文学之祖，姑从割爱，等到另有机会时再写也还不迟。

车到临安之先，在一处山腰水畔，看见了几家竹篱茅舍的人家，山前山后，茶叶一段段的在太阳光里吐气。门前桃树一株，开得热闹如云，比之所罗门的荣华，当然只有过之。我就在日记簿上写下了两行曲蟮似的字：

> 泥壁茅蓬四五家，山茶初苗两三芽，
> 天晴男女忙农去，闲杀门前一树花。

这一种乡村春日的自在风光，一路上不知见了多少。可惜没有史梧冈那么的散记笔法，能替他们传神写照，点画出来，以飨终年不出都市的许多大布尔先生。

临安县在余杭之西，去杭州约百余里，是钱武肃王的故里，至今武肃王墓对面的那支大功山上，还有一座纪念钱氏的功臣塔建立在那里。依路局规定的路线，则西来第一处登山，当在临安县西十里地的玲珑山。午前十点左右，车到了临安站，先教站中预备午饭，我们就又开车，到玲珑站下来步行。在田塍路上，溪水边头，约莫走了两三里地的软泥松路，才到了玲珑山口。

玲珑山的得名，依县志所载，则因它"两峰屹峙，盘空而上，故曰玲珑"。实在则这山的妙处，是在有石有泉，而又有苏、黄、佛印的游踪，与夫禅妓琴操的一墓。你试想想，既有山，复有水，又有美人，又有名士，在这里中国的胜景的条件，岂不是样样齐备了么？玲珑山的所以比径山、九仙山更出名，更有人来玩的原因，我想总也不外乎此。还有一件，此山离县治不远，登山亦无不便，而历代的临安仕宦乡绅，又乐为此经营点缀，所以临安虽只一瘦瘠的小县，而此山的规模气概，也可以与通都大邑的名山相并。地之传与不传，原也有幸不幸的气数存其间。

入山行一二里，地势渐高。山径曲折，系沿着两峰之间的一条溪泉而上。一边是清溪，一边是绝壁。壁岩峻处，半山间有"玲珑胜境"的四大字刻在那里。再上是东坡的"醉眠石"，"九折岩"。三休亭的遗址，大约也在这半山之中。壁上的摩崖石刻，不计其数。可惜这山都是沙石岩，风化得厉害，石刻的大半，都已经辨认不清了。最妙的是苏东坡的那块"醉眠石"，在山溪的西旁，石壁下的路东，长长的一块方石，横躺下去，也尽可以容得一人的身长，真像是一张石做的沙发。东坡的究竟有没有在此石上醉眠过，且不去管它，但石上的三字，与离此石不远的岩壁上的"九折岩"三字，以及"何年僵立两苍龙"的那一首律诗，相传都是东坡的手笔。我非考古金石家，私自想想这些古迹还是貌虎认它作真的好，假冒风雅比之烧琴煮鹤，究竟要有趣一点。还有"醉眠石"的东首，也有一块山石，横立溪旁，上镌"琴声"两篆字，想系因流水淙淙有琴韵，与"琴操墓"就在上面的双关佳作，因为不忍埋没这作者的苦心，故而在此提起一句。

沿溪摸壁，再上五六十步，过合涧泉，至山顶下平坦处，有一路南绕出西面一枝峰下。顺道南去，到一处突出平坦之区，大约是收春亭的旧址。坐此处而南望，远近的山峰田野，尽在指顾之间，平地一方，可容三四百人。平地北面，当山峰削落处，还留剩一石龛，下复古石刻像三尊，相传为东坡、佛印、山谷三人遗像，明褚栋所说的因梦得像，因像建碑的处所，大约也就在这里，而明黄鼎象所记的剩借亭的遗址，总也是在这一块地方了，俗以此地为三休亭，更讹为二贤祠，皆系误会者无疑。

在石龛下眺望了半天，仍遵原路向北向东，过一处菜地里的碑亭，就到了玲珑山寺里去休息。小坐一会，喝了一碗茶，更随老僧出至东面峰头，过钟楼后，便到了琴操的墓下。一抔荒土，一块粗碑，上面只刻着"琴操墓"的三个大字，翻阅新旧《临安县志》，都不见琴操的事迹，但云墓在寺东而已，只有冯梦祯的《琴操墓》诗一首：

弦索无声湿露华，白云深处冷袈裟，
三泉金骨知何地，一夜西风扫落花。

抄在这里，聊以遮遮《临安县志》编者之羞。

同游者潘光旦氏，是冯小青的研求者，林语堂氏是《花扇》里的李香君的热爱狂者，大家到了琴操墓下，就齐动公愤，说《临安县志》编者的毫无见识。语堂且更捏了一本《野叟曝言》，慷慨陈词地说：

"光旦，你去修冯小青的墓罢，我立意要去修李香君的坟，这琴操的墓，只好让你们来修了。"

说到后来，眼睛就盯住了我们，所谓你们者，是在指我们的意思。因这一段废话，我倒又写下了四句狗屁：

> 山既玲珑水亦清，东坡曾此访云英，
>
> 如何八卷《临安志》，不记琴操一段情。

东坡到临安来访琴操事，曾见于菜地里的那一块碑文之上，而毛子晋编的《东坡笔记》里（梁廷楠编之《东坡事类》中所记亦同），也有一段记琴操的事情说：

"苏子瞻守杭日，有妓名琴操，颇通佛书，解言辞，子瞻喜之。一日游西湖，戏语琴操曰：'我作长老，汝试参禅！'琴操敬诺。子瞻问曰：'何谓湖中景？'对曰：'落霞与孤鹜齐飞，秋水共长天一色。''何谓景中人？'对曰：'裙拖六幅湘江水，髻挽巫山一段云。''何谓人中意？'对曰：'随他杨学士，鳖杀鲍参军。''如此究竟何如？'琴操不答，子瞻拍案曰：'门前冷落车马稀，老大嫁作商人妇。'琴操言下大悟，遂削发为尼。"

这一段有名的东坡轶事，若不是当时好奇者之伪造，则关于琴操，合之前录的冯诗，当有两个假设好定，即一，琴操或系临安人，二，琴操为尼，或在临安的这玲珑山附近的庵中。

我们这一群色情狂者还在琴操墓前争论得好久，才下山来。再在玲珑站上车，东驶回去，上临安去吃完午饭，已经将近二点钟了。饭后并且还上县城东首的安国山（俗称太庙山）下，去瞻仰了一回钱武肃王的陵墓。

武肃王的丰功伟烈，载在史册。除吴越各史之外，就是新旧《临安县志》，《杭州府志》等，记钱氏功业因缘的文字，也要占去大半，我在此地本可以不必再写，但有二三琐事，系出自我之猜度者，顺便记它一记，或者也可以供一般研究史实者的考订。

钱武肃王出身市井，性格严刻，自不待言，故唐僧贯休呈诗，有"一剑霜寒十四州"之句。及其衣锦还乡，大宴父老时，却又高歌着"斗牛无字兮民无欺"等语；酒酣耳热，王又自唱吴歌娱父老曰："汝辈见侬的欢喜，吴人与我别是一般滋味，子长在我心子里。"则他的横征暴敛，专制刻毒，大旨也还为的是百姓，并无将公帑存入私囊去的倾向。到了他的末代忠懿王钱宏俶，还能薄取于民，使民垦荒田，勿收其税，或请科赋者，杖之国门，也难怪得浙江民众要怀念及他，造保俶塔以资纪念了。还有一件事实，武肃王妃，每岁春必归临安，王遗妃书曰："陌上花开，可缓缓归矣。"吴人至用其语为歌。我意此书，必系王之书记新城罗隐秀才的手笔，因为语气温文，是诗人出口语也。

自钱王墓下回来，又坐车至藻溪。换坐轿子，向北行四十里而至天目。因天已晚了，就在西天目山下的禅源寺内宿。

游西天目

三月三十日，星期五，阴晴。

西天日山，属于潜县。昨天在地名藻溪的那个小站下车，坐轿向北行三四十里，中途曾过一教口岭，高峻可一二十丈。过教口岭后，四面的样子就不同了。岭外是小山荒田的世界，落寞不堪；岭内向北，天目高高，就在面前，路旁流水清沧，自然是天目山南麓流下来的双清溪涧，或合或离，时与路会，村落很多，田也肥润，桥梁路亭之多，更不必说了。经过白鹤溪上的白鹤桥、月亮桥后，路只在一段一段的斜高上去。入大有村后，已上山路，天色阴阴，树林暗密，一到山门，在这夜阴与树影互竞的黑暗网里，远远听到了几声钟鼓梵唱的催眠暗示，一种畏怖，寂灭，皈依，出世的感觉，忽如雷电似的向脑门里袭来。宗教的神秘作用，奇迹的可能性，我们在这里便领略了一个饱满，一半原系时间已垂暮的关系，一半我想也因一天游旅倦了，筋骨气分，都已有点酥懈了的缘故。

西天目的开山始祖，是元嘉熙年生下来的吴江人高峰禅师。修行坐道处，为西峰之狮子岩头，到现在西天目还有一处名死关的修道处，就系高峰禅师当时榜门之号。禅师的骨塔，现在狮子峰下的狮子口里。自元历明，西天目的道场庙宇，全系建筑在半山的，这狮子峰附近一带的所谓狮子正宗禅寺者是。元以前，西天目山名不确见于经传，东坡行县，也不曾到此，谢太傅游山，展痕也不曾印及。元明两代，寺屡废屡兴，直至清康熙年间，玉林国师始在现在的禅源寺基建高峰道场，实即元洪乔祖施田而建之双清庄遗址。

在阴森森的夜色里，轿子到了山门，下轿来一看，只看见一座规模浩大的八字黄墙，墙内墙外，木架横斜，这天目灵山的山门似正在动工修理，入门走一二里，地高一段，进天王殿；再高一段，入韦驮宝殿；又高一段，是有一块"行道"的匾额挂在那里的法堂。从此一段一段，高而再高，过大雄宝殿，穿方丈居室，曲折旋绕，凡走了十几分钟，才到了东面那间五开间的楼厅上名来青室的客堂里。窗明几净，灯亮房深，陈设器具，却像是上海滩上的头号旅馆，只少了几盏电灯，和卖唱卖身的几个优婆夷耳。

正是旧历的二月半晚上，一餐很舒适的素菜夜饭吃后，云破月来，回廊上看得出寺前寺后的许多青峰黑影，及一条怪石很多的曲折的山溪。溪声铿锵，月色模糊，刚读完了第二十八回《野叟曝言》的语堂大师，含着雪茄，上回廊去背手一望，回到炉边，就大叫了起来说：

"这真是绝好的 Dichtung！"

可惜山腰雪满，外面的空气尖冷，我们对了这一个清虚夜境，只能割爱，吃了些从天王殿的摊贩处买来的花生米和具有异味的土老酒后，几个 Dichter 也只好抱着委屈各自上床去做梦了。

侵晨七点，诗人们的梦就为山鸟的清唱所打破，大家起来梳洗早餐后，便预备着坐轿上山去游山。语堂受了一点寒，不愿行动，只想在禅源寺的僧榻上卧读《野叟曝言》，所以不去。

山路崎岖陡削，本是意计中事，但这西天目山的路，实在也太逼仄了，因为一面是千回百折的清溪，一面是奇岩矗立的石壁，两边都开凿不出路来，故而这条由细石巨岩迭成的羊肠曲径，只能从树梢头绕山嘴里穿。我们觉得坐在轿子里，有三条性命的危险，所以硬叫轿夫放下轿来，还是学着诗人的行径，缓步微吟，慢慢儿地踏上山去。不过这微吟，到后来终于变了急喘，说出来倒有点儿不好意思。

扶壁沿溪提脚弯腰的上去，过五里亭，七里亭。山爬得愈高，树来得更密更大，岩也显得愈高愈奇，而气候尤变得十分的冷。西天目山产得最多的柳杉树的干上针叶上，还留有着点点的积雪，岩石上尽是些水晶样的冰条。

尤其是狮子峰下，将到狮子口高峰禅师塔院的路上，有一块倒复的大岩石，横广约有二三十丈，在这岩上倒挂在那里的一排冰柱，直是天下奇观。

到了狮子口去休息了数刻钟，从那茅蓬的小窗里向南望了一下，我们方才有了爬山的自信。这狮子口虽则还在半山，到西天目的绝顶"天下奇观"的天柱峰头，虽则还有十几里路，但从狮子口向南一望，已经是缥缈凌空，巨岩小阜，烟树，云溪，都在脚下。翠微岩华石峰旭日峰下的那一座禅源大禅寺，只像是画里的几点小小的山斋，不知不觉，我们早已经置身在千丈来高的地域了。山茶清酽，山气冱寒，山僧的谈吐，更加是幽闲别致，到了这狮子口里，展拜展拜高峰禅师的坟墓，翻阅翻阅西天目祖山志上的形胜与艺文，这里那里的指点指点，与志上的全图对证对证，我们都已经有点儿乐而忘返，想学学这天目山传说中最古的那位昭明太子的父亲，预备着把身体舍给了空门。

说起了昭明太子，我却把这天目山中最古的传说忘了，现在正好在这里补叙一下。原来天目山的得名，照万历《临安县旧志》之所说，是在"县西北五十里。即浮玉山，大藏经谓为宇内三十四洞天，名太微元盖之天。《太平寰宇记》曰：水缘山曲折，东西巨源若两目，故曰天目。西目属于潜，东目属临安。梁昭明太子，以葬母丁贵嫔，被宫监鲍邈之谮，不能自明，遂惭愤不见帝（武帝），来临安东天目山禅修，取汉及六朝文字遴之，为《文选》二十卷，取《金刚经》，分为三十二节，心血以枯，双目俱瞽。禅师志公，导取石池水洗之，一目明；复于西天目山，取池水以洗之，双目皆明。不数年，帝遣人来迎；兵马候于天目山之麓，因建寺为等慈院"。

这一段传说，实在是很有诗意的一篇宫闱小说。大约因为它太有诗意了罢，所以《临安志》《于潜志》，都详载此事，借做装饰。结果弄得东天目有洗眼池，昭明寺，太子殿，分经台，西天目也同样的有洗眼池，昭明寺，太子殿，分经台。文人活在世上，文章往往不值半分钱，大抵饥饿以死。到了肉化成炭，骨变成灰的时候，却大家都要来攀龙附凤，争夺起来了，这岂真是文学的永久性的效力么？分析起来，我想唯物的原因，总也是不少的。因为文人活着，是一样的要吃饭穿衣生儿子的，到得死了几百年之后，则物的供给，当然是可以不要。提一提起某曾住此，某曾到此，活人倒可以吸引游客，占几文光；和尚道士，更可以借此去募化骗钱，造起庄严灿烂的寺观宝刹来，这若不是唯物的原因又是什么？

从狮子口出来，看了千丈岩，狮子岩，缘山径向东，过树底下有一泓水在的洗钵池，更绕过所谓"树王"的那一棵有十五六抱大的大杉树，行一二里路，就到了更上一层的开山老殿。这自狮子口至开山殿的山腰上的一段路都平坦，老树奇石多极，宽平广大的空基也一块一块的不知有多少，前面说过的西天目古代的寺院，一定是在这一带地方的无疑，开山老殿或者就是狮子正宗禅寺，也说不定。开山殿后轩，挂在那里的一块徐世昌写的"大树堂"大字匾额，想系指"树王"而说的了。实际上，这儿的大树很多，也并不能算得唯一的稀奇景致，西天目的绝景，却在离开山老殿不远，向南突出去的两支岩鼻上头。从这两支岩鼻上看下去的山谷全景，才是西天目的唯一大观；语堂大师到了西天目，而不到此地来一赏附近的山谷全景，与陡削直立的峭壁奇岩，才叫是天下的大错，才叫是 Dichtung 反灭了 Wahrheit！

岩鼻的一支，是从开山殿前稍下向南，凭空拖出约有一里地长的独立奇峰，即和尚们所说的"倒挂莲花"的那一块地方。所谓"倒挂莲花"者，系一簇百丈来高的岩石，凌空直立在那里，看起来像一朵莲花。这莲花的背后，更有一条绝壁，约有二百丈高，和莲花的一瓣相对峙，立在壁下向上看出去，只有一线二三尺宽的天，白茫茫的照在上面。莲花石旁，离开几尺的地方，又有一座石台，上面平坦，建有一个八角的亭子。在这亭子的路东，奇岩一簇，也像是向天的佛手，兀立在深谷的高头。上这佛手指头，去向南一展望，则几百里路内的溪谷，人家，小山，田地，都看得清清楚楚；一条一条的谷，一缕一缕的溪，一陇一坞的田，拿一个譬喻来说，极像是一把倒垂的扇子，扇骨就是由西天目分下去的余脉，扇骨中间的白纸，就是介在两脉之间的溪谷与乡村，还有画在这扇子上面的名画，便是一幅菜花黄桃花红李花白山色树木一抹青青的极细巧的工笔画！

其他的一支岩鼻，就是有一个四面佛亭造在那里的一条绝壁，比"倒挂莲花"位置稍东一点，与"倒挂莲花"隔着一个万丈的深谷，遥遥相对。从四面佛亭向东向南看下去的风景，和在"倒挂莲花"所见到的略同。不过在这一个岩鼻上，可以向西向下看一看西天目山境内的全山和寺院，这也是一点可取的地方。

从四面佛的岩鼻，走回来再向东略上，到半月池。再东去一里，是龙潭

(或称龙池),是东关望夫石等地方了,我们因为肚子饿,脚力也有点不继,所以只到了半月池为止。

在开山殿里吃过午饭,慢慢走下山来,走了三五里路,从山腰里向东一折,居然到了四面佛绝壁下的一块平地的上面。这地方名东坞坪,禅源寺的始建者玉林(亦作琳)国师的塔院,就在这里,墓碣题为"三十一世玉琳琇法师之塔院"。

由东坞坪再向西向南的下山,到了五里亭,仍上来时的原路,回到昨晚的宿处禅源寺,已经是午后四点多钟了。重遇见了语堂,大家就都夸大几百倍地说上面风景的怎么好怎么好,不消说在 Wahrheit 上面又加了许许多多的 Dichtung,目的不外乎想使语堂发生点后悔,这又是人性恶的一个证明。但语堂也是一位大 Dichter,哪里肯甘心示弱,于是乎他也有了他的迭希通。

晚上当然仍留禅源寺的客房里宿。

在西天目这禅源寺里花去了两夜和一天,总算也约略的把西天目的面貌看过了。但探胜穷幽,则完全还谈不上。不过袁中郎所说的飞泉,奇石,庵宇,云峰,大树,茶笋的天目六绝,我们也都已经尝到。只因雷雨不作,没有听到如婴啼似的雷声,却是一恨。光旦,增嘏辈亦是好胜者流,说:"袁中郎总没有看到冰柱!"这话倒真也不错。

西天目禅源寺有田产极多,故而每年收入也不少,檀家的施舍,做水陆的收入,少算算一年中也有十余万元。全山的茅蓬,全寺的二三百僧侣,吃饭穿衣是当然不成问题的。至于寺内的组织和和尚的性欲问题等,大约是光旦的得意题目,我在此地,只好略去。

游东天目

三月三十一日,星期六,晴而不朗。

晨八时起床,早餐后,坐轿出禅源寺而东去,渡幡龙桥,涉朱头陀岭,过旭日峰而下至一谷,沿溪行,是发源于泥岭北坑的东关溪的支流。昨天自"倒挂莲花"看下来的扇中的一谷,就是这里的嘉德、前乡等地方,到了此地,我们的一批人马,已成了扇子画上的人物了。天目两山相距约三十余里,自西徂东,经六角岭(俗称),门岭等险峻石山,然后到东天目西麓的新溪。

东山下有一个昭明庵在，下轿小息，看了一块古文选楼的匾额，和一座小小的太子塔，再上山，行十里，就可以看得见东天目昭明禅院的钟楼与分经台。

我们这一次来，系由藻溪下车，先至西天目而倒行上东天目的，若欲先上东天目去，则应在化龙站下车，北行三十里即达。总之，无论先东后西，或先西后东，若欲巡拜这两座名山，而作浙西之畅游者，那 一个两山之间的大谷，与三条岭，数条溪，四五个村庄，必须经过。桃李松杉，间杂竹树；田地方方，流水绕之；三面高山，向南低落，南山隐隐，若臣仆之拱北宸，说到这一个东西两天目之间的乡村妙景，倒也着实有点儿可爱。

从昭明庵东上的那一条天目山脚，俗称老虎尾巴。到五里亭而至一小山之脊。从此一里一亭，盘旋上去，经过拼虎石，碎玉坡而至螺蛳旋的路侧，就看得见东面白龙池下的那个东崖瀑布了。这瀑布悬两峰之间，老远看过去，还有数丈来高，瀑声隐隐若雷鸣，但可望而不可即，我们因限于日期，不能慢慢地去寻幽探险，所以对于这东崖瀑布，只在路上遥致了一个敬礼。

螺蛳旋走完，向一支山角拐过，就到了东天目山门外的西岭垂虹，实在是一幅画样的美景。行人到此，一见了这银河落九天似的飞瀑，瀑身左右的石壁，以及瀑流平处架在那里的桥亭——名垂虹桥亭——总要大吃一惊，以为在如此高高的高山中，哪里会有这样秀丽，清逸，缥缈的瀑布和建筑的呢？我们这一批难民似的游山者，到了瀑布潭边，就把饥饿也忘了，疲倦也丢了，文绉绉的诗人模样做作也脱了，蹲下去，跳过来，竟大家都成了顽皮的小孩，天生的蛮种，完全恢复了本来的面目。等到先到寺里的几位招呼我们的人出来，叫我们赶快去吃午饭的时候，我们才一步一回头地离开了那一条就在山门西面的悬崖瀑布。

离瀑布，过垂虹，拾级而登，在大树夹道的山门内径上走里把来路，再上一层，转一个弯，就到了昭明禅院的内殿。我们住的客堂，亦即方丈打坐偃息之房，是在寺的后面东首，系沿崖而筑的一间山楼。山房清洁高敞，红尘飞不到，云雾有时来，比之西天目，规模虽略小，然而因处地高，故而清静紧密，要胜一筹。东天目并且自己还有发电机，装有寺内专用的电灯，这一点却和普陀的那个大旅馆似的文昌阁有点相像。方丈德明年轻貌慧，能经营而善交际，我们到后，陪吃饭，陪游山，谈吐之间，就显露出了他的尽可以做得这一区名山的方丈的才能。

查这昭明禅院的历史——见《东山志》——当然是因昭明太子而来。梁大同间，僧宝志——即志公——飞锡居之。元末毁，明洪武二十年重建，万历初又毁，清康熙年间，临安黄令倡缘新之。洪杨时，当然又毁灭了。后此的修者不明，若去一看现存的碑记，自然可以明白。寺的规模，虽然没有西天目禅源寺那么的宏大，然天王殿，韦驮阁，大雄宝殿，藏经阁等，无不应有尽有。可惜藏经阁上，并不藏经，是一座四壁金黄的千佛阁，乡下人称百子堂，在寺的西面。此外则僧寮不多，全山的茅蓬，仰食于总院者，也只有寥寥的几个，因以知此寺寺产定不如西天目的富而且广，不过檀主的施舍，善男信女的捐助，一年中也定有可观，否则装电灯，营修造的经费，将从何处得来呢？

吃过午饭，我们由方丈陪伴，就大家上了西面高处的分经台。台荒寺坏，现在只变了一个小小的茅蓬。分经台西侧，行五十余步，更有一个葛稚川的炼丹池，池上也有茅蓬一，修道僧一。到了分经台，大家的游兴似乎尽了，但我与金篯甫、吴宝基、徐成章三位先生，更发了痴性，一定想穷源探底，上一上这东天目的极顶。因为志书上说，西天目高三千五百丈，东天目高三千九百丈，一置身在东天目顶，就可以把浙江半省的山川形势，看得彻底零清，既然到了这十分之八的分经台上，那又谁肯舍此一篑之功呢！和方丈及同来的诸先生别去后，我们只带了一位寺里的工人作向导，斩荆披棘，渡石悬崖，在荒凉的草树丛中，泥沙道上，走了两个钟头，方才走到了那一座东天目绝顶的大仙峰上。

据陪我们去的那一位工人说，仙峰绝顶，常有云雾罩着，一年中无几日清。数年前，山中树各大数围，直至山顶，故虎豹猴儿之属，都栖息其间。后为野火所焚，全山成焦土，从此后，虎豹绝迹，而林木亦绝。我们听了他的话，心里倒也有点儿害怕。因为火烧之后，大树虽只剩了许多枯干，直立在山头，但烧不尽的茅草，野竹之类，已长得有一人身高，虎豹之类，还尽可以藏身。爬过二仙峰后，地下尽是暗水，草丛中湿得像在溪边一样，工人说，这是上面龙潭里流出来的水，虽大旱亦不涸。爬得愈高，空气也愈稀薄，因之大家都急喘得厉害，到了仙缘石上，四面的景色一变，我们四人的兴致，于是更勃发了起来。

这仙缘石，是大仙峰龙潭下的一块数百丈宽广的大石。奇形怪状的岩壁洞窟，不计其数。仙缘石顶，正当那一座峭壁之下，就是龙潭。虽系石壁中小小的一方清水，但溢流出去，却能助成东西两瀑布的飞沫银涛，乡下人的要视此为神，原也不足怪了。并且《东山志》上，还记有昔人曾在此石上遇仙的故事，故而后人题诗，有将此石比作刘阮的天石的。但我们却既不见龙，又不遇仙，只在仙缘石东首的一块像狮子似的岩石上那株老松——这松树也真奇怪，大火时并未焚去——之下，坐了许多时候。山风清辣，山气沉寂，在这孤松下坐着息着，举目看看苍空斜日，和周围的万壑千岩，虽则不能仙去，各人的肚里，却也回肠荡气，有点儿飘飘然像喝醉了酒。

从仙缘石再上百余步，是大仙峰的绝顶了。东望钱塘，群山之下，有一线黄流，隐约返映在夕照之中。背后北面，是孝丰的境界，山色浓紫，山头时有人家似的白墙一串一串的在迷人眼目，却是未消尽的积雪。大仙峰顶，因为面南受阳光独多，所以雪早已融化了，且这一日风大，将蒸气吹散，故而也没有云雾。西望西天目山，只是黑沉沉的一片，远望过去，比大仙峰也并不低，因以知志书上所说的东天目比西天目高四百丈的话的不确。但上大仙峰来一看，群山的脉络，却看得很清，郭景纯所记的"天目山前两乳长，龙飞凤舞到钱塘，海门更点异峰起，五百年间出帝王"的这首诗谜，也约略有点儿解得通了。

大仙峰南面，有一个石刻的龙王像摆在乱石堆成的一小龛里，我们此来，原非为了求雨。但大约是因为难得再来的关系罢，各人于眺望之余，竟都恭恭敬敬地跪了下去，行了一个九拜之礼。临去时，并且还向龙王道了声珍重，约下了后会。

在下山来的中间，慢慢儿地走着谈着，又向南看看自东天目分下去的群峰，我却私私地想好了几句打油腔，预备一回到杭州，就可以去缴卷消差：

> 二月春寒雪满山，高峰遥望皖东关。
> 西来两宿禅源寺，为恋林间水一湾。

这是宿西天目禅源寺的诗。

> 武帝情深太子贤，分经台上望诸天。

自从兵马迎归后，寂寞人间几百年。

这是今天上分经台的诗。

仙峰绝顶望钱塘，凤舞龙飞两乳长。
好是夕阳金粉里，众山浓紫大江黄。

这是登大仙峰顶望钱塘江的诗。

晚上在昭明禅院的客堂里，翻阅了半夜《东山志》，增碬把徐文长的一首"天目高高八百寻，夜来一榻抱千岑，长萝片月何妨挂，削石寒潭几度深，芋子故烧残叶火，莲花卑视大江心，明朝欲借横空锡，飞度西山再一临"律诗抄了下来，我只抄了几个东天目八景的名目：一，仙峰远眺；二，云海奇观；三，经台秋风；四，平溪夜月；五，莲花石座；六，玉剑飞桥；七，悬崖瀑布；八，古殿栖云。

出昱岭关记

一九三四年三月末日，夜宿在东天目昭明禅院的禅房里。四月一日侵晨，曾与同宿者金箴甫吴宝基诸先生约定，于五时前起床，上钟楼峰上去看日出，并看云海。但午前四时，因口渴而起来喝茶，探首向窗外一望，微云里在落细雨，知道日出与云海都看不成了，索性就酣睡了下去，一觉竟睡到了八点。

早餐后，坐轿下山。一出寺门，哪知就掉向云海里去了。坐在轿上，看不出前面那轿夫的背脊，但闻人语声，鸟鸣声，轿夫换肩的喝唱声，瀑布的冲击声，从白茫茫一片的云雾里传来。云层很厚实，有时攒入轿来，扑在面上，有点儿凉阴阴的怪味，伸手出去拿了几次，却没有拿着。细雨化为云，蒸为雾，将东天目的上半山包住，今天的日出虽没有看成，可是在云海里飘泊的滋味却尝了一个饱。行至半山，更在东面山头的雾障里看出了一圈同月亮似的大白圈，晓得天又是晴的，逆料今天的西行出昱岭关去，路上一定有许多景色好看。

从原来的路上下山，过老虎尾巴，越新溪，向西向南的走去，云雾全收，那一个东西两天目之间的谷里的清景，又同画样的展开在目前。上一小岭后，更走二十余里，就到了于潜的藻溪，盖即三日前下车上西天目去的地点，距西天目三十余里，去东天目约有四十里内外，轿子到此，已经是午后一点的光景，肚子饿得很，因而对于那两座西浙名山的余恋，也有点淡薄下去了。

饭后上车，西行七十余里，入昌化境，地势渐高，过芦岭关后，就是昱岭山脉的盘据地界了，车路大抵是一面依山，一面临水的。山系巉岏古怪的沙石岩峰，水是清澄见底的山泉溪水。偶尔过一平谷，则人家三五，散点在杂花绿树间。老翁在门前曝背，小儿们指点汽车，张大了嘴，举起了手，似在大喊大叫。村犬之肥硕者，有时还要和汽车赛一段跑，送我们一程。

在未到昱岭关之先，公路两岸的青山绿水，已经是怪可爱的了。语堂并且还想起了避暑的事情，以为挈妻儿来这一区桃花源里，住他几日，不看报，不与外界相往来，饥则食小山之薇蕨，与村里的牛羊，渴则饮清溪的淡水。日当中午，大家脱得精光，入溪中去游泳。晚上倦了，就可以在月亮底下露宿，门也不必关，电灯也可以不要，只教有一枝雪茄，一张行军床，一条薄被，和几册爱读的书就好了。

"像这一种生活过惯之后，不知会不会更想到都市中去吸灰尘，看电影的？"

语堂感慨无量地在自言自语，这当然又是他的 Dichtung 在作怪。前此，语堂和增嘏光旦他们，曾去富春江一带旅行。在路上，遇有不适意事，语堂就说"这是 Wahrheitl"，意思就是在说"现实和理想的不能相符"，系借用了歌德的书名，而赋以新解释的。所以我们这一次西游，无论遇见什么可爱可恨之事，都只以 Wahrheit 与 Dichtung 两字了之，语汇虽极简单，涵义倒着实广阔，并且说一次，大家都哄笑一场，不厌重复，也不怕烦腻，正像是在唱古诗里的循环复句一般。

车到昱岭关口，关门正在新造，停车下来，仰视众山，大家都只嘿然互相默视了一下；盖因日暮途遥，突然间到了这一个险隘，印象太深，变成了 Shock 惊叹颂赞之声自然已经叫不出口，就连现成的 Dichtung 与 Wahrheit 两字，也都被骇退了。向关前关后去环视了一下，大家松了一松气，吴徐两位，照了几张关门的照相之后，那种紧张的气氛，才兹弛缓了下来。于是乎就又有了说，有了笑；同行中间的一位，并且还上关门边上去撒了一泡溺，以留作过关的纪念碑。

出关后，已入安徽绩溪歙县界，第一个到眼来的盆样的村子，就是三阳坑。四面都是一层一层的山，中间是一条东流的水。人家三五百，集处在溪的旁边，山的腰际，与前面的弯曲的公路上下。溪上远处山间的白墙数点，和在山坡食草的羊群，又将这一幅中国的古画添上了些洋气，语堂说："瑞士的山村，简直和这里一样，不过人家稍为整齐一点，山上的杂草树木要多一点而已。"我们在三阳坑车站的前头，那一条清溪的水车磨坊旁边，西看看夕阳，东望望山影，总立了约有半点钟之久，还徘徊而不忍去；倒惊动得三阳坑的老百姓，以为又是官军来测量地皮，破坏风水来了，在我们的周围，也张着嘴瞪着眼，绕成了一个大圈圈。

从三阳坑到屺梓里，二三十里地的中间，车尽在昱岭山脉的上下左右绕。过了一个弯，又是一个弯，盘旋上去，又盘旋下来，有时候向了西，有时候又向了东，到了顶上，回头来看看走过的路和路上的石栏，绝像是乡下人于正月元宵后，在盘的龙灯。弯也真长，真曲，真多不过。一时入一个弯去，上视危壁，下临绝涧，总以为前不见古人，后不见来者，这车非要穿入山去，学穿山甲，学神仙的土遁，才能到得徽州了，谁知门头一转，再过一个山鼻，就又是一重天地，一番景色。我先在车里默数着，要绕几个弯，过几条岭才到得徽州，但后来为周围的险景一吓，竟把数目忘了，手指头屈屈伸伸，似乎有了十七八次，大约就混说一句二三十个，想来总也没有错儿。

在这一条盘旋的公路对面，还有一个绝景，就是那一条在公路未开以前的皖浙间交通的官道。公路是开在溪谷北面的山腰，而这一条旧时的大道，是铺在溪谷南面的山麓的。从公路上的车窗里望过去，一条同银线似的长蛇小道，在对岸时而上山，时而落谷，时而过一条小桥，时而入一个亭子，隐而复见，断而再连；还有成群的驴马，肩驮着农产商品，在代替着沙漠里的骆驼，尽在这一条线路上走。路离得远了，铃声自然是听不见，就是捏着鞭子，在驴前驴后跟着行走的商人，看过去也像是画上的行人，要令人想起小时候见过的钟馗送妹图或长江行旅图来。

过屺梓里后，路渐渐平坦，日也垂垂向晚，虽然依旧是水色山光，劈面地迎来，然而因为已在昱岭关外的一带，把注意力用尽了，致对车窗外的景色，不得已而失了敬意。其实哩，绩溪与歙县的山水，本来也是清秀无比，尽可以敌得过浙西的。

在苍茫的暮色里，浑浑然躺在车上，一边在打瞌睡，一边我也在想凑集起几个字来，好变成一件像诗样的东西；哼哼读读，车行了六七十里之后，我也居然把一首哼哼调做成了：

盘旋曲径几多弯，历尽千山与万山，

外此更无三宿恋，西来又过一重关，

地传洙泗溪争出，俗近江淮语略蛮，

只恨征车留不得，让他桃李领春闲。

题目是《出昱岭关，过三阳坑后，风景绝佳》。

晚上六点前后，到了徽州城外的歙县站。入徽州城去吃了一顿夜饭，住的地方，却成问题了，于是乎又开车，走了六七十里的夜路，赶到了归休宁县管的大镇屯溪。屯溪虽有小上海的别名，虽也有公娼私娼戏园茶馆等的设备，但旅馆究竟不多；我们一群七八个人，搬来搬去，到了深夜的十二点钟，才由语堂、光旦的提议，屯溪公安局的介绍，租到了一只大船，去打馆宿歇。这一晚，别无可记，只发现了叶公秋原每爱以文言作常谈，于是乎大家建议："做文须用白话，说话须用文言。"这条原则通过以后，大家就满口之乎也者了起来，倒把语堂的 Dichtung and Wahrheit 打倒了。叶公的谈吐，尤以用公文成语时，如"该大便业已撤出在案"之类，最为滑稽得体云。

一九三四年四月十八日

过富春江

前两天增嘏和他的妹妹以及英国军官晏子少校来杭州，我们于醉谈游步之余，还定下了一个上富春江的计划。这一位少校，实在有趣，在东方驻扎得久了，他非但生活习惯，都染了中国风，连他的容貌态度，也十足带着了中国气。他的身材本不十分高大，但背脊伛偻，同我们中国的中年人比较起来，向背后望去，简直是辨不出谁黄谁白，一般军人所特有的那一种挺胸突肚、傲岸的气象，在他身上，是丝毫也不具的。他的两脚又像日本人似的向外弓曲，立起正来，中间会露出一条小缝，这当然因为他是骑兵，在马背上过日子过得多的缘故。

他虽则会开开飞机，开汽车，划船，骑马，但不会走路，所以他说，他不喜欢山，却喜欢水！在西湖里荡了两日舟，他问起近边更还有什么好的地方没有，我们就决定了再陪他上富春江去的计划。好在汽车是他自己会开，有半日的工夫，就可以往返的。

驶过六和塔下，走上江边一带波形的道上的时候，他果然喜欢极了，他说这地方有点像日本的濑户内海。江潮落了，江水绿得迷人。而那一天午后，又是淡云微日的暮秋天，在太阳底下走起路来，还要出一点潮汗。过了梵村，驰上四面是小山，满望是稻田的杭富交界的平原里，景象又变了一变，他说只有美国东部的乡村里，有这一种干草黄时的和平村景，他倒又想起在美国时候的事情来了。

由富阳站里，沿了新开的那条环城马路，把车开到了鹳山脚下，一步登天，爬上春江第一楼头眺望的时候，他才吃了一惊，说这山水真像是摩西的魔术。因为车由凌家桥转弯，跑在杭富道上，所见的只是些青山平谷，茅舍枫林。到得富阳，沿了那座弓也似的舒姑屏山脚，驶入站里，也只能看到些错落的人家，与一排人家南岸的高山，就是到了东城脚下，在很狭的新筑马路上走下车来的一刻，没有到过富阳的人，也决不会想到登山几步，就可以看见这一幅山重水复的黄子久的画图的。

我们在山头那株樟树下的石栏上坐了好久，增崿并且还指着山下的一块汉高士严子陵先生垂钓处的石碑，将范文正公的祠堂记，以及上面七里泷边东台西台的故事，译给了这一位少校听。他听到了谢皋羽的西台恸哭的一幕，却兴奋起来了，说："为什么不拿这个故事来做一本戏剧？像席勒的《威廉退儿》一样，这地方倒也很可以起一座谢氏的祠堂。"

回来的时候，天色已经晚了。他一面开着车，眼睛呆呆看着远处，一边却幽幽地告诉我和增崿说："我若要选择第二个国籍的话，那我情愿做个中国人。"

车过分境岭后，他跳下车来，去看了一番建筑在近边山上的碉堡。我留在车里，陪伴着一位小姐，一位太太，从车窗里看见了他的那个向前微俯的背影，以及两脚蹒跚在斜阳衰草的山道上的缓步，我却突然间想起了一篇哈代的短篇，题名叫作《忧郁的骑兵》的小说。联想一活动，并且又想起刚才在鹳山上所谈的那一段话来了，皱鼻一哼，就哼出了这样的二十八字。

> 三分天下二分亡，四海何人吊国殇，
> 偶向西台台畔过，苔痕犹似泪淋浪。

双十节近在目前，我想将这几句狗屁诗来应景，把它当作国庆日的哀词，倒也使得。

一九三五年十月九日

杭州

　　杭州的出名，一大半是为了西湖。而人工的建设，都会的形成，初则是由于唐末五代，武肃王钱镠(西历十世纪初期)的割据东南，——"隋朝特创立此郡城，仅三十六里九十步。后武肃钱王，发民丁与十三寨军卒，增筑罗城，周围七十里许。……"(吴自牧《梦粱录》卷七)——再则是由于南宋建炎三年(一一二九)，高宗的临安驻跸，奠定国都。至若唐白乐天与宋苏东坡的筑堤导水，原也有功于杭郡人民，可是仅仅一位醉酒吟诗携妓的郡守的力量，无论如何，也是不能和帝王匹敌的。

　　据说，杭州的杭字，是因"禹末年，巡会稽至此，舍航登陆，乃名杭，始见于文字。"(柴虎巨著《杭州沿革大事考》)因之，我们可以猜想，禹以前，杭州总还是一个泽国。而这一个四千余年前的泽国，后来为越为吴，也为吴越的战场，为东汉的浙江，为三国吴的富春，为晋的吴郡，为隋唐的杭州，两为偏安国都，迭为省治，现在并且成了东南五省交通的孔道，歌舞喧天，别庄满地，简直又要恢复南宋当时的首都旧观了。

　　我的来住杭州，本不是想上西湖来寻梦，更不是想弯强弩来射潮。不过妻杭人也，雅擅杭音，父祖富春产也，歌哭于斯，叶落归根，人穷返里，故乡鱼米较廉，借债亦易——今年可不敢说——屋租尤其便宜，铩羽归来，正好在此地偷安苟活，坐以待亡。搬来住后，岁月匆匆，一眨眼间，也已经住了一年有半了。朋友中间晓得我的杭州住址者，于春秋佳日，旅游西湖之余，往往肯命高轩来枉顾。我也因独处穷乡，孤寂得可怜，我朋自远方来，自然喜欢和他们谈谈旧事，说说杭州。这么一来，不几何时，大家似乎已经把我看成了杭州的管钥，山水的东家。《中学生》杂志编者的特地写信来要我写点关于杭州的文章，大约原因总也在于此。

关于杭州一般的兴废沿革，有《浙江通志》《杭州府志》《仁钱县志》诸大部的书在。关于杭州的掌故，湖山的史迹等等，也早有了光绪年间钱塘丁申、丁丙两氏编刻的《武林掌故丛编》《西湖集览》与新旧《西湖志》《湖山便览》以及诸大书局大文豪的西湖游记或西湖游览指南诸书，可作参考。所以在这里，对这些，我不想再来饶舌，以虚费纸面和读者的光阴。第一，我觉得还值得一写，而对于读者，或者也不至于全然没趣的，是杭州人的性格。所以，我打算先从"杭州人"讲起。

第一个杭州人，究竟是哪里来的？这杭州人种的起源问题，怕同先有鸡蛋呢还是先有鸡一样，就是叫达尔文从阴司里复活转来，也很不容易解决。好在这些并非是我们的主题，故而假定当杭州这一块陆土出水不久，就有些野蛮的，好渔猎的人来住了，这些蛮人，我们就姑且当他们是杭州人的祖宗。吴越国人，一向是好战、坚忍、刻苦、猜忌，而富于巧智的。自从用了美人计，征服了姑苏以来，兵事上虽则占了胜利，但民俗上却吃了大亏；喜斗、坚忍、刻苦之风，渐渐地消灭了。倒是猜忌，使计诸官能，逐步发达了起来。其后经楚威王、秦始皇、汉高帝等的挞伐，杭州人就永远处在了被征服者的地位，隶属在北方人的胯下。三国纷纷，孙家父子崛起，国号曰吴，杭州人总算又吐了一口气，这一口气，隐忍过隋唐两世，至钱武肃王而吐尽。不久南宋迁都，固有的杭州人的骨里，混入了汴京都的人士的文弱血球，于是现在的杭州人的性格，就此决定了。

意志的薄弱，议论的纷纭；外强中干，喜撑场面；小事机警，大事糊涂；以文雅自夸，以清高自命；只解欢娱，不知振作等等，就是现在的杭州人的特性。这些，虽然是中国一般人的通病，但是看来看去，我总觉得以杭州人为尤甚。所以由外乡人说来，每以为杭州人是最狡猾的人，狡猾得比上海滩上的滑人还要厉害。但其实呢，杭州人只晓得占一点眼前的小利小名，暗中在吃大亏，可是不顾到的。等到大亏吃了，杭州人还要自以为是，自命为直，无以名之，名之曰"杭铁头"以自慰自欺。生性本是勤而且俭的杭州人，反以为勤俭是倒霉的事情，是贫困的暴露，是与面子有关的，所以父母教子弟的第一个原则，就是教他们游惰过日，摆大少爷的架子。等空壳大少爷的架子学成，父母年老，财产荡尽的时候，这些大少爷们在白天，还要上西湖去逛逛，弄件把长衫来穿穿，饿着肚皮而高使着牙签，到了晚上上黑暗的地方跪着讨饭，或者扒点东西，倒满不在乎，因为在黑暗里人家看不见，与面子还是无关，而大少爷的架子却不可不摆。至于做匪做强盗呢，却不会，决不会，杭州人并不是没有这个胆量，但杀头的时候要反绑着手去游街示众，与面子有关。最勇敢的杭州人，亦不过做做小窃而已。

唯其是如此，所以现在的杭州人，就永远是保有着被征服的资格的人，风雅倒很风雅，浅薄的知识也未始没有，小名小利，一着也不肯放松，最厉害的尤其是一张嘴巴。外来的征服者，征服了杭州人后，过不上三代，就也成了杭州人了，于是剃头者人亦剃其头，几十年后，仍复要被新的征服者来征服。照例类推，一年一年的下去。现在残存在杭州的固有杭州老百姓，计算起来，怕已经不上十个指头了。

人家说这是因为杭州的山水太秀丽了的缘故。西湖就像是一位"二八佳人体似酥"的狐狸精，所以杭州决出不出好子弟来。这话哩，当然也含有着几分真理。可是日本的山水，秀丽处远在杭州之上，瑞士我不晓得，意大利的风景画片我们总也时常看见的吧，何以外国人都可以不受着地理的限制，独有杭州人会陷入这一个绝境去的呢？想来想去，我想总还是教育的不好。杭州的家庭教育，社会教育，学校教育，总非要彻底地改革一下不可。

其次是该讲杭州的风俗了。岁时习俗，显露在外表的年中行事，大致是与江南各省相通的。不过在杭州像婚丧喜庆等事，更加要铺张一点而已。关于这一方面，同治年间有一位钱塘的范月桥氏，曾做过一册《杭俗遗风》，写得比较详细，不过现在的杭州风俗，细看起来，还是同南宋吴自牧在《梦粱录》里所说的差仿不多，因为杭州人根本还是由那个时候传下来，在那个时候改组过的人。都会文化的影响，实在真大不过。

一年四季，杭州人所忙的，除了生死两件大事之外，差不多全是为了空的仪式，就是婚丧生死，一大半也重在仪式。丧事人家可以出钱去雇人来哭。喜事人家也有专门说好话的人雇在那里借讨彩头。祭天地，祀祖宗，拜鬼神等等，无非是为了一个架子，甚至于四时的游逛，都列在仪式之内，到了时候，若不去一定的地方走一遭，仿佛是犯了什么大罪，生怕被人家看不起似的。所以明朝的高濂，做了一部《四时幽赏录》，把杭州人在四季中所应做的闲事，详细列叙了出来。现在我只教把这四时幽赏的简目，略抄一下，大家就可以晓得吴自牧所说的"临安风俗，四时奢侈，赏观殆无虚日"的话的不错了。

一、春时幽赏：孤山月下看梅花，八卦田看菜花，虎跑泉试新茶，西溪楼啖煨笋，保俶塔看晓山，苏堤看桃花，等等。

二、夏时幽赏：苏堤看新绿，三生石谈月，飞来洞避暑，湖心亭采莼，等等。

三、秋时幽赏：满家弄赏桂花，胜果寺望月，水乐洞雨后听泉，六和塔夜玩风潮，等等。

四、冬时幽赏：三茅山顶望江天雪霁，西溪道中玩雪，雪后镇海楼观晚炊，除夕登吴山看松盆，等等。

将杭州人的坏处，约略在上面说了之后，我却终觉不得不对杭州的山水，再来一两句简单的批评。西湖的山水，若当盆景来看，好处也未始没有，就是在它的比盆景稍大一点的地方。若要在西湖近处看山的话，那你非要上留下向西向南再走二三十里路不行。从余杭的小和山走到了午潮山顶，你向四面一看，就有点可以看出浙西山脉的大势来了。天晴的时候，西北你能够看得见天目，南面脚下的横流一线，东下海门，就是钱塘江的出口，龛赭二山，小得来像天文镜里的游星。若嫌时间太费，脚力不继的话，那至少你也该坐车下江干，过范村，上五云山头去看看隔岸的越山，与钱塘江上游的不断的峰峦。况且五云山足，西下是云栖，竹木清幽，地方实在还可以。从五云山向北若沿郎当岭而下天竺，在岭脊你就可以看到西岭下梅家坞的别有天地，与东岭下西湖全面的镜样的湖光。

若要再近一点，来玩西湖，我觉得南山终胜于北山，凤凰山胜果寺的荒凉远大，比起灵隐、葛岭来，终觉回味要浓厚一点。

还有北面秦亭山法华山下的西溪一带呢，如花坞秋雪庵、茭芦庵等处，散疏雅逸之致，原是有的，可是不懂得南画，不懂得王维、韦应物的诗意的人，即使去看了，也是毫无所得的。

离西湖十余里，在拱宸桥的东首，地当杭州的东北，也有一簇山脉汇聚在那里。俗称"半山"的皋亭山，不过因近城市而最出名，讲到景致，则断不及稍东的黄鹤峰，与偏北的超山。况且超山下的居民，以植果木为业，旧历二月初，正月底边的大明堂外（吴昌硕的坟旁）的梅花，真是一个奇观，俗称"香雪海"的这个名字，觉得一点儿也不错。

此外还有关于杭州的饮食起居的话，我不是做西湖旅行指南的人，在此地只好不说了。

一九三四年三月

西溪的晴雨

西北风未起，蟹也不曾肥，我原晓得芦花总还没有白，前两星期，源宁来看了西湖，说他倒觉得有点失望，因为湖光山色，太整齐，太小巧，不够味儿。他开来的一张节目上，原有西溪的一项，恰巧第二天又下了微雨，秋原和我就主张微雨里下西溪，好教源宁去尝一尝这西湖近旁的野趣。

天色是阴阴漠漠的一层，湿风吹来，有点儿冷，也有点儿香，香的是野草花的气息。车过方井旁边，自然又下车来，去看了一下那座天主圣教修士们的古墓。从墓门望进去，只是黑沉沉，冷冰冰的一个大洞，什么也看不见，鼻子里却闻吸到了一种霉灰的阴气。

把鼻子掀了两掀，耸了一耸肩膀，大家都说，可惜忘记带了电筒，但在下意识里，自然也有一种恐怖、不安和畏缩的心意，在那里作恶，直到了花坞的溪旁，走进窗明几净的静莲庵堂去坐下，喝了两碗清茶，这一些鬼胎，方才洗涤了个空空脱脱。

游西溪，本来是以松木场下船，带了酒盒行厨，慢慢儿地向西摇去为正宗。像我们那么高坐了汽车，飞鸣而过古荡、东岳，一个钟头要走百来里路的旅客，终于是难度的俗物。但是物也有俗益。你若坐在汽车座里，引颈而向西向北一望，直到湖州，只见一派空明，遥盖在淡绿成阴的斜平海上，这中间不见水，不见山，当然也不见人，只是涉涉茫茫，青青绿绿，远无岸，近亦无田园村落的一个大斜坡，过秦亭山后，一直到留下为止的那一条沿山大道上的景色，好处就在这里，尤其是当微雨朦胧，江南草长的春或秋的半中间。

从留下下船，回环曲折，一路向西向北，只在芦花浅水里打圈圈，圆桥茅舍，桑树蓼花，是本地的风光，还不足道，最古怪的，是剩在背后的一带湖上的青山，不知不觉，忽而又会得移上你的面前来，和你点一点头，又匆匆地别了。

摇船的少女，也总好算是西溪的一景：一个站在船尾把摇橹，一个坐在船头上使桨，身体一伸一俯，一往一来，和橹声的咿呀，水波的起落，凑合在一大又圆又曲的进行软调；游人到此，自然会想起瘦西湖边，竹西歌吹的闲情，而源宁昨天在漪园月下老人神速里求得的那枝灵签，仿佛是完全的应了。签诗的语文，是《庸风·桑中》章末后三句，叫作"期我乎桑中，要我乎上宫，送我乎淇之上矣"。

此后便到了交芦庵，上了弹指楼，因为是在雨里，带水拖泥，终于也感不到什么的大趣，但这一天向晚回来，在湖滨酒楼上放谈之下，源宁却一本正经地说："今天的西溪却比昨日的西湖，要好三倍。"

前天星期假日，日暖风和，并且在报上也曾看到了芦花怒放的消息。午后日斜，老龙夫妇，又来约去西溪，去的时候，太晚了一点，所以只在秋雪庵的弹指楼上，消磨了半日之半。一片斜阳，反照在芦花浅渚的高头，花也并未怒放，树叶也不曾凋落，原不见秋，更不见雪，只是一味的晴明浩荡，飘飘然，浑浑然，洞贯了我们的肠腑。老僧无相，烧了面，泡了茶，更送来了酒，末后还拿出了纸和墨，我们看看日影下的北高峰，看看庵旁边的芦花荡，就问无相，花要几时才能全白？老僧操着缓慢的楚国口音，微笑着说："总要到阴历十月的中间，若有月亮，更为出色。"说后，还提出了一个交换的条件，要我们到那时候，再去一玩，他当预备些精馔相待，聊当作润笔，可是今天的字，却非写不可。老龙写了"一剑横飞破六合，万家憔悴哭三吴"的十四个字，我也附和着抄了副不知在哪里见过的联语："春梦有时来枕畔，夕阳依旧上帘钩。"

喝得酒醉醺醺，走下楼来，小河里起了晚烟，船中间满载了黑暗，龙妇又逸兴遄飞，不知上那里去摸出了一支洞箫来吹着。"其声呜呜然，如怨如慕，如泣如诉，余音袅袅，不绝如缕"，倒真有点像是七月既望，和东坡在赤壁的夜游。

一九三五年十月二十四日

花坞

　　"花坞"这一个名字，大约是到过杭州，或在杭州住上几年的人，没有一个不晓得的，尤其是游西溪的人，平常总要一到花坞。二三十年前，汽车不通，公路未筑，要去游一次，真不容易，所以明明知道这花坞的幽深清绝，但脚力不健，非好游如好色的诗人，不大会去。现在可不同了，从湖滨向北向西的坐汽车去，不消半个钟头，就能到花坞口外。而花坞的住民，每到了春秋佳日的放假日期，也会成群结队，在花坞口的那座凉亭里鹄候，预备来做一个临时导游的角色，好轻轻快快地赚取游客的两毛小洋。现在的花坞，可真成了第二云栖，或第三九溪十八涧了。

　　花坞的好处，是在它的三面环山，一谷直下的地理位置，石人坞不及它的深，龙归坞没有它的秀。而竹木萧疏，清溪蜿绕，庵堂错落，尼媪翩翩，更是花坞独有的迷人风韵。将人来比花坞，就像浔阳商妇，老抱琵琶；将花来比花坞，更像碧桃开谢，未死春心；将菜来比花坞，只好说冬菇烧豆腐，汤清而味隽了。

　　我的第一次去花坞，是在松木场放马山背后养病的时候。记得是一天日和风定的清秋的下午，坐了黄包车，过古荡，过东岳，看了伴凤居，访过风木庵（是钱塘丁氏的别墅），感到了口渴，就问车夫，这附近可有清静的乞茶之处？他就把我拉到了花坞的中间。

　　伴凤居虽则结构堂皇，可是里面却也坍败得可以，至于杨家牌楼附近的风木庵哩，丁氏的手迹尚新，茅庵的木架也在，但不晓怎么，一走进去，就感到了一种扑人的霉灰冷气。当时大厅上停在那里的两口丁氏的棺材，想是这一种冷气的发源之处，但泥墙倾圯，蛛网绕梁，与壁上挂在那里的字画屏条一对比，极自然地令人生出了"俯仰之间，已成陈迹"的感想。因为刚刚在看了这两处衰落的别墅之后，所以一到花坞，就觉得清新安逸，像世外桃源的样子了。

自北高峰后，向北直下的这一条坞里，没有洋楼，也没有伟大的建筑，而从竹叶杂树中间透露出来的屋檐半角，女墙一围，看将过去却又显得异常的整洁，异常的清丽。英文字典里有 Cottase 的这一个名字。而形容这些茅屋田庄的安闲小洁的字眼，又有着许多像 Tiny，Dainty，Snug 的绝妙佳词，我虽则还没有到过英国的乡间，但到了花坞，看了这些小庵却不能自已地便想起了这种只在小说里读过的英文字母。我手指着那些在林间散点着的小小的茅庵，回头来就问车夫："我们可能进去？"车夫说："自然是可以的。"于是就在一曲溪旁，走上了山路高一段的地方，到了静掩在那里的，双黑板的墙门之外。

车夫使劲敲了几下，庵里的木鱼声停了，接着门里头就有一位女人的声音，问外面谁在敲门。车夫说明了来意，铁门闩一响，半边的门开了，出来迎接我们的，却是一位白发盈头，皱纹很少的老婆婆。

庵里面的洁净，一间一间小房间的布置的清华，以及庭前屋后树木的参差掩映，和厅上佛座下经卷的纵横，你若看了之后，仍不起皈依弃世之心的，我敢断定你就是没有感觉的木石。

那位带发修行的老比丘尼去为我们烧茶煮水的中间，我远远听见了几声从谷底传来的鹊噪的声音。大约天时向暮，乌鹊来归巢了，谷里的静，反因这几声的急噪，而加深了一层。

我们静坐着，喝干了两壶极清极酽的茶后，该回去了，迟疑了一会，我就拿出了一张纸币，当作茶钱，那一位老比丘尼却笑起来了，并且婉慢地说：

"先生！这可以不必，我们是清修的庵，茶水是不用钱买的。"

推让了半天，她不得已就将这一元纸币交给了车夫，说："这给你做个外快罢！"

这老尼的风度，和这一次逛花坞的情趣，我在十余年后的现在，还在津津地感到回味。所以前一礼拜的星期日，和新来杭州住的几位朋友遇见之后，他们问我"上那里去玩？"我就立时提出了花坞，他们是有一乘自备汽车的，经松木场，过古荡东岳而去花坞，只须二十分钟，就可以到。

十余年来的变革，在花坞里也留下了痕迹。竹木的清幽，山溪的静妙，虽则还同太古时一样，但房屋加多了，地价当然也增高了几百倍，而最令人感到不快的，却是这花坞的住民的变作了狡猾的商人。庵里的尼媪，和退院的老僧，也不像从前的恬淡了，建筑物和器具之类，并且处处还受着了欧洲的下劣趣味的恶化。

同去的几位，因为没有见到十余年前花坞的处女时期，所以仍旧感觉得非常满意，以为九溪十八涧、云栖决没有这样的清幽深邃，但在我的内心，却想起了一位素朴天真，沉静幽娴的少女，忽被有钱有势的人奸了以后又被弃的状态。

一九三五年三月二十四日

皋亭山

　　皋亭山俗称半山，以"半山娘娘庙"出名。地在杭城东北角，与城市相去大约有十五六里路之遥。上半山进香或是春游的人，可以从万安桥头下船，一直的遵水路向东北摇去。或从湖墅，拱宸桥以及城里其他各埠下船去都行。若从陆路去，最好是坐火车到笕桥下车，向北走去，到半山只有七里。倘由拱宸桥走去，怕要走十多里路了，而路又曲折容易走错。汽车路，不知通到了什么地方，因为航空学校在皋亭山下笕桥之南三五里，大约汽车路总一定是有的。

　　先说明了这一条路径，其次要说我去游皋亭的经验了，这中间，还可以插叙些历史上的传说进去。

　　自前年搬到了杭州来住后，去年今年总算已经过了两个春天。我所最爱的季节，在江南是秋是冬，以及春初的一二个月。以后天气一热，从春晚到夏末，我简直是一个病夫，晚上睡不着觉，日里头晕脑涨，不吃酒也像是个醉狂的人。去年春天，为防止这一种疰夏——其实也可以说是疰春——病的袭来，老早我就在防卫，想把身体练得好些，可以敌得过浓春的压迫，盛夏的熏蒸。故而到了春初，我就日日地游山玩水，跑路爬高，书也不读，文章也不写。有一天正在打算找出一处不曾去过的地方来，去游它一天，消磨那一日长闲的春昼，恰巧有一位多年不见的诗人何君来了，他是住在临平附近的人，对于那一边的地里，是很熟悉的。我问说："临平山，超山，唐楼镇，都已经去过了，东面还有更可以玩的地方没有？"他垂头想了一想，就说："半山你到过没有？"我说："没有！"于是就决定了一道去游半山。

半山本名皋亭山，在清朝各诗人的集子里，记游皋亭看桃花的诗词杂文很多很多。我们去的那一天，桃花虽还没有开，但那一年春天来得较迟，梅花也许是还有的。皋亭虽不是出梅子的地方，可是野人篱落，一树半枝的古梅，倒也许比梅林更为有趣。何君从故乡来，说迟梅还正在盛开，而这一天的天气，也正适合于探梅野步。

我们去时，本打算上笕桥去下车，以后就走到皋亭山上庙里去吃午餐的，但一到车站，听说四等车已经开了，于是不得已只能坐火车到了拱宸桥。

在拱宸桥下车，遥望着皋亭的山色，向北向东，穿桑林，过小桥，一路地走去，那一种萧疏的野景，实在也满含着牧歌式的情趣。到了离皋亭山不远，入沿堤一处村子里的时候，梅花已经看了不少，说话也说尽了两三个钟头，而肚子也有点像贪狼似的饿了。

我们在堤上的一家茶馆里，烘着太阳，脱下衣服，先喝了两大碗的土烧酒，吃了十几个茶叶蛋，和一大包花生米豆腐干。村里的人，看见我们食量的宏大，行动的奇特，在这早春的农闲期里，居然也聚集拢了许多农工织女，来和我们攀谈。中间有一位抱小孩的二十二三岁的少妇，衣服穿得异常的整齐，相貌也生得非常之完满，默默微笑着坐在我们一丛人的边上，再听我们谈海天，说笑话，而时时还要加以一句两句的羞缩的问语。何诗人得意之至，酒喝完后，诗兴发了，即席就吟成了一首七言长句，后来就题上了"半山娘娘庙"的墙壁，他要我和，我只做成了一半，后一半却是在回来的路上做的，当然是出韵了，原诗已经记不出来，我现在先把我的和诗抄在下面：

> 春愁如水刀难断，村酿偏醇醉易狂，
> 笑指朱颜称白也，乱抛青眼到红妆，
> 上方钟定夫人庙，东阁诗成水部郎，
> 看遍野梅三百树，皋亭山色暮苍苍。

因为我们在茶馆里所谈的，就是这一首诗里的故实。

他们说:"半山娘娘最有灵感,看蚕的人家,每年来这里烧香的,从二月到四月,总有几千几万。"

他们又说:"半山娘娘,是小康王封的。金人追小康王到了这山的半腰,小康王无处躲了,幸亏这娘娘一把泥沙,撒瞎了追来的金人的眼睛。"

又有一个老农夫订正这一个传说:"小康王逃入了半山的山洞,金人赶到了,幸亏娘娘把一篓细丝倒向了洞口,因而结成了蛛网,今人看见蛛网满洞,晓得小康王决不躲在洞里,所以又远追了开去。"

凡此种种,以及香灰疗病,娘娘托梦等最近的奇迹,他们都说得活灵活现,我们仿佛是到了西方的佛国。故而何诗人做了诗,而不是诗人的我也放出了那么的一"臭",其实呢,半山庙所祀的为倪夫人。据说,金人来侵,村民避难入山,向晚大家回村去宿,独倪夫人怕被奸污,留居山上,夜间为毒蛇咬死。人悯其贞,故立庙祀之。所谓撒沙,所谓倒丝筐,都是由这传说里滋生出来的枝节,而祠为宋敕,神为女神,却是实事。

我们饱吃了一顿,大笑了一场,就由这水边的村店里走出,沿堤又走了二三里路,就走上了皋亭脚下的一个有山门的村子。这里人家更多,小店里的货色也比较的完备。但村民的新年习惯,到了阴历的二月还未除去,山门前的亭子里,茶店里,有许多人围着在赌牌九。何诗人与我,也挤到了进去,押了几次,等四毛小洋输完后,只好转身入山门,上山去瞻仰半山娘娘的像了。

庙的确是在半山,庙里的匾额、签文以及香烛之类,果然堆叠得很多。但正殿三间,已经倾颓灰黑了,若再不修理,怕将维持不下去。西面的厢房一排数间,是厨房,也是管庙管山的人的宿舍,后面更有一个观音堂,却是新近修理粉刷过的。

因为半山庙的前后左右,也没有什么好看,桃树也并没有看见,梅花更加少了,我们就由倪夫人庙西面的一条山路走上了山顶。登高而望远,风景是总不会坏的,我们在皋亭山顶,自然也看见了杭州城里的烟树人家与钱塘江南岸的青山。

从山顶下来,时间已经不早了,何诗人将诗题上了西厢的粉壁后,两人就跑也似地走到了笕桥。

一年的岁月,过去得很快。今年新春刚过,又是饲蚕的时节了,前几天在万安桥头闲步，并且还看见了桅杆上张着黄旗的万安及半山朝山进香的香船，因而便想起了去年的游踪，因而又发出了一"臭"：

半堤桃柳半堤烟，急景清明谷雨前，
相约皋亭山下去，沿河好看进香船。

一九三五年三月廿七日

扬州旧梦寄语堂

语堂兄：

> 乱掷黄金买阿娇，穷来吴市再吹箫，
> 箫声远渡江淮去，吹到扬州廿四桥。

  这是我在六七年前——记得是一九二八年的秋天，写那篇《感伤的行旅》时瞎唱出来的歪诗；那时候的计划，本想从上海出发，先在苏州下车，然后去无锡，游太湖，过常州，达镇江，渡瓜步，再上扬州去的。但一则因为苏州在戒严，再则因在太湖边上受了一点虚惊，故而中途变计，当离无锡的那一天晚上，就直到了扬州城里。旅途不带诗韵，所以这一首打油诗的韵脚，是姜白石的那一首"小红唱曲我吹箫"的老调，系凭着了车窗，看看斜阳衰草，残柳芦苇，哼出来的莫名其妙的山歌。

  我去扬州，这时候还是第一次；梦想着扬州的两字，在声调上，在历史的意义上，真是如何地艳丽，如何地够使人魂销而魄荡！

  竹西歌吹，应是玉树后庭花的遗音；茧苑迷楼，当更是临春结绮等沉檀香阁的进一步的建筑。此外的锦帆十里，殿脚三千，后土祠琼花万朵，玉钩斜青冢双行，计算起来，扬州的古迹、名区，以及山水佳丽的地方，总要有三年零六个月才逛得遍。唐宋文人的倾倒于扬州，想来一定是有一种特别见解的，小杜的"青山隐隐水迢迢"，与"十年一觉扬州梦"，还不过是略带感伤的诗句而已，至如"君王忍把平陈业，只换雷塘数亩田"，"人生只合扬州死，禅智山光好墓田"，那简直是说扬州可以使你的国亡，可以使你的身死，而也决无后悔的样子了，这还了得！

在我梦想中的扬州，实在太有诗意，太富于六朝的金粉气了，所以那一次从无锡上车之后，就是到了我所最爱的北固山下，亦没有心思停留半刻，便匆匆地渡过了江去。

长江北岸，是有一条公共汽车路筑在那里的；一落渡船，就可以向北直驶，直达到扬州南门的福运门边。再过一条城河，便进扬州城了，就是一千四五百年以来，为我们历代的诗人骚客所赞叹不止的扬州城，也就是你家黛玉的爸爸，在此撒下了孤儿升天成佛去的扬州城！

我在到扬州的一路上，所见的风景，都平坦肃杀，没有一点令人可以留恋的地方，因而想起了晁无咎的赴广陵道中的诗句：

> 醉卧符离太守亭，别都弦管记曾称，
> 淮山杨柳春千里，尚有多情忆小胜。
>
> （小胜，劝酒女鬟也。）
> 急鼓冬冬下泗州，却瞻金塔在中流，
> 帆开朝日初生处，船转春山欲尽头。
> 杨柳青青欲哺乌，一春风雨暗隋渠，
> 落帆未觉扬州远，已喜淮阴见白鱼。

才晓得他自安徽北部，下泗州，经符离（现在的宿县）由水道而去的，所以得见到许多景致，至少至少，也可以看到两岸的垂杨和江中的浮屠鱼类。而我去的一路呢，却只见了些道路树的洋槐，和秋收已过的沙田万顷，别的风趣，简直没有。连绿杨城廓是扬州的本地风光，就是自隋朝以来的堤柳，也看见得很少。

到了福运门外，一见了那一座新修的城楼，以及写在那洋灰壁上的三个福运门的红字，更觉得兴趣索然了。在这一种城门之内的亭台园囿，或楚馆秦楼，哪里会有诗意呢？

进了城去，果然只见到了些狭窄的街道，和低矮的市廛，在一家新开的绿杨大旅社里住定之后，我的扬州好梦，已经醒了一半了。入睡之前，我原也去逛了一下街市，但是灯烛辉煌，歌喉宛转的太平景象，竟一点儿也没有。"扬州的好处，或者是在风景。明天去逛瘦西湖、平山堂，大约总特别的会使我满足，今天且好好儿地睡它一晚，先养养我的脚力吧！"这是我自己替自己解闷的想头，一半也是真心诚意，想驱逐驱逐宿娼的邪念的一道符咒。

第二天一早起来，先坐了黄包车出天宁门去游平山堂。天宁门外的天宁寺、天宁寺后的重宁寺，建筑的确伟大，庙貌也十分的壮丽，可是不知为了什么，寺里不见一个和尚，极好的黄松材料，都断的断，拆的拆了，像许久不经修理的样子。时间正是暮秋，那一天的天气又是阴天，我身到了这大伽蓝里，四面不见人影，仰头向御碑佛像以及屋顶一看，满身出了一身冷汗，毛发都倒竖起来了，这一种阴戚戚的冷气，叫我用什么文字来形容呢？

回想起二百年前，高宗南幸，白天宁门至蜀冈，七八里路，尽用白石铺成，上面雕栏曲槛，有一道像颐和园昆明湖上似的长廊甬道，直达至平山堂下，黄旗紫盖，翠辇金轮，妃嫔成队，侍从如云的盛况，和现在的这一条黄沙曲路，只见衰草牛羊的萧条野景来一比，实在是差得太远了。当然颓井废垣，也有一种令人发思古之幽情的美感，所以鲍明远会作出那篇《芜城赋》来。但我去的时候的扬州北郭，实在太荒凉了，荒凉得连感慨都叫人抒发不出。

到了平山堂东面的功德山观音寺里，吃了一碗清茶，和寺僧谈起这些景象，才晓得这几年来，兵去则匪至，匪去则兵来，住的都是城外的寺院。寺的坍败，原是应该，和尚的逃散，也是不得已的。就是蜀冈的一带，三峰十余个名刹，现在有人住的，只剩了这一个观音寺了，连正中峰有平山堂在的法净寺里，此刻也没有了住持的人。

平山堂一带的建筑，点缀，园圃，都还留着有一个旧日的轮廓。像平远楼的三层高阁，依然还在，可是门窗却没有了；西园的池水以及第五泉的泉路，都还看得出来，但水却干涸了；从前的树木、花草、假山、叠石，并其他的精舍亭园，现在只剩了许多痕迹，有的简直连遗址都无寻处。

我在平山堂上，瞻仰了一番欧阳公的石刻像后，只能屁也不放一个，悄悄地又回到了城里。午后想坐船了，去逛的是瘦西湖小金山五亭桥的一角。

在这一角清淡的小天地里，我却看到了扬州的好处。因为地近城区，所以荒废也并不十分厉害。小金山这面的临水之处，并且还有一位军阀的别墅(徐园)建筑在那里，结构尚新，大约总还是近年来的新筑。从这一块地方，看向五亭桥法海塔去的一面风景，真是典丽矞皇，完全像北平中南海的气象。至于近旁的寺院之类，却又因为年久失修，谈不上了。

瘦西湖的好处，全在水树的交映，与游程的曲折。秋柳影下，有红蓼青萍，散浮在水面，扁舟擦过，还听得见水鸟的鸣声，似在暗泣。而几个湾儿一绕，水面阔了，猛然间闯入眼来的，就是那一座有五个整齐金碧的亭子排立着的白石平桥，比金鳌玉，虽则短些，可是东方建筑的古典趣味，却完全荟萃在这一座桥，这五个亭上。

还有船娘的姿势，也很优美；用以撑船的，是一根竹竿，使劲一撑，竹竿一弯，同时身体靠上去着力，臀部腰部的曲线，和竹竿的线条，配合得异常匀称，异常复杂。若当暮雨潇潇的春日，雇一个容颜姣好的船娘，携酒与茶，来瘦西湖上回游半日，倒也是一种赏心的乐事。

船回到了天宁门外的码头，我对那位姑娘，却也有点儿依依难舍的神情，所以就出了一个题目，要她在岸上再陪我一程。我问她："这近边还有好玩的地方没有？"她说："还有天宁寺，平山堂。"我说："都已经去过了。"她说："还有史公祠。"于是就由她带路，抄过了天宁门，向东走到了梅花岭下。瓦屋数间，荒坟一座，有的人还说坟里面葬着的只是史阁部的衣冠，看也原没有什么好看，但是一部二十四史掉尾的这一位大忠臣的战绩，是读过明史的人，无不为之泪下的。况且经过《桃花扇》作者的一描，更觉得史公的忠肝义胆，活跃在纸上了。我在祠墓的中间立着想着，穿来穿去地走着，竟耽搁了那一位船娘不少的时间。本来是阴沉短促的晚秋天，到此竟垂垂欲暮了，更向东踏上了梅花岭的斜坡，我的唱山歌的老病又发作了，就顺口唱出了这么的二十八字：

> 三百年来土一邱，忠臣遗爱满扬州，
> 二分明月千行泪，并作梅花岭下秋。

写到这里，本来是可以搁笔了，以一首诗起，更以一首诗终，岂不很合鸳鸯蝴蝶的体裁的么？但我还想加上一个总结，以醒醒你的骑鹤上扬州的迷梦。

　　总之，自大业初开邗沟入江渠以来，这扬州一郡，就成了中国南北交通的要道。自唐历宋，直到清朝，商业集中于此，冠盖也云屯在这里。既有了有产及有势的阶级，则依附这阶级而生存的奴隶阶级，自然也不得不产生。贫民的儿女，就被他们强迫作婢妾，于是乎就有了杜牧之的青楼薄幸之名，所谓"春风十里扬州路"者，盖指此。有了有钱的老爷，和美貌的名娼，则饮食起居（园亭），衣饰犬马，名歌艳曲，才士雅人（帮闲食客），自然不得不随之而俱兴，所以要腰缠十万贯，才能逛扬州者，以此。但是铁路开后，扬州就一落千丈，萧条到了极点。从前的运使，河督之类，现在也已经驻上了别处；殷实商户，巨富乡绅，自然也分迁到了上海或天津等洋大人的保护之区，故而目下的扬州只剩了一个历史上的剥制的虚壳，内容便什么也没有了。

　　扬州之美，美在各种的名字，如绿扬村、廿四桥、杏花村舍、邗上农桑、尺五楼、一粟庵等。可是你若辛辛苦苦，寻到了这些最风雅也没有的名称的地方，也许只有一条断石，或半间泥房，或者简直连一条断石，半间泥房都没有的。张陶庵有一册书，叫作《西湖梦寻》，是说往日的西湖，如何可爱，现在却不对了，可是你若到扬州去寻梦，那恐怕要比现在的西湖还更不如。

　　你既不敢游杭，我劝你也不必游扬，还是在上海梦里想象想象欧阳公的平山堂，王阮亭的红桥，《桃花扇》里的史阁部，《红楼梦》里的林如海，以及盐商的别墅，乡宦的妖姬，倒来得好些。枕上的卢生，若长不醒，岂非快事。一遇现实，那里还有 Dichtung 呢！

一九三五年五月

雁荡山的秋月

古人并称上天台雁荡，而宋范成大序《桂海岩洞志》，亦以为天下同称的奇秀山峰，莫如池之九华，歙之黄山，括之仙都，温之雁荡，夔之巫峡。大约范成大，没有到过关中，故终南华山，不曾提及。我们南游三日，将天台东北部的高山飞瀑（西部寒岩明岩未去），略一飞游——并非坐了飞机去游，是开特快车游山之意——之后，急欲去雁荡，一赏鬼工镌雕的怪石奇岩，与夫龙湫大瀑，十月二十七日在天台国清寺门前上车，早晨还只有七点。

自天台去雁荡山所在的乐清县北，要经过临海，黄岩，温岭等县。到临海（旧章安城）的东南角巾山山下，还要渡过灵江，汽车方能南驶，现在公路局筑桥未竣，过渡要候午潮，所以我们到了临海之后，倒得了两三个钟头的空，去东湖拜了忠逸樵夫之祠，上巾山的双塔下，看了华胥洞，黄华丹井——巾山之得名，盖因黄华升仙，落帻于此——等古迹，到十二点钟左右，才乘潮渡过江去。临海的山容水貌，也很秀丽，不过还不及富春江的高山大水，可以令人悠然忘了人世。自临海到黄岩，要经过括苍山脉东头的一条大岭，岭头有一个仙人桥站，自后徐经仙人桥至大道地的三站中间，汽车尽在山上曲折旋绕，路线有点像昱岭关外与仙霞岭南的样子。据开车的司机说这一条岭共有八十四弯，形势的险峻，也可想而知。

黄岩县城北，也有一条永江要渡，桥也尚未筑成，不过此处水深，不必候潮，所以车子一到，就渡了过去。县城的东北，江水的那边，三江口上，更有一支亭山在俯瞰县城，半山中有一簇树，一个白墙头的庙，在阳光里吐气，想来总又是黄岩县的名胜了，遥望而过。黄岩一县内，多橘子树园，树并不高，而金黄的橘实，都结得累累欲坠，在返射斜阳，车驰过处，风味倒也异样，很像我年轻的时候，在日本纪州各处旅行时的光景。

自黄岩经温岭到乐清县的离大荆城南五里路的地方，村名叫作水积（或名积水，不知是哪二个字），前临大海，海中有岛，后峙双旗冈峰，峰中也有叠嶂一排，在暗示着雁荡的奇峰怪石。游人到此，已经有点心痒难熬的样子了，因为隔一条溪，隔一重山，在夕阳下，早就看得出谢公岭外老僧送客之类的奇形怪状的石岩阴影，北来自大溪镇到此，约有三十余里的行程。

在雁荡第一重口外，再渡过那条自石门潭流下来的清溪，西驰七八里，过白溪，到响岭头，就是雁荡东外谷的口子，汽车路筑到此地为止，雁荡到了。

在口外下车，远望进去，只看见了几个巉岏的石峰尖。太阳已经快下山了，我们是由东向西而入谷的，所以初走进去的时候，一眼并不看见什么。但走了半里多上灵岩寺去的石砌路后，渡过石桥，忽而一变，千千万万的奇异石壁，都同天上刚掉下去似的，直立在我们的四周，一条很大很大的溪水，穿在这些绝壁的中间，在向东缓流出来。壁来得太高太陡，天只剩下了狭狭的一条缝，日已下山，光线不似日间的充足。石壁的颜色，又都灰黑，壁缝里的树木，也生得屈曲有一种怪相，我们从东外谷走入内谷的七八里地路上，举头向前后左右望望，几乎被胁得连口都不敢开了。山谷的奇突，大与寻常习见的样子不同，教人不得不想起诗圣但丁的《神曲》，疑心我们已经跟了那位罗马诗人，入了别一个境界。

在龙王庙前折向了北去，头脑里对于一路上所见的峰嶂的名目，如猴披衣，蓼花嶂，响嵩门，霞嶂洞，听诗叟，双鲤峰之类，还没有整理得清楚，景色一变，眼前又呈出了一幅更清幽，更奇怪，更伟大的画本。原来这东内谷里的向北去灵岩寺谷里的一区，是雁荡的中心，也是雁荡山杰作里的顶点。初入是一条清溪，许多树木与竹林。再进，劈面就是一排很高很长，像罗马古迹似的展旗嶂，崛起在天边，直挂向地下，后方再高处又是一排屏霞嶂，这屏霞嶂前，左右环抱，尽是一枝一枝的千万丈高的大石柱，高可以不必说，面积之大周围也不知有多少里，而最奇的，是这些大柱的头和脚，大小是一样的，所以都是绝壁，都是圆柱。小龙湫瀑布，也就在灵岩寺西北的一大石峰上，从顶点直泻下来的奇景。灵岩寺，看过着很小很小，隐藏在这屏霞嶂脚，顶珠峰，展旗峰，石屏风（全在寺东）与天柱峰，双鸾峰，卷图峰，独秀峰，卓笔峰（全在寺西）等的中间；地位的好，峰岩的多而且奇，只有永康方岩的五峰书院，可以与它比比。但方岩只是伟大了一点，紧凑却还不及这里。

灵岩寺的开辟，在宋太平兴国四年，僧行亮神昭为其始祖，后屡废屡兴。现在的寺，却是数年前，由护法者蒋叔南潘耀庭诸君所募建。蒋君今年夏季去世，潘君现任雁荡山风景区整理委员，住在寺中。当家僧名成圆，亦由蒋潘诸君自宁波去迎来者，人很能干，具有实际办事的手腕。

在灵岩寺的西楼住下之后，天已经黑了。先去请教也住在寺中，率领黄岩中学学生来雁荡旅行的两位先生，问我们在雁荡，将如何的游法？因为他们已经在灵岩寺住了三日，打算于明晨出发回黄岩去了。饭后又去请了潘委员来，打听了一番雁荡山大概的情形。

雁荡山的总括，可以约略的先在此地说一说：第一，山在乐清县东北九十里，系亘立东西的一排连山，东起石门潭，西迄白岩六十里；北自甸岭，南至斤竹涧口四十里；自东向西，历来分成东外谷，东内谷，西内谷，西外谷的四部，以马鞍岭为界而分东西。全山周围，合外境有四百二十里。雁山北部，更有南阁谷，北阁谷二区，以溪分界。南阁南至石柱，北至北屏山二里，东至马屿，西至会仙峰十六里；北阁村南北二里，东西五里，西北极甸岭山，为雁荡北址。

雁山开山者相传为晋诺讵那尊者，凡百有二峰，六十一岩，四十六洞，十八刹，十六亭，十七潭，十三瀑。入游之路线，有四条。一是东路从白溪经响岭头自东南入谷，就是我们所经之路线。二是北路由大荆越谢公岭自东北入谷至岭峰。三是南路由小芙蓉经四十九盘岭自南入谷至能仁寺，从乐清来者率由此。四是西路从大芙蓉自西南经本觉寺至梅雨潭。

峰之最高者为百冈尖，高一万一千五百公尺，雁湖在西外谷连霄岭上，高九千公尺。

这雁荡山的梗概，是根据潘委员的口述，和《广雁荡山志》及《雁山全图》而摘录下来的。我们因为走马游山，前后只有三日工夫好费，还要包括出发和到着的日期在内，所以许多风景，都只能割爱。晚上就和潘委员在灯下拟定明日只看西石梁的大瀑布，大龙湫瀑，梅雨潭，回至能仁寺午餐。略游斤竹涧就回灵岩寺宿。出发之日（即第三日），午前一游净名寺，至灵峰略看看观音洞北斗洞等，就出向头岭由原路出发回去。北部的绝景，中央的百冈尖当然是不能够去，就如显胜门，龙溜等处，一则因无时间，二则因无大路无宿处，也只能等下次再来了。这样拟定了游程之后，预期着明天的一天劳顿，我们就老早的爬上了床去。

约莫是午前的三四点钟，正梦见了许多岩壁，在四面移走拢来，几乎要把我的渺渺五尺之躯，压成粉碎的时候，忽而耳边一阵喇叭声，一阵嘈杂声起来了。先以为是山寺里起了火，急起披衣，踏上了西楼后面的露台去一看，既不见火，又不见人，周围上下，只是同海水似的月光，月光下又只是同神话中的巨人似的石壁，大色苍苍，只余一线，四围岑寂，远远地也听得见些断续的人声。奇异，神秘，幽寂，诡怪，当时的那一种感觉，我真不知道要用些什么字来才形容得出！起初我以为还在连续着做梦，这些月光，这些山影，仍旧是梦里的畸形，但摸摸石栏，看看那枝谁也要被它威胁压倒的天柱石峰与峰头的一片残月，觉得又太明晰，太正确，绝不像似梦里的神情。呆立了一会，对这雁荡山中的秋月顶礼了十来分钟，又是一阵喇叭声，一阵整队出发报名数的号令声传过来了，到此我才明白，原来我并不是在做梦，是那一批黄岩中学的学生要出发赶上大溪去坐轮船去了！这一批学生的叫唤，这一批青年的大胆行为，既救了我梦里的危急，又指示给了我这一幅清极奇极的雁山夜月的好画图，我的心里，竟莫名其妙地感激起来了，跑下楼去，就对他们的两位临走的教师热烈地热烈地握了一回手。送他们出了寺门以后，我并且还在月光下立着，目送他们一个个小影子渐渐地被月光岩壁吞没了下去。

雁荡山中的秋月！天柱峰头的月亮！我想就是今天明天，一处也不游，便尔回去，也尽可以交代得过去，说一声"不虚此行"了，另外还更希望什么呢？所以等那些学生们走后，我竟像疯子一样一个人在后面楼外的露台上呆对着月光峰影，坐到了天明，坐到了日出，这一天正是旧历九月二十的晚上廿一的清晨。

等同去的文伯，及偶然在路上遇着成一伙的奥伦斯登，科伯尔厂经理毕士敦 Mr. H. H. Bernstein 与戴君起来，一齐上轿，到大龙湫的时候，太阳已经升得很高，似在已午之间了。一路上经下灵岩村，三宫殿，上灵岩村，过马鞍岭。在左右手看了些五指峰，纱帽峰，老鼠峰，猫峰，观音峰，莲台嶂，祥云峰，小剪刀峰之类，形状都很像，峰头都很奇，但因为太多了，到后来几乎想向在说明的轿夫讨饶，请他不要再说，怕看得太多，眼睛里脑里要起消化不良之症。

大龙湫的瀑布，在江南瀑布当中真可以称霸，因为石壁的高，瀑身的大，潭影的清而且深，实在是江浙皖几省的瀑布中所少有的。我们到雁荡之先，已经是旱得很久了。故而一条瀑布，直喷下来，在上面就成了点点的珠玉。一幅真珠帘，自上至地，有三四千丈高，百余尺阔，岩头系突出的，帘后可以通人，立在与日光斜射之处，无论何时，都看得出一条虹影。凉风的飒爽，潭水的清澄，和四围山岭的重叠，是当然的事情了，在大龙湫瀑布近旁，这些点景的余文，都似乎丧失了它们的价值，瀑布近旁的摩崖石刻，很多很多，然而无一语，能写得出这大龙湫的真景。《广雁荡山志》上，虽则也载了不少的诗词歌赋，来咏叹此景，但是身到了此间，哪里还看得起这些秀才的文章呢？至于画画，我想也一定不能把它的全神传写出来的，因为画纸决没有这么长，而溅珠也决没有这样的匀而且细。

出大龙湫，经瑞鹿峰剪刀峰（侧看是一帆峰）下，沿大锦溪过华严岭罗汉寺前，能在石壁的半空中看得出一座石刻的罗汉像。斧凿的工巧有艺术味，就是由我这不懂雕刻的野人看来，也觉得佩服之至。从此经竹林，过一条很高很长的东岭，遥望着芙蓉峰，观音岩等（雁湖的一峰是在东岭岭上可以看见的）。绕骆驼洞下面至西石梁的大瀑布。

西石梁是一块因风化而中空下坠的大石梁，下有一个老尼在住的庵，西面就是大瀑布。这瀑布的高大，与大龙湫瀑布等，但不同之处，是在它的自成一景，在石壁中流。一块数千丈的石壁，经过了几千万年的冲击，中间成了一个圆形大柱式的空洞，两面围抱突出，中间是一数丈宽数千丈高的圆洞，瀑布就从上面沿壁在这空圆洞里直泻下来。下面的潭，四壁的石，和草树清溪，都同大龙湫差仿不多。但西面连山，雁荡山的西尽头，差不多就快到了，而这瀑布之上，山顶平处，却又是一大村落。山上复有山，世外是桃源的情景，正和天台山的桐柏乡，曲异而工同。

从西石梁瀑布顺原路回来，路上又去看了梅雨潭及潭前的一座含珠峰，仍过东岭，到了自芙蓉南来经四十九盘岭可到的能仁寺里。

这能仁寺在西内谷丹芳岭下，系宋咸平二年僧全了所建。本来是雁荡山中的最大的丛林，有一宋时的大铁锅在可以作证，现在却萧条之至，大殿禅房，还都在准备建筑中。寺前有燕尾瀑，顺溪南流，成斤竹洞，绕四十九盘岭，可至小芙蓉。这一路上风景的清幽绝俗，当为雁山全景之冠，可惜我们没有时间，只领略了一个大概，就赶回了灵岩寺来宿。

这一天的傍晚，本拟上寺右的天窗洞，寺左的龙鼻水去拜观灵岩寺的二奇的，但因白天跑了一天，太辛苦了，大家不想再动。我并且还忘不了今晨似的山中的残月，提议明朝也于三时起床，踏月东下，先去看了灵峰近旁的洞石，然后去响头岭就行出发，所以老早就吃了夜饭，老早就上了床。

然而胜地不常，盛筵难再，第二日早晨，虽则大家也忍着寒、抛着睡，于午前三点起了身，可是淡云蔽月，光线不明，我们真如在梦里似地走了七八里路，月亮才兹露面。而玩月光玩得不久，走到灵峰谷外朝阳洞下的时候，太阳却早已出了海，将月光的世界散文化了。

不过在残月下，晨曦里的灵峰山景，也着实可观，着实不错，比起灵岩的紧凑来，只稍稍觉得疏散一点而已。

灵峰寺是在东谷口内向北两三里地的地方，东越谢公岭可达大荆。近旁有五老峰，斗鸡峰，幞头峰，灵芝峰，犀角峰，果盒岩，船岩，观音洞，北斗洞，苦竹洞，将军洞，长春洞，响板洞诸名胜，顺鸣玉溪北上，三里可达真际寺。寺为宋天圣元年僧文吉所建，本在灵峰峰下，不知几百年前，这峰因风化倒了，寺屋尽毁。现在在这倒灵峰下的一块隙地上，方在构木新筑灵峰寺。我们先在果盒岩的溪亭上坐了一会，就攀援上去，到观音洞去吃早餐。

两岩侧向，中成一洞，洞高二三百丈，最上一层，人迹所不能到，但洞中生有大树一株，系数百年物，枝叶茂盛，从远处望来，了了可见。下一层是观音洞的选物场，洞中宽广，建有大殿，并五百应真的石刻。东面一水下滴成池，叫作洗心泉，旁有明刻宋刻的题名记事碑无数。自此处一层一层的下去，有四五层楼三四百石级的高度，洞的高广，在雁荡山当中，以此为最。最奇怪的，是在第三层右手壁上的一个石佛，人立右手洞底，向东南洞口远望出去，俨然是一座地藏菩萨的侧面形，但跑近前去一看，则什么也没有了，只一块突出的方石。上一层的右手壁上还有一个一指物，形状也极像，不过小得很。

看了灵岩灵峰近边的峰势，看了观音洞（亦名合掌洞）里的建筑及大龙湫等，我们以为雁荡的山峰岩洞溪瀑等，也已经大略可以想象得出了，所以旁的地方，也不想再去走，只到北斗洞去打了一个电话，叫汽车的司机早点预备，等我们一出谷口，就好出发。

总之，雁荡本是海底的奇岩，出海年月，比黄山要新，所以峰岩峻削，还有一点锐气，如山东崂山的诸峰。今年春间，欲去黄山而未果，但看到了黄山前卫的齐云白岳，觉得神气也有点和灵峰一带的山岩相像。在迎着太阳走出谷来，上汽车去的路上，我和文伯，更在坚订后约，打算于明年以两个月的工夫，去歙县游遍黄山，北下太平，上青阳南面的九华。然后出长江，息匡庐，溯江而上，经巫峡，下峨嵋，再东下沿汉水而西入关中，登太华以笑韩愈，入终南而学长生，此行若果，那么我们的志愿也毕，可以永永老死在蓬窗陋巷之中了。

一九三四年十一月九日

屯溪夜泊记

屯溪是安徽休宁县属的一个市镇，虽然居民不多——人口大约最多也不过一二万——工厂也没有，物产也并不丰富，但因为地处在婺源，祁门，黟县，休宁等县的众水汇聚之乡，下流成新安江，从前陆路交通不便的时候，徽州府西北几县的物产，全要从这屯溪出去，所以这个小镇居然也成了一个皖南的大码头，所以它也就有了小上海的别名。"生意兴隆通四海，财源茂盛达三江"，这一副最普通的联语，若拿来赠给屯溪，倒也很可以指示出它的所以得繁盛的原委。

我们的飘泊到屯溪去，是因为东南五省交通周览会的邀请，打算去白岳黄山看一看风景。而又蒙从前的徽州府现在的歙县县长的不弃，替我们介绍了一家徽州府里有名的实在是龌龊得不堪的宿夜店，觉得在徽州是怎么也不能够过夜了，所以才夜半开车，闯入了这小上海的屯溪市里。

虽则小上海，可究竟和大上海有点不同，第一，这小上海所有的旅馆，就只有大上海的五万分之一。我们在半夜的混沌里，冲到了此地，投各家旅馆，自然是都已经客满了，没有办法，就只好去投奔公安局——这公安局却是直系于省会的一个独立机关，是屯溪市上，最大并且也是唯一的行政司法以及维持治安的公署，所以尽抵得过清朝的一个州县——请他们来救济，我们提出的办法，是要他们去为我们租借一只大船来权当宿舍。

这交涉办到了午前的一点，才兹办妥，行李等物，搬上船后，舱铺清洁，空气通畅，大家高兴了起来，就交口称赞语堂林氏的有发明的天才，因为大家搬上船上去宿的这一件事情，是语堂的提议，大约他总也是受了天随子陆龟蒙或八旗名士宗室宝竹坡的影响无疑。

浮家泛宅，大家联床接脚，在蔑篷底下，洋油灯前，谈着笑着，悠悠入睡的那一种风情，倒的确是时代倒错的中世纪的诗人的行径。那一晚，因为上船得迟了，所以说废话说不上几刻钟，一船里就呼呼地充满了睡声。

第二天，天下了雨。在船上听雨，在水边看雨的风味，又是一种别样的情趣，因为天雨，旅行当然是不行，并且林潘全叶的四位，目的是只在看看徽州，与自杭州至徽州的一段公路的，白岳黄山，自然是不想去的了，只教天一放晴，他们就打算回去，于是乎我们便有了一天悠闲自在的屯溪船上的休息。

屯溪的街市，是沿水的两条里外的直街，至西面而尽于屯浦，屯浦之上是一条大桥，过桥又是一条街，系上西乡去的大路。是在这屯浦桥附近的几条街上，由他们屯溪人看来，觉得是完全毛色不同的这一群丧家之犬，尽在那里走来走去的走。其实呢，我们的泊船之处，就在离桥不远的东南一箭之地，而寄住在船上，却有两件大事，非要上岸去办不可，就是，一，吃饭；二，大便。

况且，人又是好奇的动物，除了睡眠，吃饭，排泄以外，少不得也要使用使用那两条腿，于必要的事情之上，去做些不必要的事情。于是乎在江边的那家饭馆延旭楼即紫云馆，和那座公坑所，当然是可以不必说，就是一处贩卖破铜烂铁的旧货铺，以及就开在饭馆边上的一家假古董店，也突然地增加了许多顾客。我在旧货铺里，买了一部歙县吴殿麟的《紫石泉山房集》，语堂在那家假古董店里，买了些桃核船，翡翠，琥珀，以及许多碎了的白瓷。大家回到船上研究起来，当以两毛钱买的那些点点的瓷片，最有价值，因为一只纤纤的玉手，捏着的是一条粗而且长，头如松菌的东西，另外的一条三角形的尖粽而带着微有曲线的白柄者，一定是国货的小脚。这些碎瓷，若不是康熙，总也是乾隆，说不定，恐怕还是前朝内府坤宁宫里的珍藏。仔细研究到后来，你一言，我一语，想入非非，笑成一片，致使这一个水上小共和国里的百姓们，大家都堕落成了群居终日，专为不善的小人团。

早午饭吃后，光旦、秋原等又坐了车上徽州去了，语堂、增嘏，歪身倒在床上看书打瞌睡，只有被鬼附着似地神经质的我，在船里觉得是坐立都不能安，于是乎只好着了雨鞋，张着雨伞，再上岸去，去游屯溪的街市。

雨里的屯溪，市面也着实萧条。从东面有一块枪毙红丸犯处的木牌立着的地方起，一直到西尽头的屯浦桥附近为止，来回走了两遍，路上遇着的行人，数目并不很多，比到大上海的中心街市，先施、永安下那块地方的人海人山，这小上海简直是乡村角落里了。无聊之极，我就爬上了市后面的那一排小山之上，打算对屯溪全市，作一个包罗万象的高空鸟瞰。

市后的小山，断断续续，一连倒也有四五个山峰。自东而西，俯瞰了屯溪市上的几千家人家，以及人家外围，贯流在那里的三四条溪水之后，我的两足，忽而走到了一处西面离桥不远的化山的平顶。顶上的石柱石磴石梁，依然还在，然而一堆瓦砾，寸草不生，几只飞鸟，只在乱石堆头慢声长叹。我一个人看看前面天主堂界内的杂树人家，和隔岸的那条同金字塔样的狮子（俗称扁担）石山，觉得阴森森毛发都有点直竖起来了，不得已就只好一口气地跳下了这座在屯溪市是地点风景最好也没有的化山。后来上桥头的酒店里去坐下，向酒保仔细一探听，才晓得民国十八年的春天，宋老五带领了人马，曾将这屯溪市的店铺民房，施行了一次火洗，那座化山顶上的化山大寺，也就是于这个时候被焚化了的。那时候未被烧去而仅存者，只延旭楼的一间三层的高阁和天主堂内的几间平房而已。

在酒店里，和他们谈谈说说，我只吃了一碟炒四件，一斤杂有泥沙的绍兴酒，算起账来，竟被敲去了两块大洋，问"何以会这么的贵？"回答说"本地人都喝的歙酒，绍兴酒本来是很贵的。"这小上海的商家，别的上海样子倒还没有学好，只有这一个欺生敲诈的门径，却学得来青胜于蓝了，也无怪有人告诉我说，屯溪市上，无论哪一家大商店，都有讨价还价，就连一盒火柴，一封香烟，也有生人熟面的市价不同。

傍晚四五点的时候，去徽州的大队人马回来了，一同上延旭楼去吃过晚饭，我和秋原、增嘏、成章四人，在江岸的东头走走，恰巧遇见了一位自上海来此像白相人那么的汽车小商人。他于陪我们上游艺场去逛了一遍之余，又领我们到了一家他的旧识的乐户人家。姑娘的名号现在记不起来了，仿佛是翠华的两字，穿着一件黑绒的夹袄，镶着一个金牙齿，相貌倒也不算顶坏，听了几句徽州戏，喝了一杯祁门茶后，出到了街上，不意门头又遇见了三位装饰时髦到了极顶，身材也窈窕可观的摩登美妇人。那一位引导者，和她们也似乎是素熟的客人，大家招呼了一下走散之后，他就告诉了我们她们的身世。她们的前身，本来是上海来游艺场献技的坤角，后来各有了主顾，唱戏就不唱了。不到一年，各主顾忽又有了新恋，她们便这样的一变，变作了街头的神女。这一段短短的历史，简单虽也简单得很，但可惜我们中间的那位江州司马没有同来，否则倒又有一篇《琵琶行》好做了。在微雨黄昏的街上走着，他还告诉了我们这里有几家头等公娼，几家二等花茶馆，几家三等无名窟，和诨名"屯溪之王"的一家半开门。

回到了残灯无焰的船舱之内，向几位没有同去的诗人们报告了一番消息，余事只好躺下去睡觉了，但青衫憔悴的才子，既遇着了红粉飘零的美女，虽然没有后花园赠金，妓堂前碰壁的两幕情景，一首诗却是少不得的。斜倚着枕头，合着船篷上的雨韵，哼哼唧唧，我就在朦胧的梦里念成了一首"新安江水碧悠悠，两岸人家散若舟，几夜屯溪桥下梦，断肠春色似扬州"的七言绝句。这么一来，既有了佳人，又有了才子，煞尾并且还有着这一个有诗为证的大团圆，一出屯溪夜泊的传奇新剧本，岂不就完全成立了么？

一九三四年五月

青岛、济南、北平、北戴河的巡游

　　带青带绿的颜色，对于视觉，大约是特别的健全，尤其是深蓝，海天的深蓝，看了使人会莫名其妙的感到一种愉快。可是单调的色彩，只是一色的色彩，广大无边地包在你的左右四周，若一点儿变化也没有，成日成夜地与你相对，日久了当然是也要生厌的。青岛的好处就在这里，第一，就在她的可以使你换一换口味；第二，到了她的怀里，去摸索起来，却也并不单调，所以在暑热的时候，去住一两个月，恰正合适。

　　无论你南边从上海去，或北边从天津去，若由海道而去青岛，总不过二三十个钟头，可以到了。你在船舱里，只和海和天相对，先当然是觉得愉快，觉得伟大，觉得是飘然遗世而独立，羽化而登仙的样子。但一昼夜过后，未免要感到落寞，感到厌倦。正当你内心在感到这些，而嘴里还没有叫出来的时候，而白的灯台，红的屋瓦，弯曲的海岸，点点的近岛遥山，就净现上你的视界里来了，这就是青岛。所以从海道去青岛的人对她所得的最初印象，比无论哪一个港市，都要清新些，美丽些。香港没有她的复杂，广州不及她的洁净，上海比她欠清静，烟台比她更渺小，刘公岛我虽则还没有到过，但推想起来，总也不能够和青岛的整齐华美相比并的。以女人来比青岛，她像是一个大家的闺秀；以人种来说青岛，她像是一个在情热之中隐藏着身份的南欧美妇人。

青岛的特色之一，是在她的市区的高低不平，与树木的青葱。都市的美观，若一味平直，只以颜色与摩天的高阁来调和，是不能够引人入胜的；而青岛的地面，却尽是一支支的小山，到处可以看得见海，到处都是很适宜的住宅区。就是那一条从前叫弗利特利希大街，现在叫中山路的商业通衢，两端走走，也不过两三里路，就到海边了。街的两面，一走上去，就是小山，就是眺望很好的高地。

从前路过青岛，只在船楼上看看她的绿树与红楼，虽觉她很美，但还没有和她亲过吻，抱过腰。今年带了儿女，去住一个夏天，方才觉"东方第一良港""东方第一避暑区"的封号，果然不是徒有其表的虚称。

海水浴场的设备如何，暂且不去管它，第一是四周的那么些个浅滩，恐怕是在东亚，没有一处避暑区赶得上青岛。日本的海岛，当然也有好的，像明石须磨的一带，都是风光明媚的地方，可是小湾没有青岛的多，而岸线又不及青岛的曲。至于日本的北面临日本海的海岸呢，气候虽则凉冷，但风浪太大，避暑洗海水澡总有点不大适宜。

青岛，缺点当然也是有的：第一，夏天的空气太潮湿，雾露太多，就有点儿使人不舒服。其次则外国的东方舰队，来青岛避暑停泊的数目实在多不过，因而白俄的娼妇，中国盐水妹的来赶夏场买卖的，也混杂热闹到了使人分不出谁是良家的女子。喜欢异国颓废的情调的人，或者反而对此会感兴趣，但想去看一点书，做一点事情的人，被这些酒肉气醉人的淫暖之风一吹，总不免要感到头昏脑涨，想呕吐出来。我今年的一个夏天就整整的被这些活春宫冲坏了的。日里上海滨去看看裸体，晚上在露台听听淫辞，结果我就一个字也没有写，一册书也没有读，到了新秋微冷的时候，就匆匆坐了胶济车上北平去了。明年我就打算不再去青岛，而上一个更清静一点的海岸或山上去过夏天。

崂山的风景，原也不错，可是一般人所颂赞的大崂观靛缸湾一带的清溪石壁，也只平平，看过江南的清景的人，对此是不会感到特异的美感的。要讲伟大，要耐人寻味，自然是外崂沿海一带，从白云洞、华岩寺到太清宫的一路。我在青岛的时候，曾有一位小姐，向我说过石老人附近，景色的清幽，浮山午山庙周围，梨花的艳异，但因为去的时候不巧，对于这些绝景，都不曾领略，此生不知有没有再去的机会了，我到现在，还长怅念。

由青岛去济南的道上，最使我感到兴奋的，是过潍县之后，到青州之先，在朱刘店驿，从车窗里遥望首阳山的十几分钟。伯夷叔齐的古迹，在中国原有好几处，但山东的一角孤山，似乎比较有趣一点，因为地近田横岛，联想起来，也着实富于诗意。洁身自好之士，处到了这一种乱世，谁能保得住不至饿死？我虽不敢仰慕夷齐之清高，也决没有他们的节操与大志，但是饿死的一点，却是日像一日，尽可以与这两位孤竹国的王子比比了。所以车过首阳之后，走得老远老远，我还探头窗外，在对荒山的一个野庙默表敬意。至于青州的云门山、于陵的长白山、白云山等，只稍稍掉头望了一望，明知道不能去登，也就不觉得是什么了不得的名山胜地了。可是云门的六朝石刻，听说确是货真价实的历史上的宝物。

到济南城后，找着了李守章氏，第二日照例的去游千佛山、大明湖、趵突泉、金线泉、黑虎泉等名胜。自然是以家家流水、户户垂杨的黑虎泉（现在新设了游泳池了）一带，风景最为潇洒。大明湖的倒影千佛山，我倒也看见，只教在历下亭的后面东北堤旁临水之处，向南一望，千佛山的影子便了了可见，可是湖景并不觉得什么美丽。只有蒲菜、莲蓬的味道，的确还鲜，也无怪乎居民的竞相侵占，要把大明湖改变作大明村了。就在这一天的晚上，我们离开了李清照、辛弃疾的生地而赶上了平浦的通车，原因是为了映霞还没有到过北平，想在没有被人侵夺去之前，去瞻仰瞻仰这有名的旧日的皇都。

北平的内容，虽则空虚，但外观总还是那么的一个样子。人口增加，新居添筑，东安、西单两市场，人海人山，汽车电车的声音，也日夜的不断。可是，戏院的买卖减了，八大胡同里的房子大半空了，大店家的好货也不大备了，小馆子的顾客大增，而大饭庄的灯火却萧条起来了。到平之后，并且还听见西山都出了劫案，杀死了人。在故宫里看了几日假古董，北海、中央公园内喝了几次茶，上三贝子花园、颐和园去跑了一跑之后，应水淇之招，我们就一直的到了山海关内的北戴河边。刚在青岛看海看厌了的我们，这一回对北戴河自然不能像从前似的有上级形容词来赞美了。不过有两件事情，我总觉得北戴河要比青岛好些。第一，是汽车声音的绝无；第二，是避暑客人的高尚。不过话也要说回来，在鹿囿上面的那一家菜馆里吃饭的时候，白俄女人的做买卖的也未始不曾看见，但数目少了，反而以为万绿丛中一点红，这一块肉，倒是少她不得的。

北戴河的骡子，实在是一种比黄包车汽车轿子更有诗意的乘物。我们到了车站，故意想难难没有骑过骡儿的映霞，大家就不坐车而骑骡。但等到了张家大楼，她的骑骡术已经谙熟了，以后直到离开北戴河为止，她就老爱在骡背上跨着，不肯下来。

北戴河的气候，当然要比青岛的好，但人工的设备，地面的狭小，却比青岛差得很远。东山区域，住宅太多，卫生状况也因而不好。我以为西面联峰山下，一直到海滨的一段，将来必定要兴盛起来。但自第五桥，沿海上南天门去的一路，风景也真好不过。

尤其是南天门金山嘴的一角，东望秦皇岛山海关，南临渤海，北去鸽子窝也不过两三里地的路程。北戴河的海山景色，当以此地为中心，而别庄不多，那娘娘庙的建筑，也坍败得不堪，我真觉得奇怪。还有那个三皇殿哩，再过两年，怕庙址都要没处去寻了，我不懂北戴河的公益所，何以不去修理修理，使成一避暑的游息之所。

这一次在北戴河住得不久，所以像汤泉山、背牛顶的胜水岩等处，都没有去成。但在回来的路上，到了滦口，看看阳山碣石山等不断的青峰，与夫滦河蜿蜒的姿势，就觉得山水的秀丽，不仅是江南的特产了，在关以内和关以外，何尝没有明媚的山川？但大好的山河，现在都拱手让人拿去筑路开矿，来打我们中国了，叫我们小百姓又有什么法子去拼命呢？古人有"马后桃花马前雪，出关争得不回头"的诗句，希望衮衮诸公，不要误信诗人，把这些好地方都看作了雪地冰天，丢在脑后才好！

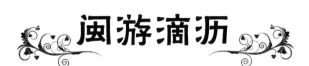

闽游滴沥

——之二

　　曾经到过福州的一位朋友写信来，说福建留在他脑子里的印象，依次序来排列，当为：第一山水，第二少女，第三饮食，第四气候。福建的山水，实在也真美丽，北崎仙霞，西耸武夷，蜿蜒东南直下，便分成无数的山区。地气温暖，微雨时行，以故山间草木，一年中无枯萎的时候。最奇怪的，是梅花开日，桃李也同时怒放，相思树，荔枝树，榕树，杜松之属，到处青葱欲滴，即在寒冬，亦像是首夏的样子。

　　闽江发源浦城县北渔梁山下，亦称建溪，又叫剑江，更有一个西江的别号，大抵随地易名，到处收纳清溪小水，曲折而达福州，更从南台折而向东向南，以入于海。水色的清，水流的急，以及湾处江面的宽，总之江上的景色，一切都可以做一种江水的秀逸的代表。扬子江没有她的绿，富春江不及她的曲，珠江比不上她的静。人家在把她譬作中国的莱茵，我想这譬喻总只有过之，决不会得不及。

　　你试想想，福建既有了那么些个山，又有了这么大的一条水，盘旋环绕，终岁绿成一片，自然的风景，那里还会得比别处更差一点儿？然而"逢人都问武夷山"，仿佛是福建的景致，只限在闽西崇安的一角，除了九曲的清溪，三十六峰的崇山峻岭而外，别的就不足道似的，这又是什么缘故？想来想去，我想最大的原因，总还是在古代交通的不便。因为交通不便之故，所以外省的人士，很少有得到福建来的。一二个驰骋中原的闽中骚客，懒得把乌龟山，蛇山，老虎山，狮子山等小山浅水，一一地列举出来，就只言其大者著者的武夷山来包括一切。于是外面的人，只晓得福建仅有武夷的三三六六，而返射过来，福建人也只知道唯有武夷山是值得向人夸说的了。其实呢，在闽江的两岸，以及从闽东直下，一直至诏安和广东接壤的海滨一带，都是无山不秀，无水不奇的地方，要取景致，非但是十景八景，可以随手而得，就是千景万景，也不难给取出很风雅很好听的名字来，如我们故乡西湖上的平湖秋月，苏堤春晓之类。

说虽则如此的说，但因尘事的劳人，闽南闽北，直到今日，我终还没有去过，所以详细的记叙，只好等诸异日，现在只能先从实地见过到过的地方说起，还是来记一点福州以及附廓的山川大略罢。

周亮工的《闽小记》，我到此刻为止，也还不曾读过；但正在托人搜访，不知他所记的究竟是些什么。以我所见到的闽中册籍，以及近人的诗文集子看来，则福州附廓的最大名山，似乎是去东门外一二十里地远的鼓山。闽都地势，三面环山，中流一水，形状绝像是一把后有靠背左右有扶手的太师椅子。若把前面的照山，也取在内，则这一把椅子，又像是面前有一横档，给一二岁的小孩坐着玩的高椅了。两条扶手的脊岭，西面一条，是从延平东下，直到闽侯结脉的旗山。这山隔着江水，当夕阳照得通明，你站上省城高处，向西望去，原也看得浓紫绸缊，可是究竟路隔得远了一点，可望而不可即，去游的人，自然不多。东面的一条扶手，本由闽侯北面的莲花山分脉而来，一支直驱省城，落北而为屏山，就成了上面的一座镇海楼镇着的省城座峰；一支分而东下，高至二千七八百尺，直达海滨，离城最远处，也不过五六十里，就是到过福州的人，无不去登，没有到过福州的人，也无不闻名的鼓山了。鼓山自北而东而南，绵亘数十里，襟闽江而带东海，且又去城尺五，城里的人，朝夕偶一抬头，在无论什么地方，都看得见这座头上老有云封，腰间白墙点点的瑰奇屏障。所以到福州不久，就有友人，陪我上山去玩，玩之不足，第二次并且还去宿了一宵。

鼓山的成分，当然也和别的海边高山一样，不外乎是些岩石泥沙树木泉水之属，可是它的特异处，却又奇怪得很，似乎有一位同神话里走出来的艺术巨人，把这些大石块，大泥沙，以及树木泉流，都按照了多样合致的原理，细心堆叠起来的样子。

坐汽车而出东城，三十分钟就可以到鼓山脚下的白云廨门口；过闽山第一亭，涉利见桥，拾级盘旋而上，穿过几个亭子，就到半山亭了，说是半山，实在只是到山腰涌泉寺的道路的一半，到最高峰的巉岩——俗称卓顶——大约总还有四分之三的路程。走过半山亭后，路也渐平，地也渐高，回眸四望，已经看得见闽江的一线横流，城里的人家春树，与夫马尾口外，海面上的浩荡的烟岚。过更衣亭，放生池后，涌泉寺的头山门牌坊，就远远在望了，这就是五代时闽王所创建的闽中第一名刹，有时候也叫作鼓山白云峰涌泉院的选佛大道场。

涌泉寺的建筑布置，原也同其他的佛地丛林一样，有头山门，二山门，钟鼓楼，天王殿，大雄宝殿，后大殿，藏经楼，方丈室，僧寮客舍，戒堂，香积厨等等，但与别的大寺院不同的，却有三个地方。第一，是大殿右手厢房上的那一株龙爪松。据说未有寺之先，就有了这一株树，那么这棵老树精，应该是五代以前的遗物了，这当然是只好姑妄听之的一种神话，可是松枝盘曲，苍翠盖十余丈周围，月白风清之夜，有没有白鹤飞来，我可不能保，总之以躯干来论它的年纪，大约总许有二三百岁的样子。第二，里面的一尊韦驮菩萨，系跷起了一只脚，坐在那里。关于这镇坐韦驮的传说，也是一个很有趣味的故事，现在只能含混地重述一下，作未曾到过鼓山的人的笑谈，因为和尚讲给我听的话，实际上我也听不到十分之二三，究竟对与不对，还须去问老住鼓山的人才行。

从前，一直在从前，记不清是那一朝的那一年了，福建省闹了水荒呢也不知旱荒，有一位素有根器的小法师，在这涌泉寺里出了家，年龄当然还只有十一二岁的光景。在这一个食指众多的大寺院里，小和尚当然是要给人家虐待，奚落，受欺侮的。荒年之后，寺院里的斋米完了，本来就待这小和尚不好的各年长师兄们，因为心里着了急，自然更要虐待虐待这小师弟，以出出他们的气。有一天风雨雷鸣的晚上，小和尚于吞声饮泣之余，双眼合上，已经朦胧睡着了，忽而一道红光，照射斗室，在他的面前，却出现了那位金身执杆的韦驮神。他微笑着对小和尚说："被虐待者是有福的，你明天起来，告诉那些虐待你的众僧侣罢，叫他们下山去接收谷米去，明天几时几刻，是有一个人会送上几千几百担的米来的。"第二天天明，小和尚醒了，将这一个梦告诉了大家，大家只加添了些对他的揶揄，那里能够相信？但到了时候，小和尚真的绝叫着下山去了，年纪大一点的众僧侣也当作玩耍似的嘲弄着他而跟下了山。但是，看呀！前面起的灰尘，不是运米来的车子么？到得山下，果然是那位城里的最大米商人送米来施舍了。一见小和尚合掌在候，他就下车来拜，嘴里还喃喃地说，活菩萨，活菩萨，南无阿弥陀佛，救了我的命，还救了我的财。原来这一位大米商，因鉴于饥馑的袭来，特去海外贩了数万斛的米，由海船运回到福建来的。但昨天晚上，将要进口的时候，忽而狂风大雨，几乎把海船要全部地掀翻。他在舱里跪下去热心祈祷，只希望老天爷救救他的老命。过了一会，霹雳一声，桅杆上出现了两盏红灯，红灯下更出现了那一位金身执杵的韦驮大天君。怒目而视，高声而叱，他对米商人说："你这一个剥削穷民，私贩外米的奸商，今天本应该绝命的，但念你祈祷的诚心，姑且饶你。明朝某时某刻，你要把这几船米的全部，送到鼓山寺去。山下有一位小法师合掌在等的，是某某菩萨的化身，你把米全交给他罢！"说完不见了韦驮，也不见了风云雷雨，青天一抹，西边还现出了一规残夜明时的月亮。

众僧侣欢天喜地，各把米搬上了山，放入了仓，而小和尚走回殿来，正想向韦驮神顶礼的时候，却看见菩萨的额上，流满了辛苦的汗，袍甲上也洒满了雨滴与浪花。于是小和尚就跪下去说："菩萨，你太辛苦了，你且坐下去息息罢！"本来是立着的韦驮神，就突然地跷起了脚，坐下去休息了——

涌泉寺的第三个特异之处，真的值得一说的，却是寺里宝藏着的一部经典。这一部经文，前两年日本曾有一位专门研究佛经的学者，来住寺影印，据说在寺里寄住工作了两整年，方才完工，现在正在东京整理。若这影印本整理完后，发表出来，佛学史上，将要因此而起一个惊天动地的波浪，因为这一部经，是天上天下，独一无二的宝藏，就是在梵文国的印度，也早已绝迹了的缘故。此外还有一部血写的《金刚经》，和几叶菩提叶画成的藏佛，以及一瓶舍利子，也算是这涌泉寺的寺宝，但比起那一部绝无仅有的佛典来，却谈不上了。我本是一个无缘的众生，对佛学全没有研究，所以到了寺里，只喜欢看那些由和尚尼姑合拜的万佛胜会，寺门内新在建筑的回龙阁，以及大雄宝殿外面广庭里的那两枝由海军制造厂奉献的铁铸灯台之类，经典终于不曾去拜观。可是庙貌的庄严伟大，山中空气的幽静神奇，真是别一个境界，别一所天地。凡在深山大寺，如广东的鼎湖山，浙江的天目山，天台山等处所感得到的一种绝尘超世，缥缈凌云之感，在这里都感得到，名刹的成名，当然也不是一件偶然的事情。

一九三六年三月在福州

玉皇山

　　杭州西湖的周围，第一多若是蚊子的话，那第二多当然可以说是寺院里的和尚尼姑等世外之人了。若五台、普陀各佛地灵场，本来为出家人所独占的共和国，情形自然又当别论，可是你若上湖滨去散一回步，注意着试数他一数，大约平均隔五分钟总可以见到一位缁衣秃顶的佛门子弟，漫然阔步在许多摩登士女的中间。这，说是湖山的点缀，当然也可以。

　　杭州的和尚尼姑，虽则多到了如此，但道士可并不见得比别处更加令人触目，换句话说，就是数目并不比别处特别的多。建炎南渡，推崇道教，甚至官位之中，也有宫观提举的一目，而上皇、太后、宫妃、藩主等退隐之所，大抵都是道观，一脉相沿，按理而讲，杭州是应该成为道教的中心区域的，但事实上却又不然。《西湖游览志》里所说的那些城内外的胜迹道院，现在大都只变了一个地名，院且不存，更哪里来的道士？

　　西湖边上，住道士的大寺观，为一般人所知道而且有时也去去的，北山只有一个黄龙洞，南山当然要推玉皇山了。

　　玉皇山屹立在西湖与钱塘江之间，地势和南北高峰堪称鼎足。登高一望，西北看得尽西湖的烟波云影，与夫围绕在湖上的一带山峰；西南是之江，叶叶风帆，有招之即来，挥之便去之势；向东展望海门，一点巽峰，两派潮路，气象更加雄伟；至于隔岸的越山，江边的巨塔，因为是居高临下的关系，俯视下去，倒觉得卑卑不足道了。像这样的一座玉皇山，而又近在城南尺五之间，阖城的人，全湖的眼，天天在看它，照常识来判断，当然应该成为湖上第一个名区的，可是香火却终于没有灵隐三竺那么的兴旺，我在私下，实在有点儿为它抱不平。

细想想，玉皇山的所以不能和灵隐三竺一样的兴盛，理由自然是有的，就是因为它的高，它的孤峰独立，不和其他的低峦浅阜联结在一道。特立独行之士，孤高傲物之辈，大抵不为世谅，终不免饮恨而终的事例，就可以以这玉皇山的冷落来作证明。

惟其太高，惟其太孤独了，所以玉皇山上自古迄今，终于只有一个冷落的道观，既没有名人雅士的题咏名篇，也没有豪绅富室的捐输施舍，致弄得千余年来，这一座襟长江而带西湖的玉柱高峰，志书也没有一部。光绪年间，听说曾经有一位监院的道士——不知是否月中子？——托人编撰过一册薄薄的《玉皇山志》的，但它的目的，只在搜集公文案牍而已，记兴革，述山川的文字是没有的，与其称它作志，倒还不如说它是契据的好。

我闲时上山去，于登眺之余，每想让出几个月的工夫来，为这一座山，为这一座山上的寺观，抄集些像志书材料的东西，可是蓄志多年，看书也看得不少，但所得的结果，也仅仅二三则而已。这山唐时为玉柱峰，建有玉龙道院。宋时为玉龙山，或单称龙山，以与东面的凤凰山相对，使符郭璞"龙飞凤舞到钱塘"之句，入明无为宗师创建福星观，供奉玉皇上帝，始有玉皇山的这一个名字。清康熙年间，两浙总督李敏达公，信堪舆之说，以为离龙回首，所以城中火患频仍，就在山头开了日月两池，山腰造了七只铁缸，以像北斗七星之像，合之紫阳山上的坎卦石和北城的水星阁，作了一个大大的镇火灾的迷阵，于是玉皇山上的七星缸也就著名了。洪杨时毁后，又由杨昌濬总督重修了一次，现在的道观，却是最近的监院紫来李道士的中兴工业，听说已经花去了十余万金钱，还没有完工哩。这是玉皇山寺观兴废的大略，系道士向我述说的历史，而田汝成的《游览志》里之所记，却又有点不同，他说："龙山一名卧龙山，又名龙华山，与上下石龙相接。山北有鸿雁池，其东为白塔岭。上有天真禅寺，梁龙德中钱王建寺，今惟一庵存焉。山腰为登云台，又名拜郊台，盖钱王僭郊天地之所也。宋籍田在山麓天龙寺下，中阜规圆，环以沟塍，作八卦状，俗称九宫八卦田，至今不紊。山旁有宋郊坛。"

关于玉皇山的历史，大约尽于此了，至于八卦田外的九连塘（或作九莲塘），以及慈云（东面）丁婆（西面）两岭的建筑物古迹等，当然要另外去考。

而俗传东面山头的百花公主点将台和海宁陈阁老的祖坟在八卦田下等神话，却又是无稽之谈了。

玉皇山的坏处，实在也就是它的好处。因为平常不大有人去，因为山高难以攀登，所以你若想去一游，不会遇到成千成万的下级游人，如吴山的五狼八豹之类。并且紫来洞新开，东面由长桥而去的一条登山大道新辟，你只教有兴致，有走三里山路的脚力，上去花它一整天的工夫，看看长江，看看湖面，便可以把一切的世俗烦恼，一例都消得干干净净。我平时爱上吴山，可以借登高的远望而消胸中的块垒，可是块垒大了，几杯薄酒和小小的吴山，还消它不得的时候，就只好上玉皇山去。去年秋天，记得曾和增嘏他们去过一次，大家都惊叹为杭州的新发现，今年也复去过两回，每次总能够发现一点新的好处，所以我说，玉皇山在杭州，倒像是我的一部秘藏之书；东坡食蚝，还有私意，我在这里倒真吐露了我的肺腑衷情。

一九三五年十一月

江南的冬景

　　凡在北国过过冬天的人，总都知道围炉煮茗，或吃煊羊肉，剥花生米，饮白干的滋味。而有地炉、暖炕等设备的人家，不管它门外面是雪深几尺，或风大若雷，而躲在屋里过活的两三个月的生活，却是一年之中最有劲的一段蛰居异境。老年人不必说，就是顶喜欢活动的小孩子们，总也是个个在怀恋的，因为当这中间，有的是萝卜、雅儿梨等水果的闲食，还有大年夜、正月初一、元宵等热闹的节期。

　　但在江南，可又不同；冬至过后，大江以南的树叶，也不至于脱尽。寒风——西北风——间或吹来，至多也不过冷了一日两日。到得灰云扫尽，落叶满街，晨霜白得像黑女脸上的脂粉似的清早，太阳一上屋檐，鸟雀便又在吱叫，泥地里便又放出水蒸气来，老翁小孩就又可以上门前的隙地里去坐着曝背谈天，营屋外的生涯了；这一种江南的冬景，岂不也可爱得很？

　　我生长江南，儿时所受的江南冬日的印象，铭刻特深。虽则渐入中年，又爱上了晚秋，以为秋天正是读读书，写写字的人的最惠节季，但对于江南的冬景，总觉得是可以抵得过北方夏夜的一种特殊情调，说得摩登些，便是一种明朗的情调。

　　我也曾到过闽粤，在那里过冬天，和暖原极和暖，有时候到了阴历的年边，说不定还不得不拿出纱衫来着；走过野人的篱落，更还看得见许多杂七杂八的秋花！一番阵雨雷鸣过后，凉冷一点；至多也只好换上一件夹衣，在闽粤之间，皮袍棉袄是绝对用不着的；这一种极南的气候异状，并不是我所说的江南的冬景，只能叫它作南国的长春，是春或秋的延长。

江南的地质丰腴而润泽，所以含得住热气，养得住植物；因而长江一带，芦花可以到冬至而不败，红叶也有时候会保持得三个月以上的生命。像钱塘江两岸的乌桕树，则红叶落后，还有雪白的桕子着在枝头，一点一丛，用照相机照将出来，可以乱梅花之真。草色顶多成了赭色，根边总带点绿意，非但野火烧不尽，就是寒风也吹不倒的。若遇到风和日暖的午后，你一个人肯上冬郊去走走，则青天碧落之下，你不但感不到岁时的肃杀，并且还可以饱觉着一种莫名其妙的含蓄在那里的生气；"若是冬天来了，春天也总马上会来"的诗人的名句，只有在江南的山野里，最容易体会得出。

说起了寒郊的散步，实在是江南的冬日，所给与江南居住者的一种特异的恩惠；在北方的冰天雪地里生长的人，是终他的一生，也决不会有享受这一种清福的机会的。我不知道德国的冬天，比起我们江浙来如何，但从许多作家的喜欢以 Spaziergang 一字来做他们的创造题目的一点看来，大约是德国南部地方，四季的变迁，总也和我们的江南差仿不多。譬如说十九世纪的那位乡土诗人洛在格 (Peter Rosegger 1843–1918) 罢，他用这一个"散步"做题目的文章尤其写得多，而所写的情形，却又是大半可以拿到中国江浙的山区地方来适用的。

江南河港交流，且又地滨大海，湖沼特多，故空气里时含水分。到得冬天，不时也会下着微雨，而这微雨寒村里的冬霖景象，又是一种说不出的悠闲境界。你试想想，秋收过后，河流边三五家人家会聚在一道的一个小村子里，门对长桥，窗临远阜，这中间又多是树枝槎丫的杂木树林。在这一幅冬日农村的图上，再洒上一层细得同粉也似的白雨，加上一层淡得几不成墨的背景，你说还够不够悠闲？若再要点景致进去，则门前可以泊一只乌篷小船，茅屋里可以添几个喧哗的酒客，天垂暮了，还可以加一味红黄，在茅屋窗中画上一圈暗示着灯光的月晕。人到了这一个境界，自然会得胸襟洒脱起来，终至于得失俱亡，死生不同了；我们总该还记得唐朝那位诗人做的"暮雨潇潇江上树"的一首绝句罢？诗人到此，连对绿林豪客都客气起来了，这不是江南冬景的迷人又是什么？

一提到雨，也就必然地要想到雪——"晚来天欲雪，能饮一杯无？"自然是江南日暮的雪景。"寒沙梅影路，微雪酒香村"，则雪月梅的冬宵三友，会合在一道,在调戏酒姑娘了。"柴门闻犬吠,风雪夜归人",是江南雪夜,更深人静后的景况。"前树深雪里,昨夜一枝开"又到了第二天的早晨,和狗一样喜欢弄雪的村童来报告村景了。诗人的诗句,也许不尽是在江南所写,而做这几句诗的诗人,也许不尽是江南人,但假了这几句诗来描写江南的雪景,岂不直截了当,比我这一枝愚劣的笔所写的散文更美丽得多?

有几年,在江南也许会没有雨没有雪地过一个冬,到了春间阴历的正月底或二月初再冷一冷下一点春雪的。去年(一九三四)的冬天是如此,今年的冬天恐怕也不得不然,以节气推算起来,大约太冷的日子,将在一九三六年的二月尽头,最多也总不过是七八天的样子。像这样的冬天,乡下人叫作旱冬,对于麦的收成或者好些,但是人口却要受到损伤;旱得久了,白喉、流行性感冒等疾病自然容易上身,可是想恣意享受江南的冬景的人,在这一种冬天,倒只会得到快活一点,因为晴和的日子多了,上郊外去闲步逍遥的机会自然也多;日本人叫作 Hiking,德国人叫作 Spaziergang 狂者,所最欢迎的也就是这样的冬天。

窗外的天气晴朗得像晚秋一样,晴空的高爽,日光的洋溢,引诱得使你在房间里坐不住,空言不如实践,这一种无聊的杂文,我也不再想写下去了,还是拿起手杖,搁下纸笔,上湖上散散步罢!

一九三五年十二月一日

故都的秋

秋天，无论在什么地方的秋天，总是好的；可是啊，北国的秋，却特别地来得清，来得静，来得悲凉。我的不远千里，要从杭州赶上青岛，更要从青岛赶上北平来的理由，也不过想饱尝一尝这"秋"，这故都的秋味。

江南，秋当然也是有的；但草木凋得慢，空气来得润，天的颜色显得淡，并且又时常多雨而少风；一个人夹在苏州上海杭州，或厦门香港广州的市民中间，浑浑沌沌地过去，只能感到一点点清凉，秋的味，秋的色，秋的意境与姿态，总看不饱，尝不透，赏玩不到十足。秋并不是名花，也并不是美酒，那一种半开，半醉的状态，在领略秋的过程上，是不合适的。

不逢北国之秋，已将近十余年了。在南方每年到了秋天，总要想起陶然亭的芦花，钓鱼台的柳影，西山的虫唱，玉泉的夜月，潭柘寺的钟声。在北平即使不出门去罢，就是在皇城人海之中，租人家一椽破屋来住着，早晨起来，泡一碗浓茶，向院子一坐，你也能看得到很高很高的碧绿的天色，听得到青天下驯鸽的飞声。从槐树叶底，朝东细数着一丝一丝漏下来的日光，或在破壁腰中，静对着像喇叭似的牵牛花（朝荣）的蓝朵，自然而然地也能够感觉到十分的秋意。说到了牵牛花，我以为以蓝色或白色者为佳，紫黑色次之，淡红色最下。最好，还要在牵牛花底，教长着几根疏疏落落的尖细且长的秋草，使作陪衬。

北国的槐树，也是一种能使人联想起秋来的点缀。像花而又不是花的那一种落蕊，早晨起来，会铺得满地。脚踏上去，声音也没有，气味也没有，只能感出一点点极微细极柔软的触觉。扫街的在树影下一阵扫后，灰土上留下来的一条条扫帚的丝纹，看起来既觉得细腻，又觉得清闲，潜意识下并且还觉得有点儿落寞，古人所说的梧桐一叶而天下知秋的遥想，大约也就在这些深沉的地方。

秋蝉的衰弱的残声，更是北国的特产。因为北平处处全长着树，屋子又低，所以无论在什么地方，都听得见它们的啼唱。在南方是非要上郊外或山上去才听得到的。这秋蝉的嘶叫，在北平可和蟋蟀、耗子一样，简直像是家家户户都养在家里的家虫。

还有秋雨哩，北方的秋雨，也似乎比南方的下得奇，下得有味，下得更像样。

在灰沉沉的天底下，忽而来一阵凉风，便息列索落地下起雨来了。一层雨过，云渐渐地卷向了西去，天又青了，太阳又露出脸来了；著着很厚的青布单衣或夹袄的都市闲人，咬着烟管，在雨后的斜桥影里，上桥头树底下去一立，遇见熟人，便会用了缓慢悠闲的声调，微叹着互答着的说：

"唉，天可真凉了——"（这了字念得很高，拖得很长。）

"可不是么？一层秋雨一层凉了！"

北方人念阵字，总老像是层字，平平仄仄起来，这念错的歧韵，倒来得正好。

北方的果树，到秋来，也是一种奇景。第一是枣子树，屋角，墙头，茅房边上，灶房门口，它都会一株株地长大起来。像橄榄又像鸽蛋似的这枣子颗儿，在小椭圆形的细叶中间，显出淡绿微黄的颜色的时候，正是秋的全盛时期；等枣树叶落，枣子红完，西北风就要起来了，北方便是尘沙灰土的世界，只有这枣子、柿子、葡萄，成熟到八九分的七八月之交，是北国的清秋的佳日，是一年之中最好也没有的 Colden Days。

有些批评家说，中国的文人学士，尤其是诗人，都带着很浓厚的颓废色彩，所以中国的诗文里，颂赞秋的文字特别的多。但外国的诗人，又何尝不然？我虽则外国诗文念得不多，也不想开出账来，做一篇秋的诗歌散文钞，但你若去一翻英德法意等诗人的集子，或各国的诗文的 Anthology 来，总能够看到许多关于秋的歌颂与悲啼。各著名的大诗人的长篇田园诗或四季诗里，也总以关于秋的部分，写得最出色而最有味。足见有感觉的动物，有情趣的人类，对于秋，总是一样的能特别引起深沉，幽远，严厉，萧索的感触来的。不单是诗人，就是被关闭在牢狱里的囚犯，到了秋天，我想也一定会感到一种不能自已的深情。秋之于人，何尝有国别，更何尝有人种阶级的区别呢？不过在中国，文字里有一个"秋士"的成语，读本里又有着很普遍的欧阳子的《秋声》与苏东坡的《赤壁赋》等，就觉得中国的文人，与秋的关系特别深了。可是这秋的深味，尤其是中国的秋的深味，非要在北方，才感受得到底。

南国之秋，当然是也有它的特异的地方的，譬如廿四桥的明月，钱塘江的秋潮，普陀山的凉雾，荔枝湾的残荷等等，可是色彩不浓，回味不永。比起北国的秋来，正像是黄酒之与白干，稀饭之与馍馍，鲈鱼之与大蟹，黄犬之与骆驼。

秋天，这北国的秋天，若留得住的话，我愿把寿命的三分之二折去，换得一个三分之一的零头。

一九三四年八月，在北平

记风雨茅庐

  自家想有一所房子的心愿，已经起了好几年了。明明知道创造欲是好的，所有欲是坏的事情，但一轮到自己的头上，总觉得衣食住行四件大事之中的最低限度的享有，是不可以不保住的。我衣并不要锦绣，食也自甘于藜藿，可是住的房子，代步的车子，或者至少也必须一双袜子与鞋子的限度，总得有了才能说话。况且从前曾有一位朋友劝过我说，一个人既生下了地，一块地却不可以没有，活着可以住住立立，或者睡睡坐坐，死了便可以挖一个洞，将已身来埋葬。当然这还是没有火葬，没有公墓以前的时代的话。

  自搬到杭来住后，于不意之中，承友人之情，居然弄到了一块地，从此葬的问题总算解决了，但是住的呢，占据的还是别人家的房子。去年春季，写了一篇短短的应景而不希望有什么结果的文章，说自己只想有一所小小的住宅，可是发表了不久，就来了一个回响，一位做建筑事业的朋友先来说："你若要造房子，我们可以完全效劳。"一位有一点钱的朋友也说："若通融得少一点，或者还可以想法。"四面一凑，于是起造一个风雨茅庐的计划即便成到了百分之八十，不知我者谓我有了钱，深知我者谓我冒了险，但是有钱也罢，冒险也罢，入秋以后，总之把这笑话勉强弄成了事实，在现在的寓所之旁，也竟丁丁笃笃地动起了工，造起了房子。这也许是我的 Folly，这也许是朋友们对于我的过信，不过从今以后，那些破旧的书籍，以及行军床，旧马子之类，却总可以不再去周游列国，学夫子的栖栖一代了。在这些地方，所有欲原也有它的好处。

本来是空手做的大事，希望当然不能过高。起初我只打算以茅草来代瓦，以涂泥来作壁，起他五间不大不小的平房，聊以过过自己有一所住宅的瘾的，但偶尔在亲戚家一谈，却谈出来了事情。他说："你要造房屋，也得拣一个日，看一看方向；古代的周易，现代的天文地理，却实在是有至理存在那里的呢！"言下他还接连举出了好几个很有征验的实例出来给我听，而在座的其他三四朋友，并且还同时做了填具脚踏手印的见证人。更奇怪的，是他们所说的这一位具有通天入地眼的奇迹创造者，也是同我们一样，读过哀皮西提，演过代数几何，受过现代高等教育的学校毕业生。经这位亲戚的一介绍，经我的一相信，当初的计划，就变了卦，茅庐变作了瓦屋，五开间的一排营房似的平居，拆作了三开间两开间的两座小蜗庐。中间又起了一座墙，墙上更挖了一个洞；住屋的两旁，也添了许多间的无名的小房间。这么的一来，房屋原多了不少，可同时债台也已经筑得比我的风火墙还高了几尺。这一座高台基石的奠基者郭相经先生，并且还在劝我说："东南角的龙手大空，要好，还得造一间南向的门楼，楼上面再做上一层水泥的平台才行。"他的这一句话，又恰巧打中了我的下意识里的一个痛处，在这只空角上，我实在也在打算盖起一座塔样的楼来，楼名是十五六年前就想好的，叫作"夕阳楼"。现在这一座塔楼，虽则还没有盖起，可是只打算避避风雨的茅庐一所，却也涂上了朱漆，嵌上了水泥，有点像是外国乡镇里的五六等贫民住的样子了。自己虽则不懂阳宅的地理，但在光线不甚明亮的清早或薄暮看起来，倒也觉得郭先生的设计，并没有弄什么玄虚，和科学的方法，仍旧还是对的。所以一定要在光线不甚明亮的时候看的原因，就因为我的胆子毕竟还小，不敢空口说大话要包工用了最好的材料来造我这一座贫民住宅的缘故。这倒还不在话下，有点儿觉得麻烦的，却是预先想好的那个风雨茅庐的风雅名字与实际的不符。皱眉想了几天，又觉得中国的山人并不入山，儿子的小犬也不是狗的玩意儿，原早已有人在干了，我这样的小小地再说一个并不害人的谎，总也不至于有死罪。况且西湖上的那间巍巍乎有点像先施永安的堆栈似的高大洋楼之以××草舍作名称，也不曾听见说有人去干涉过。多一事不如少一事，九九归原，还是照最初的样子，把我的这间贫民住宅，仍旧叫作避风雨的茅庐。横额一块，却是因为君武先生这次来杭之便，硬要他伸了疯痛的右手，替我写上的。

一九三六年一月十日

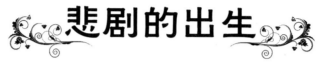

悲剧的出生

——自传之一

"丙申年，庚子月，甲午日，甲子时"，这是因为近年来时运不佳，东奔西走，往往断炊，室人于绝望之余，替我去批来的命单上的八字。开口就说年庚，倘被精神异状的有些女作家看见，难免得又是一顿痛骂，说："你这丑小子，你也想学赵张君瑞来了么？下流，下流！"但我的目的呢，倒并不是在求爱，不过想大书特书地说一声，在光绪二十二年十一月初三的夜半，一出结构并不很好而尚未完成的悲剧出生了。

光绪的二十二年（西历一八九六）丙申，是中国正和日本战败后的第三年，朝廷日日在那里下罪己诏，办官书局，修铁路，讲时务，和各国缔订条约。东方的睡狮，受了这当头的一棒，似乎要醒转来了。可是在酣梦的中间，消化不良的内脏，早经发生了腐溃，任你是如何的国手，也有点儿不容易下药的征兆，却久已流布在上下各地的施设之中。败战后的国民——尤其是初出生的小国民，当然是畸形，是有恐怖狂，是神经质的。

儿时的回忆，谁也在说，是最完美的一章，但我的回忆，却尽是些空洞。第一，我所经验到的最初的感觉，便是饥饿，对于饥饿的恐怖，到现在还在紧逼着我。

生到了末子，大约母体总也已经是亏损到了不堪再育了，乳汁的稀薄，原是当然的事情。而一个小县城里的书香世家，在洪杨之后，不曾发迹过的一家破落乡绅的家里，雇乳母可真不是一件细事。

四十年前的中国国民经济，比到现在，虽然也并不见得凋敝，但当时的物质享乐，却大家都在压制，压制得比英国清教徒治世的革命时代还要严刻。所以在一家小县城里的中产之家，非但雇乳母是一件不可容许的罪恶，就是一切家事的操作，也要主妇上场，亲自去做的。像这样的一位奶水不足的母亲，而又喂乳不能按时，杂食不加限制，养出来的小孩，哪里能够强健？我还长不到十二个月，就因营养的不良患起肠胃病来了。一病年余，由衰弱而发热，由发热而痉挛；家中上下，竟被一条小生命而累得精疲力尽。到了我出生后第三年的春夏之交，父亲也因此以病以死。在这里总算是悲剧的序幕结束了，此后便只是孤儿寡妇的正剧的上场。

几日西北风一刮，天上的鳞云，都被吹扫到东海里去了。太阳虽则消失了几分热力，但一碧的长天，却开大了笑口。富春江两样的乌桕树、槭树、枫树，振脱了许多病叶，显出了更疏匀更红艳的秋社后的浓妆；稻田割起了之后的那一种和平的气象，那一种洁净沈寂，欢欣干燥的农村气象，就是立在县城这面的江上，远远望去，也感觉得出来。那一条流绕在县城东南的大江哩，虽因无潮而杀了水势，比起春夏时候的水量来，要浅到丈把高的高度，但水色却澄清了，澄清得可以照见浮在水面上的鸭嘴的斑纹。从上江开下来的运货船只，这时候特别的多，风帆也格外的饱。狭长的白点，水面上一条，水底下一条，似飞云也似白象，以青红的山，深蓝的天和水做了背景，悠闲地无声地在江面上滑走。水边上在那里看船行，摸鱼虾，采被水冲洗得很光洁的白石，挖泥沙造城池的小孩们，都拖着了小小的影子，在这一个午饭之前的几刻钟里，鼓动他们的四肢，竭尽他们的气力。

离南门码头不远的一块水边大石条上，这时候也坐着一个五六岁的小该，头上养着了一圈罗汉发，身上穿了青粗布的棉袍子，在太阳里张着眼望江中间来往的帆樯。就在他的前面，在贴近水际的一块青石上，有一位十五六岁像是人家的使婢模样的女子，跪着在那里淘米洗菜。这相貌清瘦的孩子，既不下来和其他的同年辈的小孩们去同玩，也不愿意说话似地只沈默着在看远处。等那女子洗完菜后，站起来要走，她才笑着问了他一声说："你肚皮饿了没有？"他一边在石条上立起，预备着走，一边还在凝视着远处默默地摇了摇头。倒是这女子，看得他有点可怜起来了，就走近去握着了他的小手，弯腰轻轻地向他耳边说："你在惦记着你的娘么？她是明后天就快回来了！"这小孩才回转了头，仰起来向她露了一脸很悲凉很寂寞的苦笑。

这相差十岁左右，看去又像姊弟又像主仆的两个人，慢慢走上了码头，走进了城埠。沿城向西走了一段，便在一条南向大江的小弄里走进去了。他们的住宅，就在这条小弄中的一条支弄里头，是一间旧式三开间的楼房。大门内的大院子里，长着些杂色的花木，也有几只大金鱼缸沿摇摆在那里。时间将近正午了，太阳从院子里晒上了向南的阶檐。这小孩一进大门，就跑步走到了正中的那间厅上，向坐在上面念经的一位五六十岁的老婆婆问说：

"奶奶，娘就快回来了么？翠花说，不是明天，后天总可以回来的，是真的么？"

老婆婆仍在继续着念经，并不开口说话，只把头点了两点。小孩子似乎是满足了，歪了头向他祖母的扁嘴看了一息，看看这一篇她在念着的经正还没有到一段落，祖母的开口说话，是还有几分钟好等的样子，他就又跑入厨下，去和翠花作伴去了。

午饭吃后，祖母仍在念她的经，翠花在厨下收拾食器，随时有几声洗锅子泼水碗相击的声音传过来外，这座三开间的大楼和大楼外的大院子里，静得同在坟墓里一样。太阳晒满了东面的半个院子，有几匹寒蜂和耐得起冷的蝇子，在花木里微鸣蠢动。靠阶檐的一间南房内，也照进了太阳光，那小孩只静悄悄地在一张铺着被的藤榻上坐着，翻看几本刘永福镇台湾，日本蛮子桦山总督被擒的石印小画本。

等翠花收拾完毕，一盆衣服洗好，想叫了他再一道的上江边去敲濯的时候，他却早在藤榻的被上，和衣睡着了。

这是我所记得的儿时生活。两位哥哥，因为年纪和我差得太远，早就上离家很远的书塾去念书了，所以没有一道玩的可能。守了数十年寡的祖母，也已将人生看穿了，自我有记忆以来，总只看见她在动着那张没有牙齿的扁嘴念佛念经。自父亲死后，母亲要身兼父职了，入秋以后，老是不在家里。上乡间去收租谷是她，将谷托人去砻成米也是她，雇了船，连柴带米，一道运回城里来也是她。

在我这孤独的童年里，日日和我在一处，有时候也讲些故事给我听，有时候也因我脾气的古怪而和我闹，可是结果终究是非常疼爱我的，却是那一位忠心的使婢翠花。她上我们家里来的时候，年纪正小得很，听母亲说，那时候连她的大小便，吃饭穿衣，都还要大人来侍候她的。父亲死后，两位哥哥要上学去，母亲要带了长工到乡下去料理一切，家中的大小操作，全赖着当时只有十几岁的她一双手。

只有孤儿寡妇的人家，受邻居亲戚们的一点欺凌，是免不了的。凡我们家里的田地盗卖了，堆在乡下的租谷等被窃去了，或祖坟山的坟树被砍了的时候，母亲去争夺不转来，最后的出气，就只是在父亲像前的一场痛哭。母亲哭了，我是当然也只有哭，而将我抱入怀里，时用柔和的话来慰抚我的翠花，总也要泪流得满面，恨死了那些无赖的亲戚邻居。

我记得有一次，也是将近吃中饭的时候了，母亲不在家，祖母在厅上念佛，我一个人从花坛边的石阶上，站了起来，在看大缸里的金鱼。太阳光漏过了院子里的树叶，一丝一丝的射进了水，照得缸里的水藻与游动的金鱼，和平时完全变了样子。我于惊叹之余，就伸手到了缸里，想将一丝一丝的日光捉起，看它一个痛快。上半身用力过猛，两只脚浮起来了，心里一慌，头部胸部就颠倒浸入到了缸里的水藻之中。我想叫，但叫不出声来，将身体挣扎了半天，以后就没有了知觉。等我从梦里醒转来的时候，已经是晚上了，一睁开眼，我只看见两眼哭得红肿的翠花的脸伏在我的脸上。我叫了一声"翠花！"她带着鼻音，轻轻的问我："你看见我么？你看得见我了？要不要水喝？"我只觉得身上头上像有火在烧，叫她快点把盖在那里的棉被掀开。她又轻轻的止住我说："不，不，野猫要来的！"我举目向煤油灯下一看，眼睛里起了花，一个一个的物体黑影，都变了相，真以为是身入了野猫的世界，就哗的一声大哭了起来。祖母、母亲，听见了我的哭声，也赶到房里来了，我只听见母亲吩咐翠花说："你去吃饭饭去，阿官由我来陪他！"

翠花后来嫁给了一位我小学里的先生去做填房，生了儿女，做了主母。现在也已经有了白发，成了寡妇了。前几年，我回家去，看见她刚从乡下挑了一担老玉米之类的土产来我们家里探望我的老母。和她已经有二十几年不见了，她突然看见了我，先笑了一阵，后来就哭了起来。我问她的儿子，就是我的外甥有没有和她一起进城来玩，她一边擦着眼泪，一边还向布裙袋里摸出了一个烤白芋来给我吃。我笑着接过来了，边上的人也大家笑了起来，大约我在她的眼里，总还只是五六岁的一个孤独的孩子。

（原载一九三四年十二月五日《人间世》第十七期）

"天凉好个秋"

全先生的朋友说：中国是没有救药的了，但中国是有救药得很。季陶先生说：念佛拜忏，可以救国。介石先生说：长期抵抗，可以救国。行边会议的诸先生说：九国公约，国际联盟，可以救国。汉卿先生说：不抵抗，枕戈待旦，可以救国。血魂团说：炸弹可以救国。青年党说：法雪斯蒂可以救国。这才叫，戏法人人会变，只有巧妙不同。中国是大有救药在哩，说什么没有救药？

九一八纪念，只许沉默五分钟，不许民众集团集会结社。

中国的国耻纪念日，却又来得太多，多得如天主教日历上的殉教圣贤节一样，将来再过一百年二百年，中国若依旧不亡，那说不定，一天会有十七八个国耻纪念。长此下去，中国的国民，怕只能成为哑国民了，因为五分钟五分钟的沉默起来，却也十分可观。

韩刘打仗，通电上都有理由，却使我不得不想起在乡下春联摊上，为过旧历年者所老写的一副对来，叫作"公说公有理，婆说婆有理，大家有理。你过你新年，我过我新年，各自新年。"

百姓想做官僚军阀，官僚军阀想做皇帝，做了皇帝更想成仙。秦始皇对方士说："世间有没有不死之药的？若有的话，那我就吃得死了都也甘心，务必为朕去采办到来！"只有没出息的文人说："愿作鸳鸯不羡仙。"

吴佩孚将军谈仁义，郑××对李顿爵士也大谈其王道，可惜日本的参谋本部陆军省和日内瓦的国际联盟，不是孔孟的弟子。

故宫的国宝，都已被外国的收藏家收藏去了，这也是当局者很好的一个想头。因为要看的时候，中国人是仍旧可以跑上外国去看的。一个穷学生，半夜去打开当铺的门来，问当铺里现在是几点钟了？因为他那个表，是当铺里为他收藏在那里的，不就是这个意思么？

伦敦的庚款保管购办委员会，因为东三省已被日人占去，筑路的事情搁起，铁路材料可以不必再买了，正在对余下来的钱，想不出办法来。而北平的小学教员，各地的教育经费，又在各闹饥荒。我想，若中国连本部的十八省，也送给了日人的话，岂不更好？因为庚款的余资，更可以有余，而一般的教育，却完全可以不管。

节制生育，是新马儿萨斯主义，中国军阀的济南保定等处的屠杀，中部支那的"剿匪"，以及山东等处的内战，当是新新马儿萨斯主义。甚矣哉，优生学之无用也。因为近来有人在说："节产不对，择产为宜"，我故而想到了这一层。

有话则长，无话则短，不想再写了，来抄一首辛稼轩的《丑奴儿》词，权作尾声："少年不识愁滋味，爱上层楼，爱上层楼，为赋新词强说愁。而今识尽愁滋味，欲说还休，欲说还休，却道天凉好个秋。"

原载《论语》1932 年 10 月 3 期

爱人，我的失眠
让你落泪

　　爱人，我的失眠让你落泪，这些泪水竟然落到了我们的故事里，让我胆战心惊，让我惶恐不安，让我在最深的夜晚，那些迷蒙的知觉中苟延残喘，只有孤灯和网络数字搀扶我飘荡的灵魂，那些灵魂是你的，那些灵魂是很久以前就被你完全收走，完全放进你飘来飘去的行囊，轻轻淡淡地码放在一个角落，却无人造访。

　　爱人，泪水是关于失眠的所有情节的。我很幸运地无辜，因为我已经让你美好的胡搅抓住，被你调皮的蛮缠无限扩大，从你乱梦中醒来的孤单将这种扩展铺满了整个天空。所以我是万恶，我这时的一举一动都渲染了让你厌恶的色彩，你应该知道这是多么的不准确。

　　爱人，没有什么大不了的事。不就是失眠么，不就是睡觉么，不就是作息时间问题么。你要知道，在你之前很久我就被岁月一下一下锻造成这种德行，岁月伸出一只肥厚的手掌把玩我的倦意，让我黑白颠倒，昼伏夜出，已经十年了。一天一夜是改不过来的。

　　所以你的哭泣虽然美丽，但是虚幻，虽然忧伤，但是带有真正的喜剧色彩。我们都在一起了，很多事情我们都过来了，还怕这个么？我对你的迷恋穿梭在这广袤的夜空，你的梦如轻纱，缓缓掠过我满布皱纹的额头。体温隔着房间相互交融，你在均匀地呼吸，我在寂静中劳作。爱人，这就是幸福。

暗夜

　　什么什么？那些东西都不是我写的。我会写什么东西呢？近来怕得很，怕人提起我来。今天晚上风真大，怕江里又要翻掉几只船哩！啊，啊呀，怎么，电灯灭了？啊，来了，啊呀，又灭了。等一忽吧，怕就会来的。像这样黑暗里坐着，倒也有点味儿。噢，你有洋火么？等一等，让我摸一枝洋蜡出来。……啊唷，混蛋，椅子碰破了我的腿！不要紧，不要紧，好，有了。……

　　这样烛光，倒也好玩得很。呜呼呼，你还记得么？白天我做的那篇模仿小学教科书的文章："暮春三月，牡丹盛开，我与友人，游戏庭前，燕子飞来，觅食甚勤，可以人而不如鸟乎。"我现在又想了一篇，"某生夜读甚勤，西北风起，吹灭电灯，洋烛之光。"呜呼呼……近来什么也不能做，可是像这种小文章，倒也还做得出来，很不坏吧？我的女人么？嗳，她大约不至于生病罢！暑假里，倒想回去走一趟。就是怕回去一趟，又要生下小孩来，麻烦不过。你那里还有酒么？啊唷，不要把洋烛也吹灭了，风声真大呀！可了不得！……去拿么，酒？等一等，拿一盒洋火，我同你去。……廊上的电灯也灭了么？小心扶梯！喔，灭了！混蛋，不点了罢，横竖出去总要吹灭的。……噢噢，好大的风！冷！真冷！……嗳！

怀鲁迅

真是晴天的霹雳，在南台的宴会席上，忽而听到了鲁迅的死！

发出了几通电报，会萃了一夜行李，第二天我就匆匆跳上了开往上海的轮船。

二十二日上午十时船靠了岸，到家洗了一个澡，吞了两口饭，跑到胶州路万国殡仪馆去，遇见的只是真诚的脸，热烈的脸，悲愤的脸，和千千万万将要破裂似的青年男女的心肺与紧捏的拳头。

这不是寻常的丧事，这也不是沉郁的悲哀，这正像是大地震要来，或黎明将到时充塞在天地之间的一瞬间的寂静。

生死，肉体，灵魂，眼泪，悲叹，这些问题与感觉，在此地似乎太渺小了，在鲁迅的死的彼岸，还照耀着一道更伟大，更猛烈的寂光。

没有伟大的人物出现的民族，是世界上最可怜的生物之群；有了伟大的人物，而不知拥护，爱戴，崇仰的国家，是没有希望的奴隶之邦。因鲁迅的一死，使人自觉出了民族的尚可以有为，也因鲁迅之一死，使人家看出了中国还是奴隶性很浓厚的半绝望的国家。

鲁迅的灵柩，在夜阴里被埋入浅土中去了，西天角却出现了一片微红的新月。

一九三六年十月二十四日在上海

马缨花开的时候

约莫到了夜半，觉得怎么也睡不着觉，于起来小便之后，放下玻璃溺器，就顺便走上了向南开着的窗口。把窗帷牵了一牵，低身钻了进去，上半身就像是三明治里的火腿，被夹在玻璃与窗帷的中间。

窗外面是二十边的还不十分大缺的下弦月夜，园里的树梢上，隙地上，白色线样的柏油步道上，都洒满了银粉似的月光，在和半透明的黑影互相掩映。周围只是沉寂、清幽，正像是梦里的世界。首夏的节季，按理是应该有点热了，但从毛绒睡衣的织缝眼里侵袭进来的室中空气，尖淋淋还有些儿凉冷的春意。

这儿是法国天主教会所办的慈善医院的特等病房楼，当今天早晨进院来的时候，那个粗暴的青年法国医生，糊糊涂涂地谛听了一遍之后，一直到晚上，还没有回话。只傍晚的时候，那位戴白帽子的牧母来了一次。问她这病究竟是什么病？她也只微笑摇着头，说要问过主任医生，才能知道。

而现在却已经是深沉的午夜了，这些吃慈善饭的人，实在也太没有良心，太不负责任，太没有对众生的同类爱。幸而这病，还是轻的，假若是重病呢？这么的一搁，搁起十几个钟头，难道起死回生的耶稣奇迹，果真的还能在现代的二十世纪里再出来的么？

心里头这样在恨着急着，我以前额部抵住了凉阴阴的玻璃窗面，双眼尽在向窗外花园内的朦胧月色，和暗淡花阴，作无心的观赏。立了几分钟，怨了几分钟，在心里学着罗兰夫人的那句名句，叫着哭着：

"慈善呀慈善！在你这令名之下，真不知害死了多少无为的牺牲者，养肥了多少卑劣的圣贤人！"

直等怨恨到了极点的时候，忽而抬起头来一看，在微明的远处，在一堆树影的高头，金光一闪，突然间却看出了一个金色的十字架来。

"啊吓不对，圣母马利亚在显灵了！"

心里这样一转，自然而然地毛发也竖起了尖端。再仔细一望，那个金色十字架，还在月光里闪烁着，动也不动一动。注视了一会，我也有点怕起来了，就逃也似地将目光移向了别处。可是到了这逃避之所的一堆黑树荫中逗留得不久，在这黑沉沉的背景里，又突然显出了许多上尖下阔的白茫茫同心儿一样，比蜡烛稍短的不吉利的白色物体来。一朵，两朵……七朵，八朵，一眼望去，虽不十分多，但也并不少，这大约总是开残未谢的木兰花罢，为想自己宽一宽自己的心，这样以最善的方法解释着这一种白色的幻影，我就把身体一缩，退回自己床上来了。

进院后第二天的午前十点多钟，那位含着神秘的微笑的牧母又静静儿同游水似地来到了我的床边。

"医生说你害的是黄疸病，应该食淡才行。"

柔和地这样的说着，她又伸出手来为我诊脉。她以一只手捏住了我的臂，擎起另外一只手，在看她自己臂上的表。我一言不发，只是张大了眼在打量她的全身上下的奇异的线和色。

头上是由七八根直线和斜色线叠成的一顶雪也似的麻纱白帽子，白影下就是一张肉色微红的柔嫩得同米粉似的脸。因为是睡在那里的缘故，我所看得出来的，只是半张同《神曲》封面画上，印在那里的谭戴似的鼻梁很高的侧面形。而那只瞳人很大很黑的眼睛哩，却又同在做梦似地向下斜俯着的。足以打破这沉沉的梦影，和静静的周围的两种刺激，便是她生在眼睑上眼睛上的那些很长很黑，虽不十分粗，但却也一根一根地明细分视得出来的眼睫毛和八字眉，与唧唧唧唧，只在她那只肥白的手臂上静走的表针声。她静寂地俯着头，按着我的臂，有时候也眨着眼睛，胸口头很细很细的一低一高地吐着气，真不知道听了我几多时的脉，忽而将身体一侧，又微笑着正向着我显示起全面来了，面形是一张中突而长圆的鹅蛋脸。

"你的脉并不快，大约养几天，总马上会好的。"

她的富有着抑扬风韵的话，却是纯粹的北京音。

"是会好的么？不会死的么？"

"唪，您说哪儿的话？"

似乎是嫌我说得太粗暴了，嫣然地一笑，她就立刻静肃敏捷地走转了身，走出了房。而那个"唪，你说哪儿的话？"的余音，却同大钟鸣后，不肯立时静息般的尽在我的脑里耳地跑着绕圈儿的马。

医生隔日一来，而苦里带咸的药，一天却要吞服四遍，但足与这些恨事相抵而有余的，倒是那牧母的静肃的降临，有几天她来的次数，竟会比服药的次数多一两回。像这样单调无聊的修道院似的病囚生活，不消说是谁也会感到厌腻的，我于住了一礼拜医院之后，率性连医生也不愿他来，药也不想再服了，可是那牧母的诊脉哩，我却只希望她从早晨起就来替我诊视，一直到晚，不要离开。

起初她来的时候，只不过是含着微笑，量量热度，诊诊我的脉，和说几句不得不说的话而已。但后来有一天在我的枕头底下被她搜出了一册泥面宋版的 Baudelaire 的小册子后，她和我说的话也多了起来，在我床边逗留的时间也一次一次的长起来了。

她告诉了我 Soeurs de charite（白帽子会）的系统和义务，她也告诉了我罗曼加多力克教（Catechisme）的教义总纲领。她说她的哥哥曾经去罗马朝见过教皇，她说她的信心坚定是在十五年前的十四岁的时候。而她的所最对我表示同情的一点，似乎是因为我的老家的远处在北京，"一个人单身病倒了在这举目无亲的上海，哪能够不感到异样的孤凄与寂寞呢？"尤其是觉得巧合的，两人在谈话的中间，竟发现了两人的老家，都偏处在西城，相去不上二三百步路远，在两家的院子里，是都可以听得见北堂的晨钟暮鼓的。为有这种种的关系，我入院后经过了一礼拜的时候，觉得忌淡也没有什么苦处了，因为每次的膳事，她总叫厨子特别的为我留心，布丁上的奶油也特别的加得多，有几次并且为了医院内的定食不合我的胃口，她竟爱把她自己的几盆我可以吃的菜蔬，差男护士菲列浦一盆一盆的递送过来，来和我的交换。

像这样的在病院里住了半个多月，虽则医生的粗暴顽迷，仍旧改不过来，药味的酸咸带苦，仍旧是格格难吃，但小便中的绛黄色，却也渐渐地褪去，而柔软无力的两只脚，也能够走得动一里以上的路了。

又加以时节逼进中夏，日长的午后，火热的太阳偏西一点，在房间里闷坐不住，当晚祷之前，她也常背来和我向楼下的花园里去散一回小步。两人从庭前走出，沿了葡萄架的甬道走过木兰花丛，穿入菩提树林，到前面的假山石旁，有金色十字架竖着的圣母像的石坛圈里，总要在长椅上，坐到晚祷的时候，才走回来。

这舒徐闲适的半小时的晚步，起初不过是隔两日一次或隔日一次的，后来竟成了习惯，变得日日非去走不行了。这在我当然是一种无上的慰藉，可以打破一整天的单调生活，而终日忙碌的她似乎也在对这漫步，感受着无穷的兴趣。

又经过了一星期的光景，天气更加热起来了。园里的各种花木，都已经开落得干干净净，只有墙角上的一丛灌木，大约是蔷薇罢，还剩着几朵红白的残花，在那里妆点着景色。去盛夏想也已不远，而我也在打算退出这医药费昂贵的慈善医院，转回到北京去过夏去。可是心里虽则在这么的打算，但一则究竟病还没有痊愈，而二则对于这周围的花木，对于这半月余的生活情趣，也觉得有点依依难舍，所以一天一天的捱捱，又过了几天无聊的病囚日子。

有一天午后，正当前两天的大雨之余，天气爽朗晴和得特别可爱，我在病室里踱来踱去，心里头感觉得异样的焦闷。大约在铁笼子里徘徊着的新被擒获的狮子，或可以想象得出我此时的心境来，因为那一天从早晨起，一直到将近晚祷的时候止，一整日中，牧母还不曾来过。

晚步的时间过去了，电灯点上了，直到送晚餐来的时候，菲列浦才从他的那件白衣袋里，摸出了一封信来，这不消说是牧母托他转交的信。

信里说，她今天上中央会堂去避静去了，休息些时，她将要离开上海，被调到香港的病院中去服务。若来面别，难免得不动伤感，所以相见不如不见。末后再三叮嘱着，教我好好的保养，静想想经传上圣人的生活。若我能因这次的染病，而归依上帝，浴圣母的慈恩，那她的喜悦就没有比此更大的了。

我读了这一封信后，夜饭当然是一瓢也没有下咽。在电灯下呆坐了数十分钟，站将起来向窗外面一看，明蓝的天空里，却早已经升上了一个银盆似的月亮。大约不是十五六，也该是十三四的晚上了。

　　我在窗前又呆立了一会，旋转身就披上了一件新制的法兰绒的长衫，拿起了手杖，慢慢地，慢慢地，走下了楼梯，走出了楼门，走上了那条我们两人日日在晚祷时候走熟了的葡萄甬道。一程一程的走去，月光就在我的身上印出了许多树枝和叠石的影画。到了那圣母像的石坛之内，我在那张两人坐熟了的长椅子上，不知独坐了多少时候。忽而来了一阵微风，我偶然间却闻着了一种极清幽，极淡漠的似花又似叶的朦胧的香气。稍稍移了一移搁在支着手杖的两只手背上的头部，向右肩瞟了一眼，在我自己的衣服上，却又看出了一排非常纤匀的对称树叶的叶影，和几朵花蕊细长花瓣稀薄的花影来。

　　"啊啊！马缨花开了！"

　　毫不自觉的从嘴里轻轻念出了这一句独语之后，我就从长椅子上站起了身来，走回了病舍。

一九三二年六月

我承认是"失败了"

　　期刊的读者中间，大约总有几位，把我近来发表的那篇《秋柳》读了的。昨天已经有一位朋友，向我提出抗议，说我这一篇东西，简直是在鼓吹游荡的风气，对于血气未定的青年，很多危险。我想现代的青年，大约是富有判断能力者居多，断不至就上了这一篇劣作的当，去耽溺于酒色。我所愁的，并不在此，而在这一个作品的失败。

　　游荡文学，在中国旧日小说界里，很占势力。不过新小说里，描写这一种烟花界的生活的，却是很少。劳动者可以被我们描写，男女学生可以被我们描写，家庭间的关系可以被我们描写，那么为什么独有这一个烟花世界，我们不应当描写呢？并且散放恶毒的东西，在这世界上，不独是妓女，比妓女更坏的官僚武人，都在那里横行阔步，我们何以独对于妓女，要看她们不起呢？关于这一层意思的辩解，我在这里，不愿意多说，因为法国的李书颂（J.Richepin）、以英文著杂书的勃罗埃（Max O'Rell）等，已经在他们的杂论里说过了。

　　我在此地不得不承认的，是我那篇东西的失败。大抵一篇真正的艺术作品，不论这是宣传"善"或是赞美"恶"的，只教是成功了的作品，只有使读者没入于它的美的恍惚之中，或觉着愉快，或怀着忧郁，读者于读了的时候，断没有余暇想到道德风化等严肃的问题上去的。而我这一篇又长又臭的东西，竟惹起了读者的道德上的批判，第一就足以证明这作品的失败了。第二，我虽不是小说家，我虽不懂得"真正的文艺是什么？"但是历来我持以批评作品的好坏的标准，是"情调"两字。只教一篇作品，能够酿出一种"情调"来，使读者受了这"情调"的感染，能够很切实的感着作品的氛围气的时候，那么不管它的文字美不美，前后的意思连续不连续，我就能承认这是一个好作品。而我这一篇东西，却毫无生动的地方，使人家读了的时候，只能说一句"呵呵，原来如此。"若托旧日私塾里改文章的先生来批，只能在末尾批"知道了"的三字。这篇小说与新闻纸上的三面记事，并没有什么大分别。总之我这篇东西，在情调的酿成上缺少了力量，所以不能使读者切实的感到一种不可抑遏之情，是一个大大的失败。

最后我觉得我的这篇东西，原是失败，而我们中国的妓女，尤其是一个大失败。原来妓女和唱戏的伶人一样，是一种艺术品，愈会作假，愈会骗人，愈见得她们的妙处。应该要把她们的斯诈的特性，以最巧的方法，尽其量而发挥出来，才能不辱她们的名称。而中国的妓女，却完全与此相反。这等妓女应有的特质，她们非但不能发挥出来，她们所极力在那里模仿的，倒反是一种旧式女子的怕羞，矜持，娇喘轻颦，非艺术的谎语，丑陋的文雅风流，粗俗的竹杠，等等，等等。所以你在非常烦闷的时候，跑到妓院里去，想听几句爱听的话，想尝一点你所爱尝的味，是怎么也办不到的。因此我有一位朋友，自家编了许多与他的口味相合的话，于兴致美满的时候，亲自教给一位他所眷爱的妓女，教她对他在如何如何的时候，讲怎么怎么的一番话，取怎么怎么的一种态度。可是她老要弄错，在甲的时候，讲出牛头不对马嘴的乙的话来。就这一幕悲喜剧里，我们便可以看出我们中国的妓女的如何的愚笨来了。所以现在像我们这一种不伦不类的人物，就是嫖妓女，也完全不能找出赏心的乐事来，更何况弄别玩意儿呢？我想妓女在中国，所以要被我们轻视厌恶的，应该须因为她们的不能尽她们妓女的职务，不能发挥她们的毒妇的才能才对，不应该说她们是有伤风化，引诱青年等等一类的话的。

末了我还要告诉读者诸君，不要太忠厚了，把小说和事实混在一处。更不可抱了诚实的心，去读那些寒酸穷士所作的关于妓女的书。什么薛涛啦，鱼玄机啦，举举啦，师师啦，李香君啦，卞玉京啦……，这些东西，都是假的，现实的妓女，终究还是妓女，请大家不要去上当。

十三年十二月二十三日

一个人在途上

　　在东车站的长廊下和女人分开以后，自家又剩了孤零丁的一个。频年飘泊惯的两口儿，这一回的离散，倒也算不得甚么特别，可是端午节那天，龙儿刚死，到这时候北京城里难已起了秋风，但是计算起来，去儿子的死期，究竟还只有一百来天。在车座里，稍稍把意识恢复转来的时候，自家就想起了卢骚晚年的作品《孤独散步者的梦想》的头上的几句话。

　　"自家除了己身以外，已经没有弟兄，没有邻人，没有朋友，没有社会了，自家在这世上，像这样的，已经成了一个孤独者了。……"然而当年的卢骚还有弃养在孤儿院内的五个儿子，而我自己哩，连一个抚育到五岁的儿子还抓不住！

　　离家的远别。本来也只为想养活妻儿。去年在某大学的被逐，是万料不到的事情。其后兵乱迭起，交通阻绝，当寒冬的十月，会病倒在沪上也是谁也料想不到的。今年二月，好容易到得南方，归息了一年之半，谁知这刚养得出趣的龙儿，又会遭此凶疾呢？

　　龙儿的病报，本是广州得着，匆促北航，到了上海，接连接了几个北京来的电报，换船到天津，已经是旧历的五月初十。到家之夜，一见了门上的白纸条儿，心里已经是跳得忙乱，从苍茫的暮色里赶到哥哥家中，见了衰病的她，因为在大众之前，勉强将感情压住，草草吃了夜饭，上床就寝，把电灯一灭，两人只有紧抱的痛哭，痛哭，痛哭，只是痛哭，气也换不过来，更那里有说一句话的余裕？

受苦的时间，的确脱煞过去的太悠徐，今年的夏季，只是悲叹的连续。晚上上床，两口儿，那敢提一句话？可怜这两个迷散的灵心，在电灯灭黑的黝暗里，所摸走的荒路，每凑集在一条线上，这路的交叉点里，只有一块小小的墓碑，墓碑上只有"龙儿之墓"的四个红字。

妻儿因为在浙江老家内不能和母亲同住，不得已而搬往北京当时我在寄食的哥哥家去，是去年的四月中旬，那时候龙儿正长得肥满可爱，一举一动，处处教人欢喜。到了五月初，从某地回京，觉得哥哥家太狭小，就在什刹海的北岸，租定了一间渺小的住宅。夫妻两个，日日和龙儿伴乐，闲时也常在北海的荷花深处，及门前的杨柳中带龙儿去走走。这一年的暑假，总算过得快乐，最闲适。

秋风吹叶落的时候，别了龙儿和女人，再上某地大学去为朋友帮忙，当时他们俩还往西车站去送我来哩！这是去年秋晚的事情，想起来还同昨日的情形一样。

过了一月，某地的学校里发生事情，又回京了一次，在什刹海小住了两星期，本来打算不再出京了，然碍于朋友的面子，又不得不于一天寒风刺骨的黄昏，上西车站去乘车。这时候因为怕龙儿要哭，自己和女人，吃过晚饭，便只说要往哥哥家里去，只许他送我们到门口。记得那一天晚上他一个人和老妈子立在门口，等我们俩去了好远，还"爸爸！爸爸！"的叫了几声。啊啊，这几声的呼唤，是我在这世上听到的他叫我的最后的声音。

出京之后，到某地住了一宵，就匆促往上海。接续便染了病，遇了强盗辈的争夺政权，其后赴南方暂住，一直到今年的五月，才返北京。

想起来，龙儿实在是一个填债的儿子，是当乱离困厄的这几年中间，特来安慰我和他娘的愁闷的使者！

自从他在安庆生落地以来，我自己没有一天脱离过苦闷，没有一处安住到五个月以上。我的女人，夜夜和我分担当着十字架的重负，只是东西南北的奔波飘泊。当然日夜难安，悲苦得不了的时候，只教他的笑脸一开，女人和我就可以把一切穷愁，丢在脑后。而今年五月初十待我赶到北京的时候，他的尸体，早已在妙光阁的广谊园地下躺着了。

他的病，说是脑膜炎。自从得病之日起，一直到旧历端午节的午时绝命的时候止，中间经过有一个多月的光景。平时被我们宠坏了的他，听说此番病里，却乖顺得非常。叫他吃药，他就大口的吃，叫他用冰枕，他就很柔顺的躺上。病后还能说话的时候，只问他的娘，"爸爸几时回来？""爸爸在上海为我定做的小皮鞋，已经做好了没有？"我的女人，于惑乱之余，每幽幽的问他："龙！你晓得你这一场病，会不会死的？"他老是很不愿意的回答说："那儿会死的哩？"据女人含泪的告诉我说，他的谈吐，绝不似一个五岁的小儿。

未病之前一个月的时候，有一天午后他在门口玩耍，看见西面来了一乘马车，马车里坐着一个带灰白帽子的青年。他远远看见，就急忙丢下了伴侣，跑进屋里叫他娘出来，说"爸爸回来了，爸爸回来了！"因为我去年离京时所带的，是一样的一顶白灰呢帽。他娘跟他出来到门前，马车已经过去了，他就死劲的拉住了他娘，哭喊着说："爸爸怎么不家来吓？爸爸怎么不家来吓？"他娘说慰了半天，他还尽是哭着，这也是他娘含泪和我说的。现在回想起来，自己实在不该抛弃了他们，一个人在外面流荡，致使那小小的灵心，常有望远思亲之痛。

去年六月，搬往什刹海之后，有一次我们在堤上散步，因为他看见了人家的汽车，硬是哭着要坐，被我痛打了一顿。又有一次，他是因为要穿洋服，受了我的毒打。这实在只能怪我做父亲的没有能力，不能做洋服给他穿，雇汽车给他坐，早知他要这样的早死，我就是典当抢劫，也应该去弄一点钱来，满足他无邪的欲望，到现在追想起来，实在觉得对他不起，实在是我太无容人之量了。

我女人说，频死的前五天，在病院里，叫了几夜的爸爸。她问他"叫爸爸干什么？"他又不响了，停一会儿，就又再叫起来，到了旧历五月初三日，他已入了昏迷状态，医师替他抽骨髓，他只会直叫一声"干吗？"喉头的气管，咯咯在抽咽，眼睛只往上吊送，口头流些白沫，然而一口气总不肯断。他娘哭叫几声"龙！龙！"他的眼角上，就迸流下眼泪出来，后来他娘看他苦得难过，倒对他说：

"龙，你若是没有命的，就好好的去吧！你是不是想等爸爸回来，就是你爸爸回来，也不过是这样的替你医治罢了。龙！你有什么不了的心愿呢？龙！与其这样的抽咽受苦，你还不如快快的去吧！"他听了这段话，眼角上眼泪，更是涌流得厉害。到了旧历端午节的午时，他竟等不着我的回来，终于断气了。

丧葬之后，女人搬往哥哥家里，暂住了几天。我于五月十日晚上，下车赶到什刹海的寓宅，打门打了半天，没有应声。后来抬头一看，才见了一张告示邮差送信的白纸条。

自从龙儿生病以后连日连夜看护久已倦了的她，又那里经得起最后的这一个打击？自己当到京之后，见了她的衰容，见了她的眼泪，又那里能够不痛哭呢？

在哥哥家里小住了两三天，我因为想追求龙儿生前的遗迹，一定要女人和我仍复搬回什刹海的住宅去住它一两个月。

搬回去那天，一进上屋的门，就见了一张被他玩破的今年正月里的花灯。听说这张花灯是南城大姨妈送他的，因为他自家烧破了一个窟窿，他还哭过好几次来的。

其次，便是上房里砖上的几堆烧纸钱的痕迹！当他下殓时烧的。

院子有一架葡萄，两颗枣树，去年采取葡萄枣子的时候，他站在树下，兜起了大褂，仰头在看树上的我。我摘取一颗，丢入了他的大褂斗里，他的哄笑声，要继续到三五分钟。今年这两颗枣树结满了青青的枣子，风起的半夜里，老有熟极的枣子辞枝自落，女人和我，睡在床上，有时候且哭且谈，总要到更深人静，方能入睡。在这样的幽幽的谈话中间，最怕听的，就是滴答的坠枣之声。

到京的第二日，和女人去看他的坟墓。先在一家南纸铺里买了许多冥府的钞票，预备去烧送给他，直到到了妙光阁的广谊园茔地门前，她方从呜咽里清醒过来，说："这是钞票，他一个小孩如何用得呢？"就又回车转来，到琉璃厂去买些有孔的纸钱。他在坟前哭了一阵，把纸钱钞烧化的时候，却叫着说：

"这一堆是钞票，你收在那里，待长大了的时候再用。要买什么，你先拿这一堆钱去用吧。"这一天他的坟上坐着，我们直到午后七点，太阳平西的时候，才回家来。临走的时候，他娘还哭叫着说：

"龙！龙！你一个人在这里不怕冷静的么？龙！龙！人家若来欺你，你晚上来告诉娘罢！你怎么不想回来了呢？你怎么梦也不来托一个呢？"

箱子里，还有许多散放着的他的小衣服。今年北京的天气，到七月中旬，已经是很冷了。当微凉的早晚，我们俩都想换上几件夹衣，然而因为怕见他旧时的夹衣袍袜，我们俩却竟是一天一天地挨着，谁也不说出口来，说"要换上件夹衫。"

有一次和女人在那里睡午觉，她骤然从床上坐了起来，鞋也不拖，光着袜子，跑上了上房起坐室里，并且更掀帘跑上外面院子里去。我也莫名其妙跟着她跑到外面的时候，只见她在那里四面找寻什么。找寻不着，呆立了一会，她忽然放声哭了起来，并且抱住了我急急的追问说："你听不听见？你听不听见？"哭完之后，她才告诉我说，在半醒半睡的中间，她听见"娘！娘！"的叫了几声，的确是龙的声音，她很坚硬的说："的确是龙回来了。"

北京的朋友亲戚，为安慰我们起见，今年夏天常请我们俩去吃饭听戏，她老不愿意和我同去，因为去年的六月，我们无论上那里去玩，龙儿是常和我们在一处的。

今年的一个暑假，就是这样的，在悲叹和幻梦的中间消逝了。

这一回南方来催我就道的信，过于匆促，出发之前，我觉得还有一见大事情没有做了。

中秋节前新搬了家，为修理房屋，部署杂事，就忙了一个星期，又因了种种琐事，不能抽出空来，再上龙儿的墓地去探望一回。女人上东车站来送我上车的时候，我心里尽是酸一阵痛一阵的在回念这一件恨事。有好几次想和她说出来，教她于两三日后再往妙光阁去探望一趟，但见了她的憔悴尽的颜色，和苦忍住的凄楚，又终于一句话也没有讲成。

现在去北京远了，去龙儿更远了，自家只一个人，只是孤零丁的一个人。在这里继续此生中大约是完不了的飘泊。

一九二六年十月五日在上海旅馆内

移家琐记

一

"流水不腐",这是中国人的俗话,"Stagnant Pond",这是外国人形容固定的颓毁状态的一个名词。在一处羁住久了,精神上习惯上,自然会生出许多霉烂的斑点来。更何况洋场米贵,狭巷人多,以我这一个穷汉,夹杂在三百六十万上海市民的中间,非但汽车,洋房,跳舞,美酒等文明的洪福享受不到,就连吸一口新鲜空气,也得走十几里路。移家的心愿,早就有了,这一回却因朋友之介,偶尔在杭城东隅租着一所适当的闲房,筹谋计算,也张罗拢了二三百块洋钱,于是这很不容易成就的戋戋私愿,竟也猫猫虎虎地实现了。小人无大志,蜗角亦乾坤,触蛮鼎定,先让我来谢天谢地。

搬来的那一天,是春雨霏微的星期二的早上,为计时日的正确,只好把一段日记抄在下面:

一九三三年四月廿五(阴历四月初一),星期二。晨,五点起床,窗外下着蒙蒙的时雨,料理行装等件,赶赴北站,衣帽尽湿。携女人儿子及一仆妇登车,在不断的雨丝中,向西进发。野景正妍,除白桃花,菜花,棋盘花外,田野里只一片嫩绿,浅淡尚带鹅黄,此番因自上海移居杭州,故行李较多,视孟东野稍为富有,沿途上落,被无产同胞的搬运夫,敲刮去了不少。午后一点到杭州城站,雨势正盛,在车上蒸干之衣帽,又涔涔湿矣。

新居在浙江图书馆侧面的一堆土山旁边,虽只东倒西斜的三间旧屋,但比起上海的一楼一底的弄堂洋房来，究竟宽敞得多了，所以一到寓居，就开始做室内装饰的工作。沙发是没有的，镜屏是没有的，红木器具、壁画纱灯，一概没有。几张板桌，一架旧书，在上海时，塞来塞去，只觉得没地方塞的这些破铜烂铁，一到了杭州，向三间连通的矮厅上一摆，看起来竟空空洞洞，像煞是沧海中间的几颗粟米了。最后装上壁去的，却是上海八云装饰设计公司送我的一块石膏圆面。塑制者是江山徐葆蓝氏，面上刻出的是圣经里马利马格大伦的故事。看来看去，在我这间黝暗矮阔的大厅摆设之中，觉得有一点生气的，就只是这一块同深山白雪似的小小的石膏。

二

向晚雨歌，电灯来了。灯光灰暗不明，问先搬来此地住的王母以"何不用个亮一点的灯球"？方才知道朝市而今虽不是秦，但杭州一隅，也决不是世外的桃源，这样要捐，那样要税，居民的负担，简直比世界那一国的首都，都加重了。即以电灯一项来说，每一个字，在最近也无法地加上了好几成的特捐。"烽火满天殍满地，儒生何处可逃秦？"这是几年前做过的叠秦韵的两句山歌，我听了这些话后，嘴上虽则不念出来，但心里却也私地转想了好几次。腹诽若要加刑，则我这一篇琐记，又是自己招认的供状了，罪过罪过。

三更人静，门外的巷里忽传来了些笃笃笃笃的敲小竹梆的哀音。问是什么？说是卖馄饨圆子的小贩营生。往年这些担头很少，现在却冷街僻巷，都有人来卖到天明了，百业的凋敝，城市的萧条，这总也是民不聊生的一点点的实证罢？

新居落寞，第一晚睡在床上，翻来覆去，总睡不着觉。夜半挑灯，就只好拿出一本新出版的《两地书》来细读。有一位批评家说，作者的私记，我们没有阅读的义务。当时我对这话，倒也佩服得五体投地，所以书店来要我出书简集的时候，我就坚决地谢绝了，并且还想将一本为无钱过活之故而拿去出卖的日记都教他们毁版，以为这些东西，是只好于死后，让他人来替我印行的，但这次将鲁迅先生和密斯许的书简集来一读，则非但对那位批评家的信念完全失掉，并且还在这一部两人的私记里，看出了许多许多平时不容易看到的社会黑暗面来。至如鲁迅先生的诙谐愤俗的气概，许女士的诚实庄严的风度，还是在长书短简里自然流露的余音，由我们熟悉他们的人看来，当然更是味中有味，言外有情，可以不必提起，我想就是绝对不认识他们的人，读了这书至少也可以得到几多的教训，私记私记，义务云乎哉？

从半夜读到天明，将这《两地书》读完之后，已经觉得愈兴奋了，六点敲过，就率性走到楼下去洗了一洗手脸，换了一身衣服，踏出大门，打算去把这杭城东隅的侵晨朝景，看它一个明白。

<h1 style="text-align:center">三</h1>

夜来的雨，是完全止住了，可是外貌像马加弹姆式的沙石马路上，还满涨着淤泥，天上也还浮罩着一层明灰的云幕。路上行人稀少，老远老远，只看得见一部漫漫在向前拖走的人力车的后形。从狭巷里转出东街，两旁的店家，也只开了一半，连挑了菜在沿街赶早市的农民，都像是没有灌气的橡皮玩具。四周一看，萧条复萧条，衰落又衰落，中国的农村，果然是破产了，但没有实业生产机关，没有和平保障的像杭州一样的小都市，又何尝不在破产的威胁上战栗着待毙呢？中国目下的情形，大抵总是农村及小都市的有产者，集中到大都会去。在大都会的帝国主义保护之下变成殖民地的新资本家，或变成军阀官僚的附属品的少数者，总算是找着了出路。他们的货财，会愈积而愈多，同时为他们所牺牲的同胞，当然也要加速度的倍加起来。结果就变成这样的一个公式：农村中的有产者集中小都市，小都市的有产者集中大都会，等到资产化尽，而生财无道的时候，则这些素有恒产的候鸟就又得倒转来从大都会而小都市而仍返农村去作贫民。辗转循环，丝毫不爽，这情形已经继续了二三十年了，再过五年十年之后的社会状态，自然可以不卜而知了啦，社会的症结究在那里？唯一的出路究在那里？难道大家还不明白么？空喊着抗日抗日，又有什么用处？

一个人在大街上踱着想着，我的脚步却于不知不觉的中间，开了倒车，几个弯儿一绕，竟又将我自己的身体，搬到了大学近旁的一条路上来了。向前面看过去，又是一堆土山。山下是平平的泥路和浅浅的池搪。这附近一带，我儿时原也来过的。二十几年前头，我有一位亲戚曾在报国寺里当过军官，更有一位哥哥，曾在陆军小学堂里当过学生。既然已经回到了寓居的附近，那就爬上山去看它一看吧，好在一晚没有睡觉，头脑还有点儿糊涂，登高望望四境，也未始不是一帖清凉的妙药。

天气也渐渐开朗起来了，东南半角，居然已经露出了几点青天和一丝白日。土山虽则不高，但眺望倒也不坏。湖上的群山，环绕的西北的一带，再北是空间，更北是湖外境内地发样的青山了。东面迢迢，看得见的，是临平山、皋亭山、黄鹤山之类的连峰叠嶂。再偏东北行，大约是唐栖上的超山山影，看去虽则不远，但走走怕也有半日好走哩。在土山上环视了一周，由远及近，用大量观察法来一算，我才明白了这附近的地理。原来我那新寓，是在军装局的北方，而三面的土山，系遥接着城墙，围绕在军装局的匡外的。怪不得今天破晓的时候，还听见了一阵喇叭的吹唱，怪不得走出新寓的时候，还看见了一名荷枪直立的守卫士兵。

"好得很！好得很！……"我心里在想，"前有图书，后有武库，文武之道，备于此矣！"我心里虽在这样的自作有趣，但一种没落的感觉，一种不能再在大都会里插足的哀思，竟渐渐地渐渐地溶浸了我的全身。

雨

　　周作人先生名其书斋曰"苦雨"，恰正与东坡的喜雨亭名相反。其实，北方的雨，却都可喜，因其难得之故。像今年那么大的水灾，也并不是雨多的必然结果。我们应该责备治河的人，不事先预防，只晓得糊涂搪塞，虚糜国帑，一旦有事，就互相推诿，但救目前。人生万事，总得有个变换，方觉有趣。生之于死，喜之于悲，都是如此，推及天时，又何尝不然？无雨哪能见晴之可爱，没有夜也将看不出昼之光明。

　　我生长江南，按理是应该不喜欢雨的，但春日暝蒙，花枝枯竭的时候，得几点微雨，又是一位多么可爱的事情！"小楼一夜听春雨"，"杏花春雨江南"，"天街细雨润如酥"，从前的诗人，早就先我说过了。夏天的雨，可以杀暑，可以润禾，它的价值的大，更可以不必再说。而秋雨的霏微凄冷，又是别一种境地，昔人所谓"雨到深秋易作霖，萧萧难会此时心"的诗句，就在说秋雨的耐人寻味。至于秋女士的"秋雨秋风愁煞人"的一声长叹，乃别有怀抱者的托辞，人自愁耳，何关雨事。三冬的寒雨，爱的人恐怕不多。但"江关雁声来渺渺，灯昏宫漏听沉沉"的妙处，若非身历其境者决领悟不到。记得曾宾谷曾以《诗品》中语名诗，叫作《赏雨茅屋斋诗集》。他的诗境如何，我不晓得，但"赏雨茅屋"这四个字，真是多么的有趣！尤其是到了冬初秋晚，正当"苍山寒气深，高林霜叶稀"的时节。

　　　　　　　　　　　　　原载一九三五年十月二十七日《立报·言林》

预言与历史

　　中国在每一次动乱的时候，总有许多预言——或者也可以说是谣言——出来，有的是古本的翻印，有的是无意识的梦呓。这次倭寇来侵，沪杭、平津、冀晋的妇孺老幼，无故遭难，非战斗死伤数目，比兵士——战斗员——数目要多数倍，所以又是刘伯温、李淳风的得意之秋了，叫什么"嘉湖作战潮啦，"末劫在泉唐"啦，之类。以形势来看，倭寇的不从乍浦及扬子江上游登陆，包袭上海，却是必然之势。不过前些日子，倭寇伪称关外有变，将华北大兵，由塘沽抽调南下，倒是吾人所意料不到的事情。而平汉、津浦的两路，乘现在敌势正虚的时候，还不能节节进取，如吾人之所预计一般的成功，也是吾人所难以解答的疑问。在这些情形之下，于是乎有预言。

　　预言倒也并不是中国独有的国粹，外国的军事学家、科学家、文学家，从历史的演化里脱胎，以科学为根据，对近五十年中的预言却也有不少。归纳起来，总说是世界大战，必不能免，中国先必受难，而到了一九四〇年前后，就可以翻身，收最后胜利的，必然是美国。

　　外国邵康节，当然不会比中国鬼谷子更加可靠，只是中国的预言，纯系出乎神秘，而外国的预言，大都系根据于历史及科学的推算，两者稍有不同。

　　可是神秘的中国民族，往往有超出科学的事情做出来，从好的方面讲，如忍耐的程度，远在外国人之上，就是一例。更就坏的方面讲，缺点可多了，而最大的一点，就在于太信天命，不肯自强。譬如有人去算命，星者说他一年后必一定大富大贵，他在这一年里，就先不去努力，俨然摆起大富大贵的架子来了，结果，不至饿死，也必冻煞。大而至于民族，也是一样，现在到一九四〇年，足足还有三个年头，若只靠了外国人的预言，而先就不知不觉地自满起来，说不定到了一九五〇年，也还不会翻身。九国公约会议，似乎是外国预言的一个应验，但一面意德日协定，也是一个相反的应验。

常识大家斯迈侯尔氏，引古语说"天助自助者。"这虽不是预言，但从历史上的例证看来，这却是实话。所以，我们只有坚竖高垒，忍苦抗战，一面致意于后方的生产，一面快设法打通一条和外国交通的出路之一法。

原载 1937 年 11 月 17 日福州《小民报》

志摩在回忆里

新诗传宇宙，竟尔乘风归去，同学同庚，老友如君先宿草。

华表托精灵，何当化鹤重来，一生一死，深闺有妇赋招魂。

这是我托杭州陈紫荷先生代作代写的一副挽志摩的挽联。陈先生当时问我和志摩的关系，我只说他是我自小的同学，又是同年，此外便是他这一回的很适合他身份的死。

做挽联我是不会做的，尤其是文言的对句。而陈先生也想了许多成句，如"高处不胜寒"，"犹是深闺梦里人"之类，但似乎都寻不出适当的上下对，所以只成了上举的一联。这挽联的好坏如何，我也不晓得，不过我觉得文句做得太好，对仗对得太工，是不大适合于哀挽的本意的。悲哀的最大表示，是自然的目瞪口呆，僵若木鸡的那一种样子，这我在小曼夫人当初次接到志摩的凶耗的时候曾经亲眼见到过。其次是抚棺的一哭，这我在万国殡仪馆中，当日来吊的许多志摩的亲友之间曾经看到过。至于哀挽诗词的工与不工，那却是次而又次的问题了。我不想说志摩是如何如何的伟大，我不想说他是如何如何的可爱，我也不想说我因他之死而感到怎么怎么的悲哀，我只想把在记忆里的志摩来重描一遍，因而再可以想见一次他那副凡见过他一面的人谁都不容易忘去的面貌与音容。

大约是在宣统二年（一九一○）的春季，我离开故乡的小市，去转入当时的杭府中学读书，——上一期似乎是在嘉兴府中读的，终因路远之故而转入了杭府——那时候府中的监督，记得是邵伯炯先生，寄宿舍是大方伯的图书馆对面。

当时的我，是初出茅庐的一个十四岁未满的乡下少年，突然间闯入了省府的中心，周围万事看起来都觉得新异怕人。所以在宿舍里，在课堂上，我只是诚惶诚恐，战战兢兢，同蜗牛似地蜷伏着，连头都不敢伸一伸出壳来。但是同我的这一种畏缩态度正相反的，在同一级同一宿舍里，却有两位奇人在跳跃活动。

一个是身体生得很小，而脸面却是很长，头也生得特别大的小孩子。我当时自己当然总也还是一个小孩子，然而看见了他，心里却老是在想："这顽皮小孩，样子真生得奇怪"，仿佛我自己已经是一个大孩似的。还有一个日夜和他在一块，最爱做种种淘气的把戏，为同学中间的爱戴集中点的，是一个身材长得相当的高大，面上也已经满示着成年的男子的表情，由我那时候的心里猜来，仿佛是年纪总该在三十岁以上的大人，——其实呢，他也不过和我们上下年纪而已。

他们俩，无论在课堂上或在宿舍里，总在交头接耳的密谈着，高笑着，跳来跳去，和这个那个闹闹，结果却终于会出其不意地做出一件很轻快很可笑很奇特的事情来吸收大家的注意的。

而尤其使我惊异的，是那个头大尾巴小，戴着金边近视眼镜的顽皮小孩，平时那样的不用功，那样的爱看小说——他平时拿在手里的总是一卷有光纸上印着石印细字的小本子——而考起来或作起文来却总是分数得得最多的一个。

像这样的和他们同住了半年宿舍，除了有一次两次也上了他们一点小当之外，我和他们终究没有发生什么密切一点的关系。后来似乎我的宿舍也换了，除了在课堂上相聚在一块之外，见面的机会更加少了。年假之后第二年的春天，我不晓为了什么，突然离去了府中，改入了一个现在似乎也还没有关门的教会学校。从此之后，一别十余年，我和这两位奇人——一个小孩，一个大人——终于没有遇到的机会。虽则在异乡飘泊的途中，也时常想起当日的旧事，但是终因为周围环境的迁移激变，对这微风似的少年时候的回忆，也没有多大的留恋。

民国十三四年——一九二三、四年——之交，我混迹在北京的软红尘里，有一天风定日斜的午后，我忽而在石虎胡同的松坡图书馆里遇见了志摩。仔细一看，他的头，他的脸，还是同中学时候一样发育得分外的大，而那矮小的身材却不同了，非常之长大了，和他并立起来，简直要比我高一二寸的样子。

他的那种轻快磊落的态度，还是和孩时一样，不过因为历尽了欧美的游程之故，无形中已经锻练成了一个长于社交的人了。笑起来的时候，可还是同十几年前的那个顽皮小孩一色无二。

从这年后，和他就时时往来，差不多每礼拜要见好几次面。他的善于座谈，敏于交际，长于吟诗的种种美德，自然而然地使他成了一个社交的中心。当时的文人学者，达官丽姝，以及中学时候的倒霉同学，不论长幼，不分贵贱，都在他的客座上可以看得到。不管你是如何心神不快的时候，只教经他用了他那种浊中带清的洪亮的声音，"喂，老×，今天怎么样？什么什么怎么样了？"的一问，你就自然会把一切的心事丢开，被他的那种快乐的光耀同化了过去。

正在这前后，和他一次谈起了中学时候的事情，他却突然的呆了一呆，张大了眼睛惊问我说：

"老李你还记得起记不起？他是死了哩！"

这所谓老李者，就是我在头上写过的那位顽皮大人，和他一道进中学的他的表哥哥。

其后他又去欧洲，去印度，交游之广，从中国的社交中心扩大而成为国际的。于是美丽宏博的诗句和清新绝俗的散文，也一年年的积多了起来。一九二七年的革命之后，北京变了北平，当时的许多中间阶级者就四散成了秋后的落叶。有些飞上了天去，成了要人，再也没有见到的机会了；有些也竟安然地在牖下到了黄泉；更有些，不死不生，仍复在歧路上徘徊着，苦闷着，而终于寻不到出路。是在这一种状态之下，有一天在上海的街头，我又忽而遇见志摩，"喂，这几年来你躲在什么地方？"

兜头的一喝，听起来仍旧是他那一种洪亮快活的声气。在路上略谈了片刻，一同到了他的寓里坐了一会，他就拉我一道到了大赍公司的轮船码头。因为午前他刚接到了无线电报，诗人太果尔回印度的船系定在午后五时左右靠岸，他是要上船去看看这老诗人的病状的。

当船还没有靠岸，岸上的人和船上的人还不能够交谈的时候，他在码头上的寒风里立着——这时候似乎已经是秋季了——静静地呆呆地对我说：

"诗人老去，又遭了新时代的摈斥，他老人家的悲哀，正是孔子的悲哀。"

因为太果尔这一回是新从美国日本去讲演回来，在日本在美国都受了一部分新人的排斥，所以心里是不十分快活的。并且又因年老之故，在路上更染了一场重病。志摩对我说这几句话的时候，双眼呆看着远处，脸色变得青灰，声音也特别的低。我和志摩来往了这许多年，在他脸上看出悲哀的表情来的事情，这实在是最初也便是最后的一次。

从这一回之后，两人又同在北京的时候一样，时时来往了。可是一则因为我的疏懒无聊，二则因为他跑来跑去的教书忙，这一两年间，和他聚谈时候也并不多。今年的暑假后，他于去北平之先曾大宴了三日客。头一天喝酒的时候，我和董任坚先生都在那里。董先生也是当时杭府中学的旧同学之一，席间我们也曾谈到了当时的杭州。在他遇难之前，从北平飞回来的第二天晚上，我也偶然的，真真是偶然的，闯到了他的寓里。

那一天晚上，因为有许多朋友会聚在那里的缘故，谈谈说说，竟说到了十二点过。临走的时候，还约好了第二天晚上的后会才兹分散。但第二天我没有去，于是就永久失去了见他的机会了，因为他的灵柩到上海的时候是已经歛好了来的。

男人之中，有两种人最可以羡慕。一种是像高尔基一样，活到了六七十岁，而能写许多有声有色的回忆文的老寿星，其他的一种是如叶赛宁一样的光芒还没有吐尽的天才夭折者。前者可以写许多文学史上所不载的文坛起伏的经历，他个人就是一部纵的文学史。后者则可以要求每个同时代的文人都写一篇吊他哀他或评他骂他的文字，而成一部横的放大的文苑传。

现在志摩是死了，但是他的诗文是不死的，他的音容状貌可也是不死的，除非要等到认识他的人老老少少一个个都死完的时候为止。

一九三一年十二月十一日

［附记］上面的一篇回忆写完之后，我想想，想想，又在陈先生代做的挽联里加入了一点事实，缀成了下面的四十二字：

三卷新诗，廿年旧友，与君同是天涯，只为佳人难再得。

一声河满，九点齐烟，化鹤重归华表，应愁高处不胜寒。

一九三一年十二月十九日

书塾与学堂

　　从前我们学英文的时候，中国自己还没有教科书，用的是一册英国人编了预备给印度人读的同纳氏文法是一路的读本。这读本里，有一篇说中国人读书的故事。插画中画着一位年老背曲拿烟管带眼镜拖辫子的老先生坐在那里听学生背书，立在这先生前面背书的，也是一位拖着长辫的小后生。不晓为什么原因，这一课的故事，对我印象特别的深，到现在我还约略谙诵得出来。里面曾说到中国人读书的奇习，说："他们无论读书背书时，总要把身体东摇西扫，摇动得像一个自鸣钟的摆。"这一种读书背书时摇摆身体的作用与快乐，大约是没有在从前的中国书塾里读过书的人所永不能了解的。

　　我的初上书塾去念书的年龄，却说不清理了，大约总在七八岁的样子。只记得有一年冬天的深夜，在烧年纸的时候，我已经有点朦胧想睡了，尽在擦眼睛，打呵欠，忽而门外来了一位提着灯笼的老先生，说是来替我开笔的。我跟着他上了香，对孔子的神位行了三跪九叩之礼，立起来就在香案前面的一张桌上写了一张上大人的红字，念了四句"人之初，性本善"的《三字经》。第二年的春天，我就夹着绿布书包，拖着红丝小辫，摇摆着身体，成了那册英文读本里的小学生的样子了。

　　经过了三十余年的岁月，把当时的苦痛，一层层地摩擦干净，现在回想起来，这书塾里的生活，实在是快活得很。因为要早晨坐起一直坐到晚的缘故，可以助消化，健身体的运动，自然只有身体的死劲摇摆与放大喉咙的高叫了。大小便，是学生们监禁中暂时的解放，故而厕所就变作了乐园。我们同学中间的一位最淘气的，是学官陈老师的儿子，名叫陈方；书塾就系附设在学宫里面的。陈方每天早晨，总要大小便十二三次。后来弄得先生没法，就设下了一枝令签，凡须出塾上厕所的人，一定要持签而出。于是两人同去，在厕所里捣鬼的弊端革去了，但这令签的争夺，又成了一般学生们的唯一的娱乐。

陈方比我大四岁，是书塾里的头脑。像春香闹学似的把戏，总是由他发起，由许多虾兵蟹将来演出的，因而先生的挞伐，也以落在他一个人的头上者居多。不过同学中间的有几位狡滑的人，委过于他，使他冤枉被打的事情也着实不少。他明知道辩不清的，每次替人受过之后，总只张大了两眼，滴落几滴大泪点，摸摸头上的痛处就了事。我后来进了当时由书院改建的新式的学堂，而陈方也因他父亲的去职而他迁，一直到现在，还不曾和他有第二次见面的机会。这机会大约是永也不会再来了，因为国共分家的当日，在香港仿佛曾听见人说起过他，说他的那一种惨死的样子，简直和杜格纳夫所描写的卢亭，完全是一样。

由书塾而到学堂！这一个转变，在当时的我的心里，比从天上飞到地上，还要来得大而且奇。其中的最奇之处，是我一个人，在全校的学生当中，身体年龄，都属最小的一点。

当时的学堂，是一般人的崇拜和惊异的目标。将书院的旧考棚撤去了几排，一间像鸟笼似的中国式洋房造成功的时候，甚至离城有五六十里路远的乡下人，都成群结队，带了饭包、雨伞，走进城来挤看新鲜。在校舍改造成功的半年之中，"洋学堂"的三个字，成了茶店酒馆，乡村城市里的谈话的中心；而穿着奇形怪状的黑斜纹布制服的学堂生，似乎都是万能的张天师，人家也在侧目面视，自家也在暗鸣得意。

一县里唯一的这县立高等小学堂的堂长，更是了不得的一位大人物，进进出出，用的是蓝呢小轿；知县请客，总少不了他。每月第四个礼拜六下午作文课的时候，县官若来监课，学生们特别有两个肉馒头好吃。有些住在离城十余里的乡下的学生，于文课作完后回家的包裹里，往往将这两个肉馒头包得好好，带回乡下去送给邻里尊长，并非想学颍考叔的纯孝，却因为这肉馒头是学堂里的东西，而又出于知县官之所赐，吃了是可以驱邪启智的。

实际上我的那一班学堂里的同学，确有几位是进过学的秀才，年龄都在三十左右。他们穿起制服来，因为背形微驼，样子有点不大雅观，但穿了袍子马褂，摇摇摆摆走回乡下去的态度，如另有着一种堂皇严肃的威仪。

初进县立高等小学堂院那一年年底，因为我的平均成绩，超出了八十分以上，突然受了堂长和知县的提拔，令我和四位其他的同学跳过了一班，升入了高两年的级里。这一件极平常的事情，在县城里居然也耸动了视听，而在我们的家庭里，却引起了一场很不小的风波。

是第二年春天开学的时候了，我们的那位寡母，辛辛苦苦，调集了几块大洋的学费书籍费缴进学堂去后，我向她又提出了一个无理的要求，硬要她去为我买一双皮鞋来穿。在当时的我的无邪的眼里，觉得在制服下穿上一双皮鞋，挺胸伸脚，得得得得地在石板路大走去，就是世界上最光荣的事情。跳过了一班，升进了一级的我，非要如此打扮，才能够压服许多比我大一半年龄的同学的心。为凑集学费之类，已经罗掘得精光的我那位母亲，自然是再也没有两块大洋的余钱替我去买皮鞋了，不得已就只好老了面皮，带着了我，上大街上的洋广货店里去赊去。当时的皮鞋，是由上海运来，在洋广货店里寄售的。

一家，两家，三家，我跟了母亲，从下街走起，一直走到了上街尽处的那一家隆兴字号。店里的人，看我们进去，先都非常客气，摸摸我的头，一双一双的皮鞋拿出来替我试脚，但一听到了要赊欠的时候，却同样地都白了眼，作一脸苦笑，说要去问账房先生的。而各个账房先生，又都一样地板起了脸，放大了喉咙，说是赊欠不来。到了最后那一家隆兴里，惨遭拒绝赊欠的一瞬间，母亲非但涨红了脸，我看见她的眼睛，也有点红起来了。不得已只好默默地旋转了身，走出了店。我也并无言语，跟在她的后面走回家来。到了家里，她先擤着鼻涕，上楼去了半天，后来终于带了一大包衣服，走下楼来了，我晓得她是将从后门走出，上当铺去以衣服抵押现钱的。这时候，我心酸极了，哭着喊着，赶上了后门边把她拖住，就绝命的叫说：

"娘，娘！您别去罢！我不要了，我不要皮鞋穿了！那些店家！那些可恶的店家！"

我拖住了她跪向了地下，她也呜呜地放声哭了起来。两人的对泣，惊动了四邻，大家都以为是我得罪了母亲，走拢来相劝。我愈听愈觉得悲哀，母亲也愈哭愈是厉害，结果还是我重赔了不是，由间壁的大伯伯带走，走上了他们的家里。

　　自从这一次的风波以后，我非但皮鞋不着，就是衣服用具，都不想用新的了。拼命的读书，拼命的和同学中的贫苦者相往来，对有钱的人，经商的人仇视等，也是从这时候而起的。当时虽还只有十一二岁的我，经了这一番波折，居然有起老成人的样子来了，直到现在，觉得这一种怪癖的性格，还是改不转来。

　　到了我十三岁的那一年冬天，是光绪三十四年，皇帝死了。小小的这富阳县里，也来了哀诏，发生了许多议论。熊成基的安徽起义，无知幼弱的溥仪的入嗣，帝室的荒淫，种族的歧异等等，都从几位看报的教员的口里，传入了我们的耳朵。而对于我印象最深的，是一位国文教员拿给我们看的报纸上的一张青年军官的半身肖像。他说，这一位革命义士，在哈尔滨被捕，在吉林被满清的大员及汉族的卖国奴等生生地杀掉了，我们要复仇，我们要努力用功。所谓种族，所谓革命，所谓国家等等的概念，到这时候，才隐约地在我脑里生了一点儿根。

小说

　　他近来觉得孤冷得可怜。

　　他的早熟的性情，竟把他挤到与世人绝不相容的境地去，世人与他的中间介在的那一道屏障，愈筑愈高了。

采石矶

文章憎命达，魑魅喜人过。——杜甫

一

　　自小就神经过敏的黄仲则，到了二十三岁的现在，也改不过他的孤傲多疑的性格来。他本来是一个负气殉情的人，每逢兴致激发的时候，不论讲得讲不得的话，都涨红了脸，放大了喉咙，抑留不住的直讲出来。听话的人，若对他的话有些反抗，或是在笑容上，或是在眼光上，表示一些不造成他的意思的时候，他便要拼命的辩驳，讲到后来他那双黑晶晶的眼睛老会张得很大，好像会有火星飞出来的样子。这时候若有人出来说几句迎合他的话，那他必喜欢得要奋身高跳，那双黑而且大的眼睛里也必有两泓清水涌漾出来，再进一步，他的清瘦的颊上就会有感激的眼泪流下来了。

　　像这样的发泄一回之后，他总有三四天守着沉默，无论何人对他说话，他总是噤口不作回答的。在这沉默期间内，他也有一个人关上了房门，在那学使衙门东北边的寿春园西室里兀坐的时候，也有青了脸，一个人上清源门外的深云馆怀古台去独步的时候，也有跑到南门外姑熟溪边上的一家小酒馆去痛饮的时候。不过在这期间内他对人虽不说话，对自家却总是一个人老在幽幽的好像讲论什么似的。他一个人，在这中间，无论上什么地方去，有时或轻轻的吟诵着诗或文句，有时或对自家嘻笑嘻笑，有时或望着了天空而作叹惜，况似忙得不得开交的样子。但是一见着人，他那双呆呆的大眼，举起来看你一眼，他脸上的表情就会变得同毫无感觉的木偶一样，人在这时候遇着他，总没有一个不被他骇退的。

　　学使朱筍河，虽则非常爱惜他，但因为事务烦忙的缘故，所以当他沉默忧郁的时候，也不能来为他解闷。当这时候，学使左右上下四五十人中间，敢接近他进到他房里去和他谈几句话的，只有一个他的同乡洪稚存。与他自小同学，又是同乡的洪稚存，很了解他的性格。见他与人论辩，愤激得不堪的时候，每肯出来为他说几句话，所以他对稚存比自家的弟兄还要敬爱。稚存知道他的脾气，当他沉默起的头一两天，故意的不去近他的身。有时偶然同他在出入的要路上遇着的时候，稚存也只装成一副忧郁的样子，不过默默的对他点一点头就过去了。待他沉默过了一两天，暗地里看他好像有几首诗做好，或者看他好像已经在市上酒肆里醉过了一次，或在城外孤冷的山林间痛哭了一场之后，稚存或在半夜或在清晨，方敢慢慢的走到他的房里去，与他争诵些《离骚》或批评韩昌黎、李太白的杂诗，他的沉默之戒也就以能因此而破了。

　　学使衙门里的同事们，背后虽在叫他作黄疯子，但当他的面，却个个怕他得很。一则因为他是学使朱公最钟爱的上客，二则也因为他习气太深，批评人家的文字，不顾人下得起下不起，只晓得顺了自家的性格，直言乱骂的缘故。

　　他跟提督学政朱筍河公到太平，也有大半年了，但是除了洪稚存朱公二人而外，竟没有一个第三个人能同他讲得上半个钟头的话。凡与他见过一面的人，能了解他的，只说他恃才傲物，不可订交，不能了解他的，简直说他一点学问也没有，只仗着了朱公的威势爱发脾气。他的声誉和朋友一年一年的少了下去，他的自小就有的忧郁症反一年一年地深起来了。

二

　　乾隆三十六年的秋也深了。长江南岸的太平府城里，已吹到了凉冷的北风，学使衙门西面园里的杨柳梧桐榆树等杂树，都带起鹅黄的淡色来。园角上荒草丛中，在秋月皎洁的晚上，凄凄唧唧的候虫的鸣声，也觉得渐渐的幽下去了。

昨天晚上，因为月亮好得很，仲则竟犯了风露，在园里看了一晚的月亮，在疏疏密密的树影下走来走去的走着，看看地上同严霜似的月光，他忽然感触旧情，想到了他少年时候的一次悲惨的爱情上去。

"唉唉！但愿你能享受你家庭内的和乐！"

这样的叹了一声，远远的向东天一望，他的眼睛，忽然现了一个十六岁的伶俐的少女来。那时候仲则正在宜兴汇里读书，他同学陈某、龚某都比他有钱，但那少女的一双水盈盈的眼光，却只注视在瘦弱的他的身上。他过年的时候因为要回常州，将别的那一天，又到她家里去看她，不晓是什么缘故，这一天她只是对他暗泣而不多说话。同她痴坐了半个钟头，他已经走到门外了，她又叫他回去，把一条当时流行的淡黄绸的汗巾送给了她。这一回当临去的时候，却是他要哭了，两人又拥抱着痛哭了一场，把他的眼泪，都揩擦在那条汗巾的上面。一直到航船要开的将晚时候，他才把那条汗巾收藏起来，同她别去。这一回别后，他和她就再没有谈话的机会了。他第二回重到宜兴的时候，他的少年悲哀，只成了几首律诗，流露在抄书的纸上：

大道青楼望不遮，年时系马醉流霞，
风前带是同心结，杯底人如解语花，
下杜城边南北路，上阑门外去来车，
匆匆觉得扬州梦，检点闲愁在鬓华。

唤起窗前尚宿醒，啼鹃催去又声声，
丹青旧誓相如札，禅榻经时杜牧情，
别后相思空一水，重来回首已三生，
云阶月地依然在，细逐空香百遍行。

遮莫临行念我频，竹枝留悗泪痕新，
多缘刺史无坚约，岂视萧郎作路人，
望里彩云疑冉冉，愁边春水故粼粼，
珊瑚百尺珠千斛，难换罗敷未嫁身。

从此音尘各悄然，春山如黛草如烟，
泪添吴苑三更雨，恨惹邮亭一夜眠，
讵有青鸟缄别句，聊将锦瑟记流年，
他时脱便微之过，百转千回只自怜。

后三年，他在扬州城里看城隍会，看见一个少妇，同一年约三十左右、状似富商的男人在街上缓步。他的容貌绝似那宜兴的少女，他晚上回到了江边的客寓里，又做成了四首感旧的杂诗。

风亭月榭记绸缪，梦里听歌醉里愁。
牵袂几曾终絮语，掩关从此入离忧。
明灯锦幄珊珊骨，细马春山蔼蔼眸。
最忆频行尚回首，此心如水只东流。

而今潘鬓渐成丝，记否羊车并载时；
挟弹何心惊共命，抚孤底苦破交枝。
如馨风柳伤思曼，别样烟花恼牧之。
莫把鹍弦弹昔昔，经秋憔悴为相思。

柘舞平康旧擅名，独将青眼到书生，
轻移锦被添晨卧，细酌金卮遣旅情。
此日双鱼寄公子，当时一曲怨东平。

越王祠外花初放，更共何人缓缓行。
非关惜别为怜才，几度红笺手自裁，
湖海有心随颖士，风情近日逼方回。
多时掩幔留香住，依旧窥人有燕来。
自古同心终不解，罗浮冢树至今哀。

他想想现在的心境，与当时一比，觉得七年前的他，正同阳春暖日下的香草一样，轰轰烈烈，刚在发育。因为当时他新中秀才，眼前尚有无穷的希望，在那里等他。

"到如今还是依人碌碌！"

一想到现在的这身世，他就不知不觉的悲伤起来了，这时候忽有一阵凉冷的西风，吹到了园里。月光里的树影索索落落的颤动了一下，他也打了一个冷痉，不晓得是什么缘故，觉得毛细管都竦竖了起来。

"似此星辰非昨夜，为谁风露立中宵？——"

于是他就稍微放大了声音把这两句诗吟了一遍，又走来走去的走了几步，一则原想藉此以壮壮自家的胆，二则他也想把今夜所得的这两句诗，凑成一首全诗。但是他的心思，乱得同水淹的蚁巢一样，想来想去怎么也凑不成上下的句子。园外的围墙拱里，打更的声音和灯笼的影子过去之后，月光更洁练得怕人了。好像是秋霜已经下来的样子，他只觉得身上一阵一阵的寒冷了起来。想想穷冬又快到了，他筐里只有几件大布的棉衣，过冬若要去买一件狐皮的袍料，非要有四十两银子不可。并且家里他也许久不寄钱去了，依理而论，正也该寄几十两银子回去，为老母辈添置几件衣服，但是照目前的状态看来，叫他能到何处去弄得这许多银子？他一想到此，心里又添了一层烦闷。呆呆的对西斜的月亮看了一忽，他却顺口念出了几句诗来：

"茫茫来日愁如海，寄语羲和快着鞭。"

回环念了两遍之后，背后的园门里忽而走了一个人出来，轻轻的叫着说："好诗好诗，仲则！你到这时候还没有睡么？"

仲则倒骇了一跳，回转头来就问他说：

"稚存！你也还没有睡么？一直到现在在那里干什么？"

"竹君要我为他起两封信稿，我现在刚搁下笔哩！"

"我还有两句好诗，也念给你听罢，'似此星辰非昨夜，为谁风露立中宵？'"

"诗是好诗，可惜太衰飒了。"

"我想把它们凑成两首律诗来，但是怎么也做不成功。"

"还是不做成的好。"

"何以呢？"

"做成之后，岂不是就没有兴致了么？"

"这话倒也不错，我就不做了吧。"

"仲则，明天有一位大考据家来了，你知道么？"

"谁呀？"

"戴东原。"

"我只闻诸葛的大名，却没有见过这一位小孔子，你听谁说他要来呀？"

"是北京纪老太史给竹君的信里说出的，竹君正预备着迎接他呢！"

"周秦以上并没有考据学，学术反而昌明，近来大名鼎鼎的考据学家很多，伪书却日见风行，我看那些考据学家都是盗名欺世的。他们今日讲诗学，明日弄训诂，再过几天，又要来谈治国平天下，九九归原，他们的目的，总不外乎一个翰林学士的衔头，我劝他们还是去参注酷吏传的好，将来束带立于朝，由礼部而吏部，或领理藩院，或拜内阁大学士的时候，倒好照样去做。"

"你又要发痴了，你不怕旁人说你在妒忌人家的大名的么？"

"即使我在妒忌人家的大名，我的心地，却比他们的大言欺世，排斥异己，光明得多哩！我究竟不在陷害人家，不在卑污苟贱的迎合世人。"

"仲则，你在哭么？"

"我在发气。"

"气什么？"

"气那些挂羊头卖狗肉的未来的酷吏！"

"戴东原与你有什么仇？"

"戴东原与我虽然没有什么仇，但我是疾恶如仇的。"

"你病刚好，又愤激得这个样子，今晚上可是我害了你了，仲则，我们为了这些无聊的人呕气也犯不着，我房里还有一瓶绍兴酒在，去喝酒去吧。"

他与洪稚存两人，昨晚喝酒喝到鸡叫才睡，所以今朝早晨太阳射照在他窗外的花坛上的时候，他还未曾起来。

门外又是一天清冷的好天气。绀碧的天空，高得渺渺茫茫。窗前飞过的鸟雀的影子，也带有些悲凉的秋意。仲则窗外的几株梧桐树叶，在这浩浩的白日里，虽然无风，也萧索地自在凋落。

一直等太阳射照到他的朝西南的窗下的时候，仲则才醒，从被里伸出了一只手，撩开帐子，向窗上一望，他觉得晴光射目，竟感觉得有些眩晕。仍复放下了帐子，闭了眼睛，在被里睡了一忽，他的昨天晚上的亢奋状态已经过去了，只有秋虫的鸣声，梧桐的疏影和云月的光辉，成了昨夜的记忆，还印在他的今天早晨的脑里，又开了眼睛呆呆的对帐顶看了一回，他就把昨夜追忆少年时候的情绪想了出来。想到这里，他的创作欲已经抬头起来了。从被里坐起，把衣服一披，他拖了鞋就走到书桌边上去，随便拿起了一张桌上的破纸和一枝墨笔，他就叉手写出了一首诗来：

> 络纬啼歇疏梧烟，露华一白凉无边，
> 纤云微荡月沉海，列宿乱摇风满天，
> 谁人一声歌子夜，寻声宛转空台榭，
> 声长声短鸡续鸣，曙色冷光相激射。

三

仲则写完了最后的一句，把笔搁下，自己就摇头反复的吟诵了好几遍。呆着向窗外的晴光一望，他又拿起笔来伏下身去，在诗的前面填了"秋夜"两字，作了诗题。他一边在用仆役拿来的面水洗面，一边眼睛还不能离开刚才写好的诗句，微微的仍在吟着。

他洗完了面，饭也不吃，便一个人走出了学使衙门，慢慢的只向南面的龙津门走去。十月中旬的和煦的阳光，不暖不热的洒满在冷清的太平府城的街上。仲则在蓝苍高天底下，出了龙津门，渡过姑熟溪，尽沿了细草黄沙的乡间的大道，在向着东南前进。道旁有几处小小的杂树林，也已现出了凋落的衰容，枝头未坠的病叶，都带了黄苍的浊色，尽在秋风里微颤。树梢上有几只乌鸦，好像在那里赞美天晴的样子，呀呀的叫了几声。仲则抬起头来一看，见那几只乌鸦，以树林作了中心，却在晴空里飞舞打圈，树下一块草地，颜色也有些微黄了。草地的周围，有许多纵横洁净的白田，因为稻已割尽，只留了点点的稻草根株，静静的在享受阳光。仲则向四面一看，就不知不觉的从官道上，走入了一条衰草丛生的田塍小路里去。走过了一块干净的白田，到了那树林的草地上，他就在树下坐下了。静静地听了一忽鸦噪的声音。他举头却见了前面的一带秋山，划在晴朗的天空中间。

"相看两不厌，只有敬亭山。"

这样的念了一句，他忽然动了登高望远的心思。立起了身，他就又回到官道上来了。走了半个钟头的样子，他过了一条小桥，在桥头树林里忽然发见了几家泥墙的矮草舍。草舍前空地上一只在太阳里躺着的白花犬，听见了仲则的脚步声，呜呜的叫了起来。半掩的一家草舍门口，有一个五六岁的小孩跑出来窥看他了。仲则因为将近山麓了，想问一声上谢公山是如何走法的，所以就对那跑出来的小孩问了一声。那小孩把小指头含在嘴里，好像怕羞似的一语也不答又跑了进去。白花犬因为仲则站住不走了，所以叫得更加厉害。过了一会，草舍门里又走出了一个头上包青布的老农妇来。仲则作了笑容恭恭敬敬的问她说：

"老婆婆，你可知道前面的是谢公山不是？"

老妇摇摇头说："前面的是龙山。"

"那么谢公山在哪里呢？"

"不知道，龙山左面的是青山，还有三里多路啦。"

"是青山么？那山上有坟墓没有？"

"坟墓怎么会没有！"

"是的，我问错了，我要问的，是李太白的坟。"

"噢噢，李太白的坟么？就在青山的半脚。"

仲则听了这话，喜欢得很，便告了谢，放轻脚步，从一条狭小的歧路折向东南的谢公山去。谢公山原来就是青山，乡下老妇只晓得李太白的坟，却不晓得青山一名谢公山，仲则一想，心里觉得感激得很，恨不得想拜她一下。他的很易激动的感情，几乎又要使他下泪了。他渐渐的前进，路也渐渐窄了起来，路两旁的杂树矮林，也一处一处的多起来了。又走了半个钟头的样子，他走到青山脚下了。在细草簇生的山坡斜路上，他遇见了两个砍柴的小孩，唱着山歌，挑了两肩短小的柴担，兜头在走下山来。他立住了脚，又恭恭敬敬的问说：

"小兄弟，你们可知道李太白的坟是在哪里的？"

两小孩好象没有听见他的话，尽管在向前的冲来。仲则让在路旁，一面又放声发问了一次。他们因为尽在唱歌，没有注意到仲则；所以仲则第一次问的时候，他们简直不知道路上有一个人在和他们斗头的走来，及走到了仲则的身边，看他好像在发问的样子，他们才歇了歌唱，忽而向仲则惊视了一眼。听了仲则的问话，前面的小孩把手向仲则的背后一指，好像求同意似的，回头来向后面的小孩看着说：

"李太白？是那一个坟吧？"

后面的小孩也争着以手指点说：

"是的，是那一个有一块白石头的坟。"

仲则回转了头，向他们指着的方向一看，看见几十步路外有一堆矮林，矮林边上果然有一穴，前面有一块白石的低坟躺在那里。

"啊，这就是么？"

他的这叹声里，也有惊喜的意思，也有失望的意思，可以听得出来。他走到了坟前，只看见了一个杂草生满的荒冢。并且背后的那两个小孩的歌声，也已渐渐的幽了下去，忽然听不见了，山间的沉默，马上就扩大开来，包压在他的左右上下。他为这沉默一压，看看这一堆荒冢，又想到了这荒冢底下葬着的是一个他所心爱的薄命诗人，心里的一种悲感，竟同江潮似的涌了起来。

"啊啊，李太白，李太白！"

不知不觉的叫了一声，他的眼泪也同他的声音同时滚下来了。微风吹动了墓草，他的模糊的泪眼，好像看见李太白的坟墓在活起来的样子。他向坟的周围走了一圈，又到墓门前来跪下了。

他默默的在墓前草上跪坐了好久。看看四围的山间透明的空气，想想诗人的寂寞的生涯，又回想到自家的现在被人家虐待的境遇，眼泪只是陆陆续续的流淌下来。看看太阳已经低了下去，坟前的草影长起来了，他方把今天睡到了日中才起来，洗面之后跑出衙门，一直还没有吃过食物的事情想了起来，这时候却一忽儿的觉得饥饿起来了。

四

他挨了饿，慢慢的朝着了斜阳走回来的时候，短促的秋日已经变成了苍茫的白夜。他一面赏玩着日暮的秋郊野景，一面一句一句的尽在那里想诗。

敲开了城门，在灯火零星的街上，走回学使衙门去的时候，他的吊李太白的诗也想完成了。

> 束发读君诗，今来展君墓。
> 清风江上洒然来，我欲因之寄微慕。
> 呜呼，有才如君不免死，我固知君死非死，
> 长星落地三千年，此是昆明劫灰耳。
> 高冠岌岌佩陆离，纵横学剑胸中奇，
> 陶镕屈宋入大雅，挥洒日月成瑰词。
> 当时有君无着处，即今遗躅犹相思。
> 醒时兀兀醉千首，应是鸿蒙借君手，
> 乾坤无事入怀抱，只有求仙与饮酒。
> 一生低首唯宣城，墓门正对青山青。
> 风流辉映今犹昔，更有灞桥驴背客，（贾岛墓亦在侧）
> 此间地下真可观，怪底江山总生色。
> 江山终古月明里，醉魄沉沉呼不起，
> 锦袍画舫寂无人，隐隐歌声绕江水，
> 残膏剩粉洒六合，犹作人间万余子。
> 与君同时杜拾遗，窆石却在潇湘湄，
> 我昔南行曾访之，衡云惨惨通九疑，
> 即论身后归骨地，俨与诗境同分驰。
> 终嫌此老太愤激，我所师者非公谁？
> 人生百年要行乐，一日千杯苦不足，
> 笑看樵牧语斜阳，死当埋我兹山麓。

仲则走到学使衙门里，只见正厅上灯烛辉煌，好像是在那里张宴。他因为人已疲倦极了，所以便悄悄的回到了他住的寿春园的西室。命仆役搬了菜饭来，在灯下吃一碗，洗完手面之后，他就想上床去睡。这时候稚存却青了脸，张了鼻孔，作了悲寂的形容，走进他的房来了。

"仲则，你今天上什么地方去了？"

"我倦极了，我上李太白的坟前去了一次。"

"是谢公山么？"

"是的，你的样子何以这样的枯寂，没有一点儿生气？"

"唉，仲则，我们没有一点小名气的人，简直还是不出外面来的好。啊啊，文人的卑污呀！"

"是怎么一回事？"

"昨晚上我不是对你说过了么？那大考据家的事情。"

"哦，原来是戴东原到了。"

"仲则，我真佩服你昨晚上的议论。戴大家这一回出京来，拿了许多名人的荐状，本来是想到各处来弄几个钱的。今晚上竹君办酒替他接风，他在席上听了竹君夸奖你我的话，就冷笑了一脸说'华而不实'。仲则，叫我如何忍受下去呢！这样卑鄙的文人，这样的只知排斥异己的文人，我真想和他拼一条命。"

"竹君对他这话，也不说什么么？"

"竹君自家也在著《十三经文字同异》，当然是与他志同道合的了。并且在盛名的前头，那一个能不为所屈。啊啊，我恨不能变一个秦始皇，把这些卑鄙的伪儒，杀个干净。"

"伪儒另外还讲些什么？"

"他说你的诗他也见过，太少忠厚之气，并且典故用错的也着实不少。"

"混蛋，这样的胡说乱道，天下难道还有真是非么？他住在什么地方？去去，我也去问他个明白。"

"仲则，且忍耐着吧，现在我们是闹他不赢的。如今世上盲人多，明眼人少，他们只有耳朵，没有眼睛，看不出究竟谁清谁浊，只信名气大的人，是好的，不错的。我们且待百年后的人来判断罢！"

"但我总觉得忍耐不住，稚存，稚存。"

"……"

"稚存，我我……想……想回家去了。"

"…………"

"稚存，稚存，你……你……你怎么样？"

"仲则，你有钱在身边么？"

"没有了。"

"我也没有了。没有川资，怎么回去呢？"

五

仲则的性格，本来是非常激烈的，对于戴东原的这辱骂自然是忍受不过去的，昨晚上和稚存两人默默的在房间里走来走去走了半夜，打算回常州去，又因为没有路费，不能回去。当半夜过了，学使衙门里的人都睡着之后，仲则和稚存还是默默的背着了手在房里走来走去的走。稚存看看灯下的仲则的清瘦的影子，想叫他睡了，但是看看他的水汪汪的注视着地板的那双眼睛，和他的全身在微颤着的愤激的身体，却终说不出话来，所以稚存举起头来对仲则偷看了好几眼，依旧把头低下去了。到了天将亮的时候，他们两人的愤激已消散了好多，稚存就对仲则说：

"仲则，我们的真价，百年后总有知者，还是保重身体要紧。戴东原不是史官，他能改变百年后的历史么？一时的胜利者未必是万世的胜利者，我们还该自重些。"

仲则听了这话，就举起他的一双水汪汪的眼睛，对稚存看了一眼。呆了一忽，他才对稚存说：

"稚存，我头痛得很。"

这样的讲了一句，仍复默默的俯了首，走来走去走了一会，他又对稚存说：

"稚存，我怕要病了。我今天走了一天，身体已经疲倦极了，回来又被那伪儒这样的辱骂一场，稚存，我若是死了，要你为我复仇的呀！"

"你又要说这些话了，我们以后述是务其大者远者，不要在那些小节上消磨我们的志气吧！我现在觉得戴东原那样的人，并不在我的眼中了。你且安睡吧。"

"你也去睡吧，时候已经不早了。"

稚存去后，仲则一个人还在房里俯了首走来走去的走了好久，后来他觉得实在是头痛不过了，才上床去睡。他从睡梦中哭醒来了好几次。到第二天中午，稚存进他房去看他的时候，他身上发热，两颊绯红，尽在那里讲谵语。

稚存到他床边伸手到他头上去一摸，他忽然坐了起来问稚存说："京师诸名太史说我的诗怎么样？"

稚存含了眼泪勉强笑着说："他们都在称赞你，说你的才在渔洋之上。"

"在渔洋之上？呵呵，呵呵。"

稚存看了他这病状，就止不住的流下眼泪来。本想去通知学史朱笥河，但因为怕与戴东原遇见，所以只好不去。稚存用了湿毛巾把他头脑凉了一凉，他才睡了一忽。不上三十分钟，他又坐起来问稚存说：

"竹君，……竹君怎么不来？竹君怎么这几天没有到我房里来过？难道他果真信了他的话了么？我要回去了，我要回去了，谁愿意住在这里！"

稚存听了这话，也觉得这几天竹君对他们确有些疏远的样子，他心里虽则也感到了非常的悲愤，但对仲则却只能装着笑容说：

"竹君刚才来过，他见你睡着在这里，教我不要惊醒你来，就悄悄的出去了。"

"竹君来过了么？你怎么不讲？你怎么不叫他把那大盗赶出去？"

稚存骗仲则睡着之后，自己也哭了一个爽快。夜阴侵入到仲则的房里来的时候，稚存也在仲则的床沿上睡着了。

六

岁月迁移了。乾隆三十六年的新春带了许多风霜雨雪到太平府城里来，一直到了正月尽头，天气方才晴朗。卧在学使衙门东北边寿春园西室的病夫黄仲则，也同阴暗的天气一样，到了正月尽头却一天一天的强健了起来。本来是清瘦的他，遭了这一场伤寒重症，更清瘦得可怜。但稚存与他的友情，经了这一番患难，倒变得是一天浓厚似一天了。他们二人各对各的天分，也更互相尊敬了起来，每天晚上，各讲自家的抱负，总要讲到三更过后才肯入睡，两个灵魂，在这前后，差不多要化作成一个的样子。

二月以后，天气忽然变暖了。仲则的病体也眼见得强壮了起来。到二月半，仲则已能起来往浮邱山下的广福寺去烧香去了。

他的孤傲多疑的性质经了这一番大病，并没有什么改变。他总觉得自从去年戴东原来了一次之后，朱竹君对他的态度，不如从前的诚恳了。有一天日长的午后，他一个人在房里翻开旧作的诗稿来看，却又看见去年初见朱竹君学使时候一首《上朱筒河先生》的柏梁古体诗。他想想当时一见如旧的知遇，与现在的无聊的状态一比，觉得人生事事，都无长局。拿起笔来他就又添写了四首律诗到诗稿上去。

> 抑情无计总飞扬，忽忽行迷坐若忘。
> 遁拟凿坏因骨傲，吟还带索为愁长。
> 听猿讵止三声泪？绕指真成百炼钢。
> 自傲一呕休示客，恐将冰炭置人肠。
> 岁岁吹萧江上城，西园桃梗托浮生。
> 马因识路真疲路，蝉到吞声尚有声。
> 长铗依人游未已，短衣射虎气难平。
> 剧怜对酒听歌夜，绝似中年以后情。
> 鸢肩火色负轮囷，臣壮何曾不若人？
> 文倘有光真怪石，足如可析是劳薪。
> 但工饮啄犹能活，尚有琴书且未贫。
> 芳草满江容我采，此生端合附灵均。
> 似绮年华指一弹，世途惟觉醉乡宽。
> 三生难化心成石，九死空尝胆作丸。
> 出郭病躯愁直视，登高短发愧旁观。
> 升沉不用君平卜，已办秋江一钓竿。

七

天上没有半点浮云，浓蓝的天色受了阳光的蒸染，蒙上了一层淡紫的晴霞，千里的长江，映着几点青螺，同逐梦似的流奔东去。长江腰际，青螺中一个最大的采石山前，太白楼开了八面高窗，倒影在江心牛渚中间；山水、楼阁，和楼阁中的人物，都是似醉似痴的在那里点缀阳春的烟景，这是三月上巳的午后，正是安徽提督学政朱筒河公在太白楼大会宾客的一天。翠螺山的峰前峰后，都来往着与会的高宾，或站在三台阁上，在数水平线上的来帆，或散在牛渚矶头，在寻前朝历史上的遗迹。从太平府到采石山，有二十里的官路。澄江门外的沙郊，平时不见有人行的野道上，今天热闹得差不多路空不过五步的样子。八府的书生，正来当涂应试，听得学使朱公的雅兴，都想来看看朱公药笼里的人才。所以江山好处，蛾眉燃犀诸亭都为游人占领去了。

黄仲则当这青黄互竞的时候，也不改他常时的态度。本来是纤长清瘦的他，又加以久病之余，穿了一件白夹春衫，立在人丛中间，好像是怕被风吹去的样子。清癯的颊上，两点红晕，大约是薄醉的风情。立在他右边的一个肥矮的少年，同他在那里看对岸的青山的，是他的同乡同学的洪稚存。他们两人在采石山上下走了一转回到太白楼的时候，柔和肥胖的朱筿河笑问他们说：

"你们的诗做好了没有？"

洪稚存含着微笑摇头说："我是闭门觅句的陈无已。"

万事不肯让人的黄仲则，就抢着笑说："我却做好了。"

朱筍河看了他这一种少年好胜的形状，就笑着说："你若是做了这样快，我就替你磨墨，你写出来吧。"

黄仲则本来是和朱筍河说说笑话的，但等得朱筍河把墨磨好，横轴摊开来的时候，他也不得不写了。他拿起笔来，往墨池里扫了几扫，就模模糊糊的写了下去：

> 红霞一片海上来，照我楼上华筵开，
> 倾觞绿酒忽复尽，楼中谪仙安在哉！
> 谪仙之楼楼百尺，筍河夫子文章伯，
> 风流仿佛楼中人，千一百年来此客。
> 是日江上彤云开，天门淡扫双蛾眉，
> 江从慈母矶边转，潮到燃犀亭下回。
> 青山对面客起舞，彼此青莲一抔土。
> 若论七尺归蓬蒿，此楼作客山是主。
> 若论醉月来江滨，此楼作主山作宾。
> 长星动摇若无色，未必常作人间魂，

身后苍凉尽如此，俯仰悲歌亦徒尔！
杯底空余今古愁，眼前忽尽东南美，
高会题诗最上头，姓名未死重山邱，
请将诗卷掷江水，定不与江东向流。

不多几日，这一首太白楼会宴的名诗，就喧传在长江两岸的士女的口上了。

一九二二年十一月二十日午前

一

他近来觉得孤冷得可怜。

他的早熟的性情，竟把他挤到与世人绝不相容的境地去，世人与他的中间介在的那一道屏障，愈筑愈高了。

天气一天一天的清凉起来，他的学校开学之后，已经快半个月了。那一天正是 9 月的 22 日。

晴天一碧，万里无云，终古常新的皎日，依旧在她的轨道上，一程一程的在那里行走。从南方吹来的微风，同醒酒的琼浆一般，带着一种香气，一阵阵的拂上面来。在黄苍未熟的稻田中间，在弯曲同白线似的乡间的官道上面，他一个人手里捧了一本六寸长的 Wordsworth 的诗集，尽在那里缓缓的独步。在这大平原内，四面并无人影，不知从何处飞来的一声两声的远吠声，悠悠扬扬的传到他耳膜上来。他眼睛离开了书，同做梦似的向有犬吠声的地方看去，但看见了一丛杂树，几处人家，同鱼鳞似的屋瓦上，有一层薄薄的蜃气楼，同轻纱似的，在那里飘荡。"Oh,you serene gossamer! You beautiful gossamer!"

这样的叫了一声，他的眼睛里就涌出了两行清泪来，他自己也不知道是什么缘故。

呆呆的看了好久，他忽然觉得背上有一阵紫色的气息吹来，息索的一响，道傍的一枝小草，竟把他的梦境打破了，他回转头来一看，那枝小草还是颠摇不已，一阵带着紫罗兰气息的和风，温微微的哼到他那苍白的脸上来。在这清和的早秋的世界里，在这澄清透明的以太中，他的身体觉得同陶醉似的酥软起来。他好像是睡在慈母怀里的样子。他好像是梦到了桃花源里的样子。他好像是在南欧的海岸，躺在情人膝上，在那里贪午睡的样子。

他看看四边，觉得周围的草木，都在那里对他微笑。看看苍空，觉得悠久无穷的大自然，微微的在那里点头。一动也不动的向天看了一会，他觉得天空中，有一群小天神，背上插着了翅膀，肩上挂着了弓箭，在那里跳舞。他觉得乐极了。便不知不觉开了口，自言自语的说：

"这里就是你的避难所。世间的一般庸人都在那里妒忌你，轻笑你，愚弄你；只有这大自然，这终古常新的苍空皎日，这晚夏的微风，这初秋的清气，还是你的朋友，还是你的慈母，还是你的情人，你也不必再到世上去与那些轻薄的男女共处去，你就在这大自然的怀里，这纯朴的乡间终老了罢。"

这样的说了一遍，他觉得自家可怜起来，好像有万千哀怨，横亘在胸中，一口说不出来的样子。含了一双清泪，他的眼睛又看到他手里的书上去。

Behold her, single in the field,

You solitary Highland Lass!

Reaping and singing by herself;

Stop here, or gently pass!

Alone she cuts and binds the grain,

And sings a melancholy strain;

O, listen! for the vale profound,

Is over flowing with the sound.

看了这一节之后，他又忽然翻过一张来，脱头脱脑的看到那第三节去。

Will no one tell me what she sings?

Perhaps the plaintive numbers flow,

For old, unhappy, far-off things, And battle long ago:

Or is it some more humble lay,

Familiar matter of today?

Some natural sorrow, loss, or pain,

That has been, and may be again?

这也是他近来的一种习惯，看书的时候，并没有次序的。几百页的大书，更可不必说了，就是几十页的小册子，如爱美生的《自然论》(Emerson's《On Nature》)，沙罗的《逍遥游》(Thoreau's《Ex-cursion》)之类，也没有完完全全从头至尾地读完一篇过。当他起初翻开一册书来看的时候，读了四行五行或一页二页，他每被那一本书感动，恨不得要一口气把那一本书吞下肚子里去的样子，到读了三页四页之后，他又生起一种怜惜的心来，他心里似乎说：

"像这样的奇书，不应该一口气就把它念完，要留着细细儿的咀嚼才好。一下子就念完了之后，我的热望也就不得不消灭，那时候我就没有好望，没有梦想了，怎么使得呢？"

他的脑里虽然有这样的想头，其实他的心里早有一些儿厌倦起来，到了这时候，他总把那本书收过一边，不再看下去。过几天或者过几个钟头之后，他又用了满腔的热忱，同初读那一本书的时候一样的，去读另外的书去。几日前或者几点钟前那样的感动他的那一本书，就不得不被他遗忘了。

放大了声音把渭迟渥斯的那两节诗读了一遍之后，他忽然想把这一首诗用中国文翻译出来。

"孤寂的高原刈稻者"他想想看，《The solitary Highlandreaper》诗题只有如此的译法。

"你看那个女孩儿，她只一个人在田里，

你看那边的那个高原的女孩儿，她只一个人冷清清地！

她一边刈稻，一边在那儿唱着不已，

她忽儿停了，忽而又过去了，轻盈体态，风光细腻！

她一个人，刈了，又重把稻儿捆起，

她唱的山歌，颇有些儿悲凉的情味。

听呀听呀！这幽谷深深，

全充满了她的歌唱的清音。

有人能说否，她唱的究是什么？

或者她那万千的痴话，

是唱着前代的哀歌，

或者是前朝的战事，千兵万马，

或者是些坊间的俗曲，

便是目前的家常闲说？

或者是些天然的哀怨，必然的丧苦，自然的悲楚。

这些事虽是过去的回思，将来想亦必有人指诉。"

他一口气译了出来之后，忽又觉得无聊起来，便自嘲自骂的说：

"这算是什么东西呀，岂不同教会里的赞美歌一样的乏味么？

"英国诗是英国诗，中国诗是中国诗，又何必译来对去呢！"

这样的说了一句，他不知不觉便微微儿的笑了起来。向四边一看，太阳已经打斜了。大平原的彼岸，西边的地平线上，有一座高山，浮在那里，饱受了一天残照，山的周围酝酿成一层朦朦胧胧的岚气，反射出一种紫不紫红不红的颜色来。

他正在那里出神呆看的时候，哼的咳嗽了一声，他的背后忽然来了一个农夫。回头一看，他就把他脸上的笑容装改了一副忧郁的面色，好像他的笑容是怕被人看见的样子。

二

他的忧郁症愈闹愈甚了。

他觉得学校里的教科书，味同嚼蜡，毫无半点生趣。天气清朗的时候，他每捧了一本爱读的文学书，跑到人迹罕至的山腰水畔，去贪那孤寂的深味去。在万籁俱寂的瞬间，在天水相映的地方，他看看草木虫鱼，看看白云碧落，便觉得自家是一个孤高傲世的贤人，一个超然独立的隐者。有时在山中遇着一个农夫，他便把自己当作了 Zaratustra，把 Zaratustra 所说的话，也在心里对那农夫讲了。他的 Megalomania 也同他的 Hypochondria 成了正比例，一天一天的增加起来。他竟有接连四五天不上学校去听讲的时候。

有时候到学校里去，他每觉得众人都在那里凝视他的样子。他避来避去想避他的同学，然而无论到了什么地方，他的同学的眼光，总好像怀了恶意，射在他的背脊上面。

上课的时候，他虽然坐在全班学生的中间，然而总觉得孤独得很；在稠人广众之中，感得的这种孤独，倒比一个人在冷清的地方，感得的那种孤独，还更难受。看看他的同学，一个个都是兴高采烈的在那里听先生的讲义，只有他一个人身体虽然坐在讲堂里头，心思却同飞云逝电一般，在那里作无边无际的空想。

好容易下课的钟声响了！先生退去之后，他的同学说笑的说笑，谈天的谈天，个个都同春来的燕雀似的，在那里作乐，只有他一个人锁了愁眉，舌根好像被千钧的巨石锤住的样子，兀的不作一声。他也很希望他的同学来对他讲些闲话，然而他的同学却都自家管自家的去寻欢乐去，一见了他那一副愁容，没有一个不抱头奔散的，因此他愈加怨他的同学了。

"他们都是日本人，他们都是我的仇敌，我总有一天来复仇，我总要复他们的仇。"

一到了悲愤的时候，他总这样的想的，然而到了安静之后，他又不得不嘲骂自家说：

"他们都是日本人，他们对你当然是没有同情的，因为你想得他们的同情，所以你怨他们，这岂不是你自家的错误么？"

他的同学中的好事者，有时候也有人来向他说笑的，他心里虽然非常感激，想同那一个人谈几句知心的话，然而口中总说不出什么话来，所以有几个解他的意的人，也不得不同他疏远了。

他的同学日本人在那里欢笑的时候，他总疑他们是在那里笑他，他就一霎时的红起脸来。他们在那里谈天的时候，若有偶然看他一眼的人，他又忽然红起脸来，以为他们是在那里讲他。他同他同学中间的距离，一天一天的远背起来，他的同学都以为他是爱孤独的人，所以谁也不敢来近他的身。

有一天放课之后，他挟了书包，回到他的旅馆里来，有三个日本学生系同他同路的。将要到他寄寓的旅馆的时候，前面忽然来了两个穿红裙的女学生。在这一区市外的地方，从没有女学生看见的，所以他一见了这两个女子，呼吸就紧缩起来。他们四个人同那两个女子擦过的时候，他的三个日本人的同学都问她们说：

"你们上那儿去？"

那两个女学生就作起娇声来回答说：

"不知道！"

"不知道！"

那三个日本学生都高笑起来，好像是很得意的样子，只有他一个人似乎是他自家同她们讲了话似的，害了羞，匆匆跑回旅馆里来。进了他自家的房，把书包用力的向席上一丢，他就在席上躺下了。他的胸前还在那里乱跳，用了一只手枕着头，一只手按着胸口，他便自嘲自骂的说：

"你这卑怯者！"

"你既然怕羞，何以又要后悔？

"既要后悔，何以当时你又没有那样的胆量？不同她们去讲一句话。

"Oh, coward, coward！"

说到这里，他忽然想起刚才那两个女学生的眼波来了。那两双活泼泼的眼睛！

那两双眼睛里，确有惊喜的意思含在里头。然而再仔细想了一想，他又忽然叫起来说：

"呆人呆人！她们虽有意思，与你有什么相干？她们所送的秋波，不是单送给那三个日本人的么？唉！唉！她们已经知道了，已经知道我是支那人了，否则她们何以不来看我一眼呢！复仇复仇，我总要复他们的仇。"

说到这里，他那火热的颊上忽然滚了几颗冰冷的眼泪下来。他是伤心到极点了。这一天晚上，他记的日记说：

"我何苦要到日本来，我何苦要求学问。既然到了日本，那自然不得不被他们日本人轻侮的。中国呀中国！你怎么不富强起来，我不能再隐忍过去了。

"故乡岂不有明媚的山河，故乡岂不有如花的美女？我何苦要到这东海的岛国里来！

"到日本来倒也罢了，我何苦又要进这该死的高等学校。他们留了五个月学回去的人，岂不在那里享荣华安乐么？这五六年的岁月，教我怎么能挨得过去。受尽了千辛万苦，积了十数年的学识，我回国去，难道定能比他们来胡闹的留学生更强么？

"人生百岁，年少的时候，只有七八年的光景，这最纯最美的七八年，我就不得不在这无情的岛国里虚度过去，可怜我今年已经是二十一了。

"槁木的二十一岁！

"死灰的二十一岁！

"我真还不如变了矿物质的好，我大约没有开花的日子了。

"知识我也不要，名誉我也不要，我只要一个安慰我体谅我的'心'。一副白热的心肠！从这一副心肠里生出来的同情！从同情而来的爱情！

"我所要求的就是爱情！

"若有一个美人，能理解我的苦楚，她要我死，我也肯的。

"若有一个妇人，无论她是美是丑，能真心真意的爱我，我也愿意为她死的。

"我所要求的就是异性的爱情！

"苍天呀苍天，我并不要知识，我并不要名誉，我也不要那些无用的金钱，你若能赐我一个伊甸园内的'伊扶'，使她的肉体与心灵，全归我有，我就心满意足了。"

三

他的故乡，是富春江上的一个小市，去杭州水程不过八九十里。这一条江水，发源安徽，贯流全浙，江形曲折，风景常新，唐朝有一个诗人赞这条江水说"一川如画"。他十四岁的时候，请了一位先生写了这四个字，贴在他的书斋里，因为他的书斋的小窗，是朝着江面的。虽则这书斋结构不大，然而风雨晦明，春秋朝夕的风景，也还抵得过滕王高阁。在这小小的书斋里过了十几个春秋，他才跟了他的哥哥到日本来留学。

他三岁的时候就丧了父亲，那时候他家里困苦得不堪。好容易他长兄在日本W大学卒了业，回到北京，考了一个进士，分发在法部当差，不上两年，武昌的革命起来了。那时候他已在县立小学堂卒了业，正在那里换来换去的换中学堂。他家里的人都怪他无恒性，说他的心思太活。然而依他自己讲来，他以为他一个人同别的学生不同，不能按部就班的同他们同在一处求学的。所以他进了K府中学之后，不上半年又忽然转到H府中学来，在H府中学住了三个月，革命就起来了。H府中学停学之后，他依旧只能回到那小小的书斋里来。第二年的春天，正是他十七岁的时候，他就进了大学的预科。这大学是在杭州城外，本来是美国长老会捐钱创办的，所以学校里浸润了一种专制的弊风，学生的自由，几乎被压缩得同针眼儿一般的小。礼拜三的晚上有什么祈祷会，礼拜日非但不准出去游玩，并且在家里看别的书也不准的，除了唱赞美诗、祈祷之外，只许看新旧约书。每天早晨从九点钟到九点二十分，定要去做礼拜，不去做礼拜，就要扣分数记过。他虽然非常爱那学校近傍的山水景物，然而他的心里，总有些反抗的意思，因为他是一个爱自由的人，对那些迷信的管束，怎么也不甘心服从。住不上半年，那大学里的厨子，托了校长的势，竟打起学生来。学生中间有几个不服的，便去告诉校长，校长反说学生不是。他看看这些情形，实在是太无道理了，就立刻去告了退，仍复回家，到那小小的书斋里去，那时候已经是六月初了。

在家里住了三个多月，秋风吹到富春江上，两岸的绿树，就快凋落的时候，他又坐了帆船，下富春江，上杭州去。却好那时候石牌楼的W中学正在那里招插班生，他进去见了校长M氏，把他的经历说给了M氏夫妻听，M氏就许他插入最高的班里去。这W中学原来也是一个教会学校，校长M氏，也是一个糊涂的美国宣教师。他看看这学校的内容倒比H大学不如了。与一位很卑鄙的教务长——原来这一位先生就是H大学的卒业生——闹了一场，第二年的春天，他就出来了。出了W中学，他看看杭州的学校，都不能如他的意，所以他就打算不再进别的学校去。

正是这个时候，他的长兄也在北京被人排斥了。原来他的长兄为人正直得很，在部里办事，铁面无私，并且比一般部内的人物又多了一些学识，所以部内上下，都忌惮他。有一天某次长的私人，来问他要一个位置，他执意不肯，因此次长就同他闹起意见来，过了几天他就辞了部里的职，改到司法界去做司法官去了。他的二兄那时候正在绍兴军队里作军官，这一位二兄军人习气颇深，挥金如土，专喜结交侠少。他们弟兄三人，到这时候都不能如意之所为，所以那一小市镇里的闲人都说他们的风水破了。

他回家之后，便镇日镇夜的蛰居在他那小小的书斋里。他父祖及他长兄所藏的书籍，就作了他的良师益友。他的日记上面，一天一天的记起诗来。有时候他也用了华丽的文章做起小说来，小说里就把他自己当作了一个多情的勇士，把他邻近的一家寡妇的两个女儿，当作了贵族的苗裔，把他故乡的风物，全编作了田园的情景。有兴的时候，他还把他自家的小说，用单纯的外国文翻释起来，他的幻想，愈演愈大了，他的忧郁病的根苗，大约也就在这时候培养成功的。在家里住了半年，到了七月中旬，他接到他长兄的来信说：

"院内近有派予赴日本考察司法事务之意，予已许院长以东行，大约此事不日可见命令。渡日之先，拟返里小住。三弟居家，断非上策，此次当偕伊赴日本也。"他接到了这一封信之后，心中日日盼他长兄南来，到了九月下旬，他的兄嫂才自北京到家。住了一月，他就同他的长兄长嫂同到日本去了。

到了日本之后，他的 Dreams of the romantic age 尚未醒悟，模模糊糊的过了半载，他就考入了东京第一高等学校。这正是他19岁的秋天。

第一高等学校将开学的时候，他的长兄接到了院长的命令，要他回去。他的长兄就把他寄托在一家日本人的家里，几天之后，他的长兄长嫂和他的新生的侄女儿就回国去了。东京的第一高等学校里有一班预备班，是为中国学生特设的。在这预科里预备一年，卒业之后，才能入各地高等学校的正科，与日本学生同学。他考入预科的时候，本来填的是文科，后来将在预科卒业的时候，他的长兄定要他改到医科去，他当时亦没有什么主见，就听了他长兄的话把文科改了。

预科卒业之后，他听说N市的高等学校是最新的，并且N市是日本产美人的地方，所以他就要求到N市的高等学校去。

四

他的20岁的8月29日的晚上，他一个人从东京的中央车站乘了夜行车到N市去。

那一天大约刚是旧历的初三四的样子，同天鹅绒似的又蓝又紫的天空里，洒满了一天星斗。半痕新月，斜挂在西天角上，却似仙女的蛾眉，未加翠黛的样子。他一个人靠着了三等车的车窗，默默的在那里数窗外人家的灯火。火车在暗黑的夜气中间，一程一程地进去，那大都市的星星灯火，也一点一点的朦胧起来，他的胸中忽然生了万千哀感，他的眼睛里就忽然觉得热起来了。

"Sentimental, too sentimental！"这样的叫一声，把眼睛揩了一下，他反而自家笑起自家来。

"你也没有情人留在东京，你也没有弟兄知己住在东京，你的眼泪究竟是为谁洒的呀！或者是对于你过去的生活的伤感，或者是对你二年间的生活的余情，然而你平时不是说不爱东京的么？

"唉，一年人住岂无情。

"黄莺住久浑相识，欲别频啼四五声！"

胡思乱想地寻思了一会，他又忽然想到初次赴新大陆去的清教徒的身上去。

"那些十字架下的流人，离开他故乡海岸的时候，大约也是悲壮淋漓，同我一样的。"

火车过了横滨，他的感情方才渐渐儿的平静起来。呆呆的坐了一忽，他就取了一张明信片出来，垫在海涅（Ｈｅｉｎｅ）的诗集上，用铅笔写了一首诗寄他东京的朋友。

峨眉月上柳梢初，又向天涯别故居，
四壁旗亭争赌酒，六街灯火远随车，
乱离年少无多泪，行李家贫只旧书，
后夜芦根秋水长，凭君南浦觅双鱼。

在朦胧的电灯光里，静悄悄的坐了一会，他又把海涅的诗集翻开来看了。

"Ledet wohl,ihr glatten Saale,
Glatte Herren,glatte Frauen!
Aufdie Berge will ich steigen,
Lachend auf euch niederschauen!"
Heines《Harzreise》

"浮薄的尘寰，无情的男女，
你看那隐隐的青山，我欲乘风飞去，

　　且住且住,

　　我将从那绝顶的高峰,笑看你终归何处。"

　　单调的轮声,一声声连连续续的飞到他的耳膜上来,不上三十分钟他竟被这催眠的车轮声引诱到梦幻的仙境里去了。

　　早晨五点钟的时候,天空渐渐儿的明亮起来。在车窗里向外一望,他只见一线青天还被夜色包住在那里。探头出去一看,一层薄雾,笼罩着一幅天然的画图,他心里想了一想:"原来今天又是清秋的好天气,我的福分真可算不薄了。"过了一个钟头,火车就到了N市的停车场。

　　下了火车,在车站上遇见了个日本学生。他看看那学生的制帽上也有两条白线,便知道他也是高等学校的学生。他走上前去,对那学生脱了一脱帽,问他说:

　　"第X高等学校是在什么地方的?"

　　那学生回答说:

　　"我们一路去罢。"

　　他就跟了那学生跑出火车站来,在火车站的前头,乘了电车。

　　时光还早得很,N市的店家都还未曾起来。他同那日本学生坐了电车,经过了几条冷清的街巷,就在鹤舞公园前面下了车。他问那日本学生说:

　　"学校还远得很么?"

　　"还有二里多路。"

　　穿过了公园,走到稻田中间的细路上的时候,他看看太阳已经起来了,稻上的露滴,还同明珠似的挂在那里。前面有一丛树林,树林荫里,疏疏落落的看得见几椽农舍。有两三条烟囱筒子,突出在农舍的上面,隐隐约约的浮在清晨的空气里。一缕两缕的青烟,同炉香似的在那里浮动,他知道农家已在那里炊早饭了。

　　到学校近边的一家旅馆去一问,他一礼拜前头寄出的几件行李,早已经到在那里。原来那一家人家是住过中国留学生的,所以主人待他也很殷勤。在那一家旅馆里住下了之后,他觉得前途好像有许多欢乐在那里等他的样子。

　　他的前途的希望,在第一天的晚上,就不得不被目前的实情嘲弄了。原来他的故里,也是一个小小的市镇。到了东京之后,在人山人海的中间,他虽然时常觉得孤独，然而东京的都市生活，同他幼时的习惯尚无十分龃龉的地方。如今到了这N市的乡下之后，他的旅馆，是一家孤立的人家，四面并无邻舍，左首门外便是一条如发的大道，前后都是稻田，西面是一方池水，并且因为学校还没有开课，别的学生还没有到来，这一间宽旷的旅馆里，只住了他一个客人。白天倒还可以支吾过去，一到了晚上，他开窗一望，四面都是沉沉的黑影，并且因N市的附近是一大平原，所以望眼连天，四面并无遮障之处，远远里有一点灯火，明灭无常，森然有些鬼气。天花板里，又有许多虫鼠，息栗索落的在那里争食。窗外有几株梧桐，微风动叶，飒飒的响得不已，因为他住在二层楼上，所以梧桐的叶战声，近在他的耳边。他觉得害怕起来，几乎要哭出来了。他对于都市的怀乡病（Nostaltgia）从未有比那一晚更甚的。

学校开了课，他朋友也渐渐儿的多起来。感受性非常强烈的他的性情，也同天空大地丛林野水融和了。不上半年，他竟变成了一个大自然的宠儿，一刻也离不了那天然的野趣了。他的学校是在N市外，刚才说过市的附近是一大平原，所以四边的地平线，界限广大的很。那时候日本的工业还没有十分发达，人口也还没有增加得同目下一样，所以他的学校的近边，还多是丛林空地，小阜低岗。除了几家与学生做买卖的文房具店及菜馆之外，附近并没有居民。荒野的人间，只有几家为学生设的旅馆，同晓天的星影似的，散缀在麦田瓜地的中央。晚饭毕后，披了黑呢的缦斗（斗篷），拿了爱读的书，在迟迟不落的夕照中间，散步逍遥，是非常快乐的。他的田园趣味，大约也是在这 Idyllic Wanderings 的中间养成的。

在生活竞争不十分猛烈，逍遥自在，同中古时代一样的时候，他觉得更加难受。学校的教科书，也渐渐的嫌恶起来，法国自然派的小说，和中国那几本有名的诲淫小说，他念了又念，几乎记熟了。

有时候他忽然做出一首好诗来，他自家便喜欢得非常，以为他的脑力还没有破坏。那时候他每对着自家起誓说："我的脑力还可以使得，还能做得出这样的诗，我以后决不再犯罪了。过去的事实是没法，我以后总不再犯罪了。若从此自新，我的脑力，还是很可以的。"

然而一到了紧迫的时候，他的誓言又忘了。

每礼拜四五，或每月的二十六七的时候，他索性尽意的贪起欢来。他的心里想，自下礼拜一或下月初一起，我总不犯罪了。有时候正合到礼拜六或月底的晚上，去剃头洗澡去，以为这就是改过自新的记号，然而过几天他又不得不吃鸡子和牛乳了。

他的自责心同恐惧心，竟一日也不使他安闲，他的忧郁症也从此厉害起来了。这样的状态继续了一二个月，他的学校里就放了暑假，暑假的两个月内，他受的苦闷，更甚于平时。到了学校开课的时候，他的两颊的颧骨更高起来，他的青灰色的眼窝更大起来，他的一双灵活的瞳人，变了同死鱼眼睛一样了。

五

秋天又到了。浩浩的苍空，一天一天的高起来。他的旅馆旁边的稻田，都带起黄金色来。朝夕的凉风，同刀也似的刺到人的心骨里去，大约秋冬的佳日，来也不远了。

一礼拜前的有一天午后，他拿了一本 Wordsworth 的诗集，在田塍路上逍遥漫步了半天。从那一天以后，他的循环性的忧郁症，尚未离他的身过。前几天在路上遇着的那两个女学生，常在他在风气纯良，不与市井小人同处，清闲雅淡的地方，过日子正如做梦一样。他到了 N 市之后，转瞬之间，已经有半年多了。

熏风日夜的吹来，草色渐渐儿的绿起来，旅馆近旁麦田里的麦穗，也一寸一寸的长起来。草木虫鱼都化育起来，他的从始祖传来的苦闷也一日一日的增长起来，他每天早晨，在被窝里犯的罪恶，也一次一次的加起来了。

他本来是一个非常爱高尚爱洁净的人，然而一到了这邪念发生的时候，他的智力也无用了，他的良心也麻痹了，他从小服膺的"身体发肤不敢毁伤"的圣训，也不能顾全了。他犯了罪之后，每深自痛悔，切齿的说，下次总不再犯了，然则到了第二天的那个时候，种种幻想，又活泼泼的到他的眼前来。他平时所看见的"伊扶"的遗类，都赤裸裸的来引诱他。中年以后的妇人的形体，在他的脑里，比处女更有挑发他情动的地方。他苦闷一场，恶斗一场，终究不得不做她们的俘虏。这样的一次成了两次，两次之后，就成了习惯了。他犯罪之后，每到图书馆里去翻出医书来看，医书上都千篇一律的说，于身体最有害的就是这一种犯罪。从此之后，他的恐惧心也一天一天地增加起来了。有一天他不知道从什么地方得来的消息，好像是一本书上说，俄国近代文学的创设者 Gogol 也犯这一宗病，他到死竟没有改过来，他想到了郭歌里，心里就宽了一宽，因为这《死了的灵魂》的著者，也是同他一样的。然而这不过自家对自家的宽慰而已，他的胸里，总有一种非常的忧虑存在那里。

因为他是非常爱洁净的，所以他每天总要去洗澡一次，因为他是非常爱惜身体的，所以他每天总要去吃几个生鸡子和牛乳。然而他去洗澡或吃牛乳、鸡子的时候，他总觉得惭愧得很，因为这都是他的犯罪的证据。

他觉得身体一天一天的衰弱起来，记忆力也一天一天的减退了，他又渐渐儿的生了一种怕见人面的心思，见了妇人、女子的时候的脑里，不使他安静，想起那一天的事情，他还是一个人要红起脸来。

他近来无论上什么地方去，总觉得有坐立难安的样子。他上学校去的时候，觉得他的日本同学都似在那里排斥他。他的几个中国同学，也许久不去寻访了，因为去寻访了回来，他心里反觉得空虚。因为他的几个中国同学，怎么也不能理解他的心理。他去寻访的时候，总想得些同情回来的，然而到了那里，谈了几句以后，他又不得不自悔寻访错了。有时候和朋友讲得投机，他就任了一时的热意，把他的内外的生活都对朋友讲了出来，然而到了归途，他又自悔失言，心里的责备，倒反比不去访友的时候，更加厉害。他的几个中国朋友，因此都说他是染了神经病了。他听了这话之后，对了那几个中国同学，也同对日本学生一样，起了一种复仇的心。他同他的几个中国同学，一日一日的疏远起来。嗣后虽在路上，或在学校里遇见的时候，他同那几个中国同学，也不点头招呼。中国留学生开会的时候，他当然是不去出席的。因此他同他的几个同胞，竟宛然成了两家仇敌。

他的中国同学的里边，也有一个很奇怪的人，因为他自家的结婚有些道德上的罪恶，所以他专喜讲人家的丑事，以掩己之不善，说他是神经病，也是这一位同学说的。

他交游离绝之后，孤冷得几乎到将死的地步，幸而他住的旅馆里，还有一个主人的女儿，可以牵引他的心，否则他真只能自杀了。他旅馆的主人的女儿，今年正是十七岁，长方的脸儿，眼睛大得很，笑起来的时候，面上有两颗笑靥，嘴里有一颗金牙看得出来，因为她自家觉得她自家的笑容是非常

可爱，所以她平时常在那里弄笑。

他心里虽然非常爱她，然而她送饭来或来替他铺被的时候，他总装出一种兀不可犯的样子来。他心里虽想对她讲几句话，然而一见了她，他总不能开口。她进他房里来的时候，他的呼吸竟急促到吐气不出的地步。他在她的面前实在是受苦不起了，所以近来她进他的房里来的时候，他每不得不跑出房外去。然而他思慕她的心情，却一天一天的浓厚起来。有一天礼拜六的晚上，旅馆里的学生，都上 N 市去行乐去了。他因为经济困难，所以吃了晚饭，上西面池上去走了一回，就回到旅舍里来枯坐。

回家来坐了一会，他觉得那空旷的二层楼上，只有他一个人在家。静悄悄的坐了半晌，坐得不耐烦起来的时候，他又想跑出外面去。然而要跑出外面去，不得不由主人的房门口经过，因为主人和他女儿的房，就在大门的边上。他记得刚才进来的时候，主人和他的女儿正在那里吃饭。他一想到经过她面前的时候的苦楚，就把跑出外面去的心思丢了。

拿出了一本 G. Gissing 的小说来读了三四页之后，静寂的空气里，忽然传了几声沙沙的泼水声音过来。他静静儿的听了一听，呼吸又一霎时的急了起来，面色也涨红了。迟疑了一会，他就轻轻的开了房门，拖鞋也不拖，幽脚幽手的走下扶梯去。轻轻的开了便所的门，他尽兀自的站在便所的玻璃窗口偷看。原来他旅馆里的浴室，就在便所的间壁，从便所的玻琉窗看去，浴室里的动静了了可看。他起初以为看一看就可以走的，然而到了一看之后，他竟同被钉子钉住的一样，动也不能动了。

那一双雪样的乳峰！

那一双肥白的大腿！

这全身的曲线！

呼气也不呼，仔仔细细的看了一会，他面上的筋肉，都发起痉挛来了。愈看愈颤得厉害，他那发颤的前额部竟同玻琉窗冲击了一下。被蒸气包住的那赤裸裸的"伊扶"便发了娇声问说：

"是谁呀？……"

他一声也不响，急忙跳出了便所，就三脚两步的跑上楼上去了。

他跑到了房里，面上同火烧的一样，口也干渴了。一边他自家打自家的嘴巴，一边就把他的被窝拿出来睡了。他在被窝里翻来覆去，总睡不着，便立起了两耳，听起楼下的动静来。他听听泼水的声音也息了，浴室的门开了之后，他听见她的脚步声好像是走上楼来的样子。用被包着了头，他心里的耳朵明明告诉他说：

"她已经立在门外了。"

他觉得全身的血液，都在往上奔注的样子。心里怕得非常，羞得非常，也喜欢得非常。然而若有人问他，他无论如何，总不肯承认说，这时候他是喜欢的。

他屏住了气息，尖着了两耳听了一会，觉得门外并无动静，又故意咳嗽了一声，门外亦无声响。他正在那里疑惑的时候，忽听见她的声音，在楼下同她的父亲在那里说话。他手里捏了一把冷汗，拼命想听出她的话来，然而无论如何总听不清楚。停了一会，她的父亲高声笑了起来，他把被蒙头的一罩，咬紧了牙齿说：

"她告诉了他了！她告诉了他了！"这一天的晚上他一睡也不曾睡着。第二天的早晨，天亮的时候，他就惊心吊胆的走下楼来。洗了手面，刷了牙，趁主人和他的女儿还没有起来之先，他就同逃也似的出了那个旅馆，跑到外面来。

官道上的沙尘，染了朝露，还未曾干着。太阳已经起来了。他不问皂白，便一直的往东走去，远远有一个农夫，拖了一车野菜慢慢的走来。那农夫同他擦过的时候，忽然对他说：

"你早啊！"

他倒惊了一跳，那清瘦的脸上，又起了一层红潮，胸前又乱跳起来，他心里想：

"难道这农夫也知道了么？"

无头无脑的跑了好久，他回转头来看看他的学校，已经远得很了，举头看看，太阳也升高了。他摸摸表看，那银饼大的表，也不在身边。从太阳的角度看起来，大约已经是九点钟前后的样子。他虽然觉得饥饿得很，然而无论如何，总不愿意再回到那旅馆里去，同主人和他的女儿相见。想去买些零食充一充饥，然而他摸摸自家的袋看，袋里只剩了一角二分钱在那里。他到一家乡下的杂货店内，尽那一角二分钱，买了些零碎的食物，想去寻一处无人看见的地方去吃。走到了一处两路交叉的十字路口，他朝南的一望，只见与他的去路横交的那一条自北趋南的路上，行人稀少得很。那一条路是向南的斜低下去的，两面更有高壁在那里，他知道这路是从一条小山中开辟出来的。他刚才走来的那条大道，便是这山的岭脊，十字路当作了中心，与岭脊上的那条大道相交的横路，是两边低斜下去的。在十字路口迟疑了一会，他就取了那一条向南斜下的路走去。走尽了两面的高壁，他的去路就穿入大平原去，直通到彼岸的市内。平原的彼岸有一簇深林，划在碧空的心里，他心里想：

"这大约就是 A 神宫了。"

他走尽了两面的高壁，向左手斜面上一望，见沿高壁的那山面上有一道女墙，围住着几间茅舍，茅舍的门上悬着了"香雪海"三字的一方匾额。他离开了正路，走上几步，到那女墙的门前，顺手的向门一推，那两扇柴门竟自开了。他就随随便便的踏了进去。门内有一条曲径，自门口通过了斜面，直达到山上去的。曲径的两旁，有许多老苍的梅树种在那里，他知道这就是梅林了。顺了那一条曲径，往北的从斜面上走到山顶的时候，一片同图画似的平地，展开在他的眼前。这园自从山脚上起，跨有朝南的半山斜面，同顶上的一块平地，布置得非常幽雅。

山顶平地的西面是千仞的绝壁，与隔岸的绝壁相对峙，两壁的中间，便是他刚走过的那一条自北趋南的通路。背临着那绝壁，有一间楼屋，几间平屋造在那里。因为这几间屋，门窗都闭在那里，他所以知道这定是为梅花开日，卖酒食用的。楼屋的前面，有一块草地，草地中间，有几方白石，围成了一个花园，圈子里，卧着一枝老梅，那草地的南尽头，山顶的平正要向南斜下去的地方，有一块石碑立在那里，系记这梅林的历史的。他在碑前的草地上坐下之后，就把买来的零食拿出来吃了。

吃了之后，他兀兀的在草地上坐了一会。四面并无人声，远远的树枝上，时有一声两声的鸟鸣声飞来。他仰起头来看看澄清的碧落，同那皎洁的日轮，觉得四面的树枝房屋，小草飞禽，都一样的在和平的太阳光里，受大自然的化育。他那昨天晚上的犯罪的记忆，正同远海的帆影一般，不知消失到那里去了。

这梅林的平地上和斜面上，叉来叉去的曲径很多。他站起来走来走去的走了一会，方晓得斜面上梅树的中间，更有一间平屋造在那里。从这一间房

屋往东的走去几步,有眼古井,埋在松叶堆中。他摇摇井上的唧筒看,呷呷的响了几声,却抽不起水来。他心里想:

"这园大约只有梅花开的时候,开放一下,平时总没有人住的。"

到这时他又自言自语的说:

"既然空在这里,我何妨去向园主人去借住借住。"想定了主意,他就跑下山来,打算去寻园主人去。他将走到门口的时候,却好遇见了一个五十来岁的农夫走进园来。他对那农夫道歉之后,就问他说:

"这园是谁的,你可知道?"

"这园是我经管的。""你住在什么地方的?""我住在路的那面。"

一边这样的说,一边那农民指着通路西边的一间小屋给他看。他向西一看,果然在西边的高壁尽头的地方,有一间小屋在那里。他点了点头,又问说:

"你可以把园内的那间楼屋租给我住住么?"

"可是可以的,你只一个人么?"

"我只一个人。"

"那你可不必搬来的。"

"这是什么缘故呢?"

"你们学校里的学生,已经有几次搬来过了,大约都因为冷静不过,住不上十天,就搬走的。"

"我可同别人不同,你但能租给我,我是不怕冷静的。"

"这样那里有不租的道理,你想什么时候搬来?"

"就是今天午后罢。"

"可以的,可以的。"

"请你就替我扫一扫干净,免得搬来之后着忙。"

"可以可以。再会!"

"再会!"

六

搬进了山上梅园之后,他的忧郁症又变起形状来了。

他同他的北京的长兄，为了一些儿细事，竟生起龃龉来。他发了一封长长的信，寄到北京，同他的长兄绝了交。

那一封信发出之后，他呆呆的在楼前草地上想了许多时候。他自家想想看，他便是世界上最不幸的人了。其实这一次的决裂，是发始于他的。同室操戈，事更甚于他姓之相争，自此之后，他恨他的长兄竟同蛇蝎一样，他被他人欺侮的时候，每把他长兄拿出来作比：

"自家的弟兄，尚且如此，何况他人呢！"

他每达到这一个结论的时候，必尽把他长兄待他苛刻的事情，细细回想出来。把各种过去的事迹，列举出来之后，就把他长兄判决是一个恶人，他自家是一个善人。他又把自家的好处列举出来，把他所受的苦处，夸大的细数起来。他证明得自家是一个世界上最苦的人的时候，他的眼泪就同瀑布似地流下来。他在那里哭的时候，空中好像有一种柔和的声音在对他说：

"啊呀，哭的是么？那真是冤屈了你。像你这样的善人，受世人的那样的虐待，这可真是冤屈了你了。罢了罢了，这也是天命，你别再哭了，怕伤害了你的身体！"

他心里一听到这一种声音，就舒畅起来。他觉得悲苦的中间，也有无穷的甘味在那里。

他因为想复他长兄的仇，所以就把所学的医科丢弃了，改入文科里去，他的意思，以为医科是他长兄要他改的，仍旧改回文科，就是对他长兄宣战的一种明示。并且他由医科改入文科，在高等学校须迟卒业一年。他心里想，迟卒业一年，就是早死一岁，你若因此迟了一年，就到死可以对你长兄含一种敌意。因为他恐怕一二年之后，他们兄弟两人的感情，仍旧要和好起来，所以这一次的转科，便是帮他永久敌视他长兄的一个手段。

气候渐渐儿的寒冷起来，他搬上山来之后，已经有一个月了，几日来天气阴郁，灰色的层云，天天挂在空中。寒冷的北风吹来的时候，梅林的树叶，每息索息索的飞掉下来。初搬来的时候，他卖了些旧书，买了许多烩饭的器具，自家烧了一个月饭，因为天冷了，他也懒得烧了。他每天的伙食，就一切包给了山脚下的园丁家包办，所以他近来只同退院的闲僧一样，除了怨人骂己之外，更没有别的事情了。

有一天早晨，他侵早的起来，把朝东的窗门开了之后，他看见前面的地平线上有几缕红云，在那里浮荡。东天半角，反照出一种银红的灰色。因为昨天下了一天微雨，所以他看了这清新的旭日，比平日更添了几分欢喜。他走到山的斜面上，从那古井里汲了水，洗了手面之后，觉得满身的气力，一霎时都恢复了转来的样子。他便跑上楼去，拿了一本黄仲则的诗集下来，一边高声朗读，一边尽在那梅林的曲径里，跑来跑去的跑圈子。不多一会，太阳起来了。

从他住的山顶向南方看去，眼下看得出一大平原。平原里的稻田，都尚未收割起。金黄的谷色，以绀碧的天空作了背景，反映着一天太阳的晨光，那风景正同看密来（Millet）的田园清画一般。他觉得自家好像已经变了几千年前的原始基督教徒的样子，对了这自然的默示，他不觉笑起自家的气量狭小起来。

"赦饶了！赦饶了！你们世人得罪于我的地方，我都饶赦了你们罢，来，你们来，都来同我讲和罢！"手里拿着了那一本诗集，眼里浮着了两泓清泪，正对了那平原的秋色，呆呆的立在那里想这些事情的时候，他忽听见他的近边，有两人在那里低声的说：

"今晚上你一定要来的哩！"

这分明是男子的声音。

"我是非常想来的，但是恐怕……"

他听了这娇滴滴的女子的声音之后，好像是被电气贯穿了的样子，觉得自家的血液循环都停止了。原来他的身边有一丛长大的苇草生在那里，他立在苇草的右面，那一对男女，大约是在苇草的左面，所以他们两个还不晓得隔着苇草，有人站在那里。那男人又说：

"你心真好，请你今晚上来罢，我们到如今还没在被窝里睡过觉。"

"………"

他忽然听见两人的嘴唇，灼灼的好像在那里吮吸的样子。

他同偷了食的野狗一样，就惊心吊胆的把身子屈倒去听了。"你去死罢，你去死罢，你怎么会下流到这样的地步！"

他心里虽然如此的在那里痛骂自己，然而他那一双尖着的耳朵，却一言半语也不愿意遗漏，用了全副精神在那里听着。

地上的落叶索息索息的响了一下。

解衣带的声音。

男人嘶嘶的吐了几口气。

舌尖吮吸的声音。

女人半轻半重，断断续续的说：

"你！……你！……你快……快○○罢。……别……别……别被人……被人看见了。"

他的面色，一霎时的变了灰色了。他的眼睛同火也似的红了起来。他的上腭骨同下腭骨呷呷的发起颤来。他再也站不住了。他想跑开去，但是他的两只脚，总不听他的话。他苦闷了一场，听听两人出去了之后，就同落水的猫狗一样，回到楼上房里去，拿出被窝来睡了。

七

他饭也不吃，一直在被窝里睡到午后四点钟的时候才起来。那时候夕阳洒满了远近。平原的彼岸的树林里，有一带苍烟，悠悠扬扬的笼罩在那里。他踉踉跄跄的走下了山，上了那一条自北趋南的大道，穿过了那平原，无头无绪的尽是向南的走去。走尽了平原，他已经到了神宫前的电车停留处了。那时候却好从南面有一乘电车到来，他不知不觉就跳了上去，既不知道他究竟为什么要乘电车，也不知道这电车是往什么地方去的。

走了十五六分钟，电车停了，运车的教他换车，他就换了一乘车。走了二三十分钟，电车又停了，他听见说是终点了，他就走了下来。他的前面就是筑港了。

前面一片汪洋的大海，横在午后的太阳光里，在那里微笑。超海而南有一条青山，隐隐的浮在透明的空气里，西边是一脉长堤，直驰到海湾的心里去。堤外有一处灯台，同巨人似的，立在那里。几艘空船和几只舢板，轻轻的在系着的地方浮荡。海中近岸的地方，有许多浮标，饱受了斜阳，红红的浮在那里。远处风来，带着几句单调的话声，既听不清楚是什么话，也不知道是从那里来的。

他在岸边上走来走去走了一会，忽听见那一边传过了一阵击磬的声来。他跑过去一看，原来是为唤渡船而发的。他立了一会，看有一只小火轮从对岸过来了。跟着了一个四五十岁的工人，他也进了那只小火轮去坐下了。

渡到东岸之后，上前走了几步，他看见靠岸有一家大庄子在那里。大门开得很大，庭内的假山花草，布置得楚楚可爱。他不问是非，就踱了进去。走不上几步，他忽听得前面家中有女人的娇声叫他说：

"请进来呀！"

他不觉惊了一下，就呆呆的站住了。他心里想：

"这大约就是卖酒食的人家，但是我听见说，这样的地方，总有妓女在那里的。"

一想到这里，他的精神就抖擞起来，好像是一桶冷水浇上身来的样子。他的面色立时变了。要想进去又不能进去，要想出来又不得出来，可怜他那同兔儿似的小胆，同猿猴似的淫心，竟把他陷到一个大大的难境里去了。

"进来吓！请进来吓！"

里面又娇滴滴的叫了起来，带着笑声。

"可恶东西，你们竟敢欺我胆小么？"

这样的怒了一下，他的面色更同火也似的烧了起来。咬紧了牙齿，把脚在地上轻轻的蹭了一蹭，他就捏了两个拳头，向前进去，好像是对了那几个年轻的侍女宣战的样子。但是他那青一阵红一阵的面色，和他的面上的微微儿在那里震动的筋肉，总隐藏不过。他走到那几个侍女的面前的时候，几乎要同小孩似的哭出来了。

"请上来！"

"请上来！"

他硬了头皮，跟了一个十七八岁的侍女走上楼去，那时候他的精神已经有些镇静下来了。走了几步，经过一条暗暗的夹道的时候，一阵恼人的花粉香气，同日本女人特有的一种肉的香味，和头发上的香油气息合作了一处，哼的扑上他的鼻孔来。他立刻觉得头晕起来，眼睛里看见了几颗火星，向后边跌也似的退了一步。他再定睛一看，只见他的前面黑暗暗的中间，有一长圆形的女人的粉面，堆着了微笑，在那里问他说："你！你还是上靠海的地方呢？还是怎样？"

他觉得女人口里吐出来的气息，也热和和的哼上他的面来。他不知不觉把这气息深深的吸了一口。他的意识，感觉到他这行为的时候，他的面色又立刻红了起来。他不得已只能含含糊糊的答应她说：

"上靠海的房间里去。"

进了一间靠海的小房间，那侍女便问他要什么菜。他就回答说：

"随便拿几样来罢。"

"酒要不要？"

"要的。"

那侍女出去之后，他就站起来推开了纸窗，从外边放了一阵空气进来。因为房里的空气，沉沉得很，他刚才在夹道中闻过的那一阵女人的香味，还剩在那里，他实在是被这一阵气味压迫不过了。

一湾大海，静静的浮在他的面前。外边好像是起了微风的样子，一片一片的海浪，受了阳光的返照，同金鱼的鱼鳞似的，在那里微动。他立在窗前看了一会，低声的吟了一句诗出来：

"夕阳红上海边楼。"

他向西的一望，见太阳离西南的地平线只有一丈多高了。呆呆的看了一会，他的心想怎么也离不开刚才的那个侍女。她的口里的头上的面上的和身体上的那一种香味，怎么也不容他的心思去想别的东西。他才知道他想吟诗的心是假的，想女人的肉体的心是真的了。

停了一会，那侍女把酒菜搬了进来，跪坐在他的面前，亲亲热热的替他上酒。他心里想仔仔细细的看她一看，把他的心里的苦闷都告诉了她，然而他的眼睛怎么也不敢平视她一眼，他的舌根怎么也不能摇动一摇动。他不过同哑子一样，偷看看她那搁在膝上一双纤嫩的白手，同衣缝里露出来的一条粉红的围裙角。

原来日本的妇人都不穿裤子，身上贴肉只围着一条短短的围裙。外边就是一件长袖的衣服，衣服上也没有钮扣，腰里只缚着一条一尺多宽的带子，后面结着一个方结。她们走路的时候，前面的衣服每一步一步的掀开来，所以红色的围裙，同肥白的腿肉，每能偷看。这是日本女子特别的美处。他在路上遇见女子的时候，注意的就是这些地方。他切齿的痛骂自己，畜生！狗贼！卑怯的人！也便是这个时候。

他看了那侍女的围裙角，心头便乱跳起来。愈想同她说话，但愈觉得讲不出话来。大约那侍女是看得不耐烦起来了，便轻轻的问他说：

"你府上是什么地方？"

一听了这一句话，他那清瘦苍白的面上，又起了一层红色。含含糊糊的回答了一声，他呐呐的总说不出清晰的回话来。可怜他又站在断头台上了。

原来日本人轻视中国人，同我们轻视猪狗一样。日本人都叫中国人作"支那人"，这"支那人"三字，在日本，比我们骂人的"贱贼"还更难听，如今在一个如花的少女前头，他不得不自认说："我是支那人"了。

"中国呀中国，你怎么不强大起来！"

他全身发起抖来，他的眼泪又快滚下来了。

那侍女看他发颤发得厉害，就想让他一个人在那里喝酒，好教他把精神安镇安镇，所以对他说：

"酒就快没有了，我再去拿一瓶来罢？"

停了一会他听得那侍女的脚步声又走上楼来。他以为她是上他这里来的，所以就把衣服整了一整，姿势改了一改。但是他被她欺骗了。她原来是领了两三个另外的客人，上间壁的那一间房间里去的。那两三个客人都在那里对那侍女取笑，那侍女也娇滴滴的说：

"别胡闹了，间壁还有客人在那里。"

他听了就立刻发起怒来。他心里骂他们说：

"狗才！俗物！你们都敢来欺侮我么？复仇复仇，我总要复你们的仇。世间那里有真心的女子！那侍女的负心东西，你竟敢把我丢了么？罢了罢了，我再也不爱女人了，我再也不爱女人了。我就爱我的祖国，我就把我的祖国当作了情人罢。"

他马上就想跑回去发愤用功。但是他的心里，却很羡慕那间壁的几个俗物。他的心里，还有一处地方在那里盼望那个侍女再回到他这里来。

他按住了怒，默默的喝干了几杯酒，觉得身上热起来。打开了窗门，他看太阳就快要下山去了。又连饮了几杯，他觉得他面前的海景都朦胧起来。西面堤外的灯台的黑影，长大了许多。一层茫茫的薄雾，把海天融混作了一处。在这一层浑沌不明的薄纱影里，西方的将落不落的太阳，好像在那里惜别的样子。他看了一会，不知道是什么缘故，只觉得好笑。呵呵的笑了一回，他用手擦擦自家那火热的双颊，便自言自语的说：

"醉了醉了！"

那侍女果然进来了。见他红了脸，立在窗口在那里痴笑，便问他说：

"窗开了这样大，你不冷的么？"

"不冷不冷，这样好的落照，谁舍得不看呢？"

"你真是一个诗人呀！酒拿来了。"

"诗人！我本来是一个诗人。你去把纸笔拿了来，我马上写首诗给你看看。"

那侍女出去了之后，他自家觉得奇怪起来。他心里想："我怎么会变了这样大胆的？"

痛饮了几杯新拿来的热酒，他更觉得快活起来，又禁不得呵呵笑了一阵。他听见间壁房间里的那几个俗物，高声的唱起日本歌来，他也放大了嗓子唱着说：

> "醉拍阑干酒意寒，江湖寥落又冬残，
> 剧怜鹦鹉中州骨，未拜长沙太傅官，
> 一饭千金图报易，几人五噫出关难，
> 茫茫烟水回头望，也为神州泪暗弹。"

高声的念了几遍，他就在席上醉倒了。

八

一醉醒来，他看看自家睡在一条红绸的被里，被上有一种奇怪的香气。这一间房间也不很大，但已不是白天的那一间房间了。房中挂着一盏十烛光的电灯，枕头边上摆着了一壶茶，两只杯子。他倒了二三杯茶，喝了之后，就跟跟跄跄的走到房外去。他开了门，却好白天的那侍女也跑过来了。她问他说：

"你！你醒了么？"

他点了一点头，笑微微的回答说：

"醒了。便所是在什么地方的？"

"我领你去罢。"

他就跟了她去。他走过日间的那条夹道的时间，电灯点得明亮得很。远近有许多歌唱的声音，三弦的声音，大笑的声音传到他耳朵里来。白天的情节，他都想出来了。一想到酒醉之后，他对那侍女说的那些话的时候，他觉得面上又发起烧来。

从厕所回到房里之后，他问那侍女说：

"这被是你的么？"

侍女笑着说：

"是的。"

"现在是什么时候了？"

"大约是八点四五十分的样子。"

"你去开了账来罢！"

"是。"

他付清了账，又拿了一张纸币给那侍女，他的手不觉微颤起来。那侍女说："我是不要的。"

他知道她是嫌少了。他的面色又涨红了，袋里摸来摸去，只有一张纸币了，他就拿了出来给她说："你别嫌少了，请你收了罢。"

他的手震动得更加厉害，他的话声也颤动起来了。那侍女对他看了一眼，就低声的说：

"谢谢！"

他直的跑下了楼，套上了皮鞋，就走到外面来。

外面冷得非常，这一天大约是旧历的初八九的样子。半轮寒月，高挂在天空的左半边。淡青的圆形盖里，也有几点疏星，散在那里。

他在海边上走了一回，看看远岸的渔灯，同鬼火似的在那里招引他。细浪中间，映着了银色的月光，好像是山鬼的眼波，在那里开闭的样子。不知是什么道理，他忽想跳入海里去死了。

他摸摸身边看，乘电车的钱也没有了。想想白天的事情看，他又不得不痛骂自己。

"我怎么会走上那样的地方去的？我已经变了一个最下等的人了。悔也无及，悔也无及。我就在这里死了罢。我所求的爱情，大约是求不到的了。没有爱情的生涯，岂不同死灰一样么？唉，这干燥的生涯，这干燥的生涯，世上的人又都在那里仇视我，欺侮我，连我自家的亲弟兄，自家的手足，都在那里排挤我到这世界外去。我将何以为生，我又何必生存在这多苦的世界里呢！"

想到这里，他的眼泪就连连续续的滴了下来。他那灰白的面色，竟同死人没有分别了。他也不举起手来揩揩眼泪，月光射到他的面上，两条泪线，倒变了叶上的朝露一样放起光来。他回转头来看看他自家的又瘦又长的影子，就觉得心痛起来。

"可怜你这清影，跟了我二十一年，如今这大海就是你的葬身地了，我的身子，虽然被人家欺辱，我可不该累你也瘦弱到这步田地的。影子呀影子，你饶了我罢！"

他向西面一看，那灯台的光，一霎变了红一霎变了绿的在那里尽它的本职。那绿的光射到海面上的时候，海面就现出一条淡青的路来。再向西天一看，他只见西方青苍苍的天底下，有一颗明星，在那里摇动。

"那一颗摇摇不定的明星的底下，就是我的故国。也就是我的生地。我在那一颗星的底下，也曾送过十八个秋冬，我的乡土啊，我如今再也不能见你的面了。"

他一边走着，一边尽在那里自伤自悼的想这些伤心的哀话。

走了一会，再向那西方的明星看了一眼，他的眼泪便同骤雨似的落下来了。他觉得四边的景物，都模糊起来。把眼泪揩了一下，立住了脚，长叹了一声，他便断断续续的说：

"祖国呀祖国！我的死是你害我的！

"你快富起来！强起来罢！

"你还有许多儿女在那里受苦呢！"

一九二一年五月九日改作

过去

　　空中起了凉风，树叶煞煞的同霓片似的飞掉下来，虽然是南方的一个小港市里，然而也像能够使人感到冬晚的悲哀的一天晚上，我和她，在临海的一间高楼上吃晚饭。

　　这一天的早晨，天气很好，中午的时候，只穿得住一件夹衫。但到了午后三四点钟，忽而由北面飞来了几片灰色的层云，把太阳遮住，接着就刮起风来了。

　　这时候，我为疗养呼吸器病的缘故，只在南方的各港市里流寓。十月中旬，由北方南下，十一月初到了 C 省城。

　　恰巧遇着了 C 省的政变，东路在打仗，省城也不稳，所以就迁到 H 港去住了几天。后来又因为 H 港的生活费太昂贵，便又坐了汽船，一直的到了这M 港市。

　　说起这 M 港，大约是大家所知道的，是中国人应许外国人来互市的最初的地方的一个，所以这港市的建筑，还带着些当时的时代性，很有一点中古的遗意。前面左右是碧油油的海湾，港市中，也有一座小山，三面滨海的通衢里，建筑着许多颜色很沉郁的洋房。商务已经不如从前的盛了，然而富室和赌场很多，所以处处有庭园，处处有别墅。沿港的街上，有两列很大的榕树排列在那里。在榕树下的长椅上休息着的，无论中国人外国人，都带有些舒服的态度。正因为商务不盛的原因，这些南欧的流人，寄寓在此地的，也没有那一种殖民地的商人的紧张横暴的样子。一种衰颓的美感，一种使人可以安居下去，于不知不觉的中间消沉下去的美感，在这港市的无论哪一角地方都感觉得出来。我到此港不久，心里头就暗暗地决定"以后不再迁徙了，以后就在此地住下去吧"。谁知住不上几天，却又偏偏遇见了她。

实在是出乎意想以外的奇遇，一天细雨蒙蒙的日暮，我从西面小山上的一家小旅馆内走下山来，想到市上去吃晚饭去。经过行人很少的那条P街的时候，临街的一间小洋房的棚门口，忽而从里面慢慢的走出了一个女人来。她身上穿着灰色的雨衣，上面张着洋伞，所以她的脸我看不见。大约是在棚门内，她已经看见了我了——因为这一天我并不带伞——所以我在她前头走了几步，她忽而问我：

"前面走的是不是李先生？李白时先生！"

我一听了她叫我的声音，仿佛是很熟，但记不起是哪一个了，同触了电气似的急忙回转头来一看，只看见了衬映在黑洋伞上的一张灰白的小脸。已经是夜色朦胧的时候了，我看不清她的颜面全部的组织，不过她的两只大眼睛，却闪烁得厉害，并且不知从何处来的，和一阵冷风似的一种电力，把我的精神摇动了一下。

"你……？"我半吞半吐地问她。

"大约认不清了吧！上海民德里的那一年新年，李先生可还记得？"

"噢！唉！你是老三么？你何以会到这里来的？这真奇怪！这真奇怪极了！"

说话的中间，我不知不觉地转过身来逼进了一步，并且伸出手来把她那只带轻皮手套的左手握住了。

"你上什么地方去？几时来此地的？"她问。

"我打算到市上去吃晚饭去，来了好几天了，你呢？你上什么地方去？"

她经我一问，一时间回答不出来，只把嘴颚往前面一指，我想起了在上海的时候的她的那种怪脾气，所以就也不再追问，和她一路的向前边慢慢地走去。两人并肩默走了几分钟，她才幽幽的告诉我说：

"我是上一位朋友家去打牌去的，真想不到此地会和你相见。李先生，这两三年的分离，把你的容貌变得极老了，你看我怎么样？也完全变过了吧？"

"你倒没什么，唉，老三，我吓，我真可怜，这两三年来……"

"这两三年来的你的消息，我也知道一点。有的时候，在报纸上就看见过一二回你的行踪。不过李先生，你怎么会到此地来的呢？这真太奇怪了。”

"那么你呢？你何以会到此地来的呢？"

"前生注定是吃苦的人，譬如一条水草，浮来浮去，总生不着根，我的到此地来，说奇怪也是奇怪，说应该也是应该的。李先生，住在民德里楼上的那一位胖子，你可还记得？"

"嗯，……是那一位南洋商人不是？"

"哈，你的记性真好！"

"他现在怎么样了？"

"是他和我一道来此地呀！"

"噢！这也是奇怪。"

"还有更奇怪的事情哩！"

"什么？"

"他已经死了！"

"这……这么说起来，你现在只剩了一个人了啦？"

"可不是么！"

"唉！"

两人又默默地走了一段，走到去大市街不远的三叉路口了。她问我住在什么地方，打算明天午后来看我。我说还是我去访她，她却很急促的警告我说：

"那可不成，那可不成，你不能上我那里去。"

出了 P 街以后，街上的灯火已经很多，并且行人也繁杂起来了，所以两个人没有握一握手，笑一笑的机会。到了分别的时候，她只约略点了一点头，就向南面的一条长街上跑了进去。

经了这一回奇遇的挑拨，我的平稳得同山中的静水湖似的心里，又起了些波纹。回想起来，已经是三年前的旧事了，那时候她的年纪还没有二十岁，住在上海民德里我在寄寓着的对门的一间洋房里。这一间洋房里，除了她一家的三四个年轻女子以外，还有二楼上的一家华侨的家族在住。当时我也不晓得谁是房东，谁是房客，更不晓得她们几个姐妹的生计是如何维持的。只有一次，是我和她们的老二认识以后，约有两个月的时候，我在她们的厢房里打牌，忽而来了一位穿着很阔绰的中老绅士，她们为我介绍，说这一位是她们的大姐夫。老大见他来了，果然就抛弃了我们，到对面的厢房里去和他攀谈去了，于是老四就坐下来替了她的缺。听她们说，她们都是江西人，而大姐夫的故乡却是湖北。他和她们大姐的结合，是当他在九江当行长的时候。

我当时刚从乡下出来，在一家报馆里当编辑。民德里的房子，是报馆总经理友人陈君的住宅。当时因为我上海情形不熟，不能另外去租房子住，所以就寄住在陈君的家里。陈家和她们对门而居，时常往来，因此我也于无意之中，和她们中间最活泼的老二认识了。

听陈家的底下人说："她们的老大，仿佛是那一位银行经理的小。她们一家四口的生活费，和她们一位弟弟的学费，都由这位银行经理负担的。"

她们姐妹四个，都生得很美，尤其活泼可爱的，是她们的老二。大约因为生得太美的原因，自老二以下，她们姐妹三个，全已到了结婚的年龄，而仍找不到一个适当的配偶者。

我一边在回想这些过去的事情，一边已经走到了长街的中心，最热闹的那一家百货商店的门口了。在这一个黄昏细雨里，只有这一段街上的行人还没有减少。两旁店家的灯火照耀得很明亮，反照出了些离人的孤独的情怀。向东走尽了这条街，朝南一转，右手矗立着一家名叫望海的大酒楼。这一家的三四层楼上，一间一间的小室很多，开窗看去，看得见海里的帆樯，是我到M港后去得次数最多的一家酒馆。

我慢慢的走到楼上坐下，叫好了酒菜，点着烟卷，朝电灯光呆看的时候，民德里的事情又重新开展在我的眼前。

她们姐妹中间，当时我最爱的是老二。老大已经有了主顾，对她当然更不能生出什么邪念来，老三有点阴郁，不像一个年轻的少女，老四年纪和我相差太远——她当时只有十六岁——自然不能发生相互的情感，所以当时我所热心崇拜的，只有老二。

她们的脸形，都是长方，眼睛都是很大，鼻梁都是很高，皮色都是很细白，以外貌来看，本来都是一样的可爱的。可是各人的性格，却相差得很远。老大和蔼，老二活泼，老三阴郁，老四——说不出什么，因为当时我并没有对老四注意过。

老二的活泼，在她的行动，言语，嬉笑上，处处都在表现。凡当时在民德里住的年纪在二十七八上下的男子，和老二见过一面的人，总没一个不受她的播弄的。

她的身材虽则不高，然而也够得上我们一般男子的肩头，若穿着高底鞋的时候，走路简直比西洋女子要快一倍。

说话不顾什么忌讳，比我们男子的同学中间的日常言语还要直率。若有可笑的事情，被她看见，或在谈话的时候，听到一句笑话，不管在她面前的是生人不是生人，她总是露出她的两列可爱的白细牙齿，弯腰捧肚，笑个不了，有时候竟会把身体侧倒，扑倚上你的身来。陈家有几次请客，我因为受她的这一种态度的压迫受不了，每有中途逃席，逃上报馆去的事情。因此我在民德里住不上半年，陈家的大小上下，却为我取了一个别号，叫我作老二的鸡娘。因为老二像一只雄鸡，有什么可笑的事情发生的时候，总要我做她的倚柱，扑上身来笑个痛快。并且平时她总拿我来开玩笑，在众人的面前，老喜欢把我的不灵敏的动作和我说错的言语重述出来作哄笑的资料。不过说也奇怪，她像这样的玩弄我，轻视我，我当时不但没有恨她的心思，并且还时以为荣耀，快乐。我当一个人在默想的时候，每把这些琐事回想出来，心里倒反非常感激她，爱慕她。后来甚至于打牌的时候，她要什么牌，我就非打什么牌给她不可。

万一我有违反她命令的时候，她竟毫不客气地举起她那只肥嫩的手，拍拍的打上我的脸来。而我呢，受了她的痛责之后，心里反感到一种不可名状的满足，有时候因为想受她这一种施与的原因，故意地违反她的命令，要她来打，或用了她那一只尖长的皮鞋脚来踢我的腰部。若打得不够踢得不够，我就故意的说："不痛！不够！再踢一下！再打一下！"她也就毫不客气地，再举起手来或脚来踢打。我被打得两颊绯红，或腰部感到酸痛的时候，才柔柔顺顺地服从她的命令，再来做她想我做的事情。像这样的时候，倒是老大或老三每在旁边喝止她，教她不要太过分了，而我这被打责的，反而要很诚恳的央告她们，不要出来干涉。

记得有一次，她要出门去和一位朋友吃午饭，我正在她们家里坐着闲谈，她要我去上她姐姐房里把一双新买的皮鞋拿来替她穿上。这一双皮鞋，似乎太小了一点，我捏了她的脚替她穿了半天，才穿上了一只。她气得急了，就举起手来向我的伏在她小腹前的脸上，头上，脖子上乱打起来。我替她穿好第二只的时候，脖子上已经有几处被她打得青肿了。到我站起来，对她微笑着，问她"穿得怎么样"的时候，她说："右脚尖有点痛！"我就挺了身子，很正经地对她说："踢两脚吧！踢得宽一点，或者可以好些！"

说到她那双脚，实在不由人不爱。她已经有二十多岁了，而那双肥小的脚，还同十二三岁的小女孩的脚一样。我也曾为她穿过丝袜，所以她那双肥嫩皙白，脚尖很细，后跟很厚的肉脚，时常要作我的幻想的中心。从这一双脚，我能够想出许多离奇的梦境来。譬如在吃饭的时候，我一见了粉白糯润的香稻米饭，就会联想到她那双脚上去。"万一这碗里，"我想，"万一这碗里盛着的，是她那双嫩脚，那么我这样的在这里咀咽，她必要感到一种奇怪的痒痛。假如她横躺着身体，把这一双肉脚伸出来任我咀咽的时候，从她那两条很曲的口唇线里，必要发出许多真不真假不假的喊声来。或者转起身来，也许狠命的在头上打我一下的……"我一想到此地饭就要多吃一碗。

像这样活泼放达的老二，像这样柔顺蠢笨的我，这两人中间的关系，在半年里发生出来的这两人中间的关系，当然可以想见得到了。况我当时，还未满二十七岁，还没有娶亲，对于将来的希望，也还很有自负心哩！

当在陈家起坐室里说笑话的时候，我的那位友人的太太，也曾向我们说起过："老二，李先生若做了你的男人，那他就天天可以替你穿鞋着袜，并且还可以做你的出气洞，白天晚上，都可以受你的踢打，岂不很好么？"老二听到这些话，总老是笑着，对我斜视一眼说："李先生不行，太笨，他不会侍候人。我倒很愿意受人家的踢打，只教有一位能够命令我，教我心服的男子就好了。"在这样的笑谈之后，我心里总满感着忧郁，要一个人跑到马路去走半天，才能把胸中的郁闷遣散。

有一天礼拜六的晚上，我和她在大马路市政厅听音乐出来。老大老三都跟了一位她们大姐夫的朋友看电影去了。我们走到一家酒馆的门口，忽而吹来了两阵冷风。这时候正是九十月之交的晚秋的时候，我就拉住了她的手，颤抖着说："老二，我们上去吃一点热的东西再回去吧！"她也笑了一笑说："去吃点热酒吧！"我在酒楼上吃了两杯热酒之后，把平时的那一种木讷怕羞的态度除掉了，向前后左右看了一看，看见空洞的楼上，一个人也没有，就挨近了她的身边对她媚视着，一边发着颤声，一句一逗的对她说："老二！我……我的心，你可能了解？我，我，我很想……很想和你长在一块儿！"她举起眼睛来看了我一眼，又曲了嘴唇的两条线在口角上含着播弄人的微笑，回问我说："长在一块便怎么啦？"我大了胆，便摆过嘴去和她亲了一个嘴，她竟劈面的打了我一个嘴巴。楼下的伙计，听了拍的这一声大响声，就急忙的跑了上来，问我们："还要什么酒菜？"我忍着眼泪，还是微微地笑着对伙计说："不要了，打手巾来！"等到伙计下去的时候，她仍旧是不改常态的对我说："李先生，不要这样！下回你若再干这些事情，我还要打得凶哩！"我也只好把这事当作了一场笑话，很不自然地把我的感情压住了。

凡我对她的这些感情，和这些感情所催发出来的行为动作，旁人大约是看得很清楚的。所以老三虽则是一个很沉郁，脾气很特别，平时说话老是阴阳怪气的女子，对我与老二中间的事情，有时却很出力的在为我们拉拢。有时见了老二那一种打得我太狠，或者嘲弄得我太难堪的动作，也着实为我打过几次抱不平，极婉曲周到地说出话来非难过老二。而我这不识好丑的笨伯，当这些时候心里头非但不感谢老三，还要以为她是多事，出来干涉人家的自由行动。

在这一种情形之下，我和她们四姐妹，对门而住，来往交际了半年多。那一年的冬天，老二忽然与一个新自北京来的大学生订婚了。

这一年旧历新年前后的我的心境，当然是惑乱得不堪，悲痛得非常。当沉闷的时候，邀我去吃饭，邀我去打牌，有时候也和我去看电影的，倒是平时我所不大喜欢，常和老二两人叫她做阴私鬼的老三。而这一个老三，今天却突然的在这个南方的港市里，在这一个细雨蒙蒙的秋天的晚上，偶然遇见了。

想到了这里，我手里拿着的那枝纸烟，已经烧剩了半寸的灰烬，面前杯中倒上的酒，也已经冷了。糊里糊涂的喝了几口酒，吃了两三筷菜，伙计又把一盘生翅汤送了上来。我吃完了晚饭，慢慢的冒雨走回旅馆来，洗了手脸，换了衣服，躺在床上，翻来复去，终于一夜没有合眼。我想起了那一年的正月初二，老三和我两人上苏州去的一夜旅行。我想起了那一天晚上，两人默默的在电灯下相对的情形。我想起了第二天早晨起来，她在她的帐子里叫我过去，为她把掉在地下的衣服捡起来的声气。然而我当时终于忘不了老二，对于她的这种种好意的表示，非但没有回报她一二，并且简直没有接受她的余裕。两个人终于白旅行了一次，感情终于没有接近起来，那一天午后，就匆匆的依旧同兄妹似的回到上海来了。过了元宵节，我因为胸中苦闷不过，便在报馆里辞了职，和她们姐妹四人，也没有告别，一个人连行李也不带一件，跑上北京的冰天雪地里去，想去把我的过去的一切忘了，把我的全部烦闷葬了。嗣后两三年来，东飘西泊，却还没有在一处住过半年以上。无聊之极，也学学时髦，把我的苦闷写出来，做点小说卖卖。

然而于不知不觉的中间，终于得了呼吸器的病症。现在飘流到了这极南的一角，谁想得到再会和这老三相见于黄昏的路上的呢！啊，这世界虽说很大，实在也是很小，两个浪人，在这样的天涯海角，也居然再能重见，你说奇也不奇。我想前想后，想了一夜，到天色有点微明，窗下有早起的工人经过的时候，方才昏昏地睡着。也不知睡了几久，在梦里忽而听到几声咯咯的叩门声。急忙夹着被条，坐起来一看，夜来的细雨，已经晴了，南窗里有两条太阳光线，灰黄黄的晒在那里。我含糊地叫了一声："进来！"而那扇房门却老是不往里开。再等了几分钟，房门还是不向里开，我才觉得奇怪了，就披上衣服，走下床来。等我两脚刚立定的时候，房门却慢慢的开了。跟着门进来的，一点儿也不错，依旧是阴阳怪气，含着半脸神秘的微笑的老三。

"啊，老三！你怎么来得这样早？"我惊喜地问她。

"还早么？你看太阳都斜了啊！"

说着，她就慢慢地走进了房来，向我的上下看了一眼，笑了一脸，就仿佛害羞似的去窗面前站住，望向窗外去了。

窗外头夹一重走廊，遥遥望去，底下就是一家富室的庭园，太阳很柔和的晒在那些未凋落的槐花树和杂树的枝头上。

她的装束和从前不同了。一件芝麻呢的女外套里，露出了一条白花丝的围巾来，上面穿的是半西式的八分短袄，裙子系黑印度缎的长套裙。一顶淡黄绸的女帽，深盖在额上，帽子的卷边下，就是那一双迷人的大眼，瞳人很黑，老在凝视着什么似的大眼。本来是长方的脸，因为有那顶帽子深覆在眼上，所以看去仿佛是带点圆味的样子。

两三年的岁月，又把她那两条从鼻角斜拖向口角去的纹路刻深了。苍白的脸色，想是昨夜来打牌辛苦了的原因。本来是中等身材不肥不瘦的躯体，大约是我自家的身体缩矮了吧，看起来仿佛比从前高了一点。她背着我呆立在窗前。

我看看她的肩背，觉得是比从前瘦了。

"老三，你站在那里干什么？"我扣好了衣裳，向前挨近了一步，一边把右手拍上她的肩去，劝她脱外套，一边就这样问她。她也前进了半尺，把我的右手轻轻地避脱，朝过来笑着说：

"我在这里算账。"

"一清早起来就算账？什么账？"

"昨晚上的赢账。"

"你赢了么？"

"我哪一回不赢？只有和你来的那回却输了。"

"噢，你还记得那么清？输了多少给我？哪一回？"

"险些儿输了我的性命！"

"老三！"

"…………"

"你这脾气还没有改过，还爱讲这些死话。"

以后她只是笑着不说话，我拿了一把椅子，请她坐了，就上西角上的水盆里去漱口洗脸。

一忽儿她又叫我说：

"李先生！你的脾气，也还没有改过，老爱吸这些纸烟。"

"老三！"

"…………"

"幸亏你还没有改过，还能上这里来。要是昨天遇见的是老二哩，怕她是不肯来了。"

"李先生，你还没有忘记老二么？"

"仿佛还有一点记得。"

"你的情义真好！"

"谁说不好来着！"

"老二真有福分！"

"她现在在什么地方？"

"我也不知道，好久不通信了，前二三个月，听说还在上海。"

"老大老四呢？"

"也还是那一个样子，仍复在民德里。变化最多的，就是我呀！"

"不错，不错，你昨天说不要我上你那里去，这又为什么来着？"

"我不是不要你去，怕人家要说闲话。你应该知道，阿陆的家里，人是很多的。"

"是的，是的，那一位华侨姓陆吧。老三，你何以又会看中了这一位胖先生的呢？"

"像我这样的人，那里有看中看不中的好说，总算是做了一个怪梦。"

"这梦好么？"

"又有什么好不好，连我自己都莫名其妙。"

"你莫名其妙，怎么又会和他结婚的呢？"

"什么叫结婚呀。我不过当了一个礼物，当了一个老大和大姐夫的礼物。"

"老三！"

"…………"

"他怎么会这样的早死的呢？"

"谁知道他，害人的。"

因为她说话的声气消沉下去了，我也不敢再问。等衣服换好，手脸洗毕的时候，我从衣袋里拿出表来一看，已经是二点过了三个字了。我点上一枝烟卷，在她的对面坐下，偷眼向她一看，她那脸神秘的笑容，已经看不见一点踪影。下沉的双眼，口角的深纹，和两颊的苍白，完全把她画成了一个新寡的妇人。我知道她在追怀往事，所以不敢打断她的思路。默默的呼吸了半刻钟烟。她忽而站起来说："我要去了！"她说话的时候，身体已经走到了门口。我追上去留她，她脸也不回转来看我一眼，竟匆匆地出门去了。我又追上扶梯跟前叫她等一等，她到了楼梯底下，才把那双黑漆漆的眼睛向我看了一眼，并且轻轻地说："明天再来吧！"

自从这一回之后，她每天差不多总抽空上我那里来。

两人的感情，也渐渐的融洽起来了。可是无论如何，到了我想再逼进一步的时候，她总马上设法逃避，或筑起城堡来防我。到我遇见她之后，约莫将十几天的时候，我的头脑心思，完全被她搅乱了。听说有呼吸器病的人，欲情最容易兴奋，这大约是真的。那时候我实在再也不能忍耐了，所以那一天的午后，我怎么也不放她回去，一定要她和我同去吃晚饭。

那一天早晨，天气很好。午后她来的时候，却热得厉害。到了三四点钟，天上起了云障，太阳下山之后，空中刮起风来了。她仿佛也受了这天气变化的影响，看她只是在一阵阵的消沉下去，她说了几次要去，我拼命的强留着她，末了她似乎也觉得无可奈何，就俯了头，尽坐在那里默想。

太阳下山了，房角落里，阴影爬了出来。南窗外看见的暮天半角，还带着些微紫色。同旧棉花似的一块灰黑的浮云，静静地压到了窗前。风声呜呜的从玻璃窗里传透过来，两人默坐在这将黑未黑的世界里，觉得我们以外的人类万有，都已经死灭尽了。在这个沉默的，向晚的，暗暗的悲哀海里，不知沉浸了几久，忽而电灯像雷击似的放光亮了。我站起了身，拿了一件她的黑呢旧斗篷，从后边替她披上，再伏下身去，用了两手，向她的胛下一抱，想乘势从她的右侧，把头靠向她的颊上去的，她却同梦中醒来似的蓦地站了起来，用力把我一推。我生怕她要再跑出门，跑回家去，所以马上就跑上房门口去拦住。她看了我这一种混乱的态度，却笑起来了。虽则兀立在灯下的姿势还是严不可犯的样子，然而她的眼睛在笑了，脸上的筋肉的紧张也松懈了，口角上也有笑容了。因此我就大了胆，再走近她的身边，用一只手夹斗篷的围抱住她，轻轻的在她耳边说：

"老三！你怕么？你怕我么？我以后不敢了，不再敢了，我们一道上外面去吃晚饭去吧！"

她虽是不响，一面身体却很柔顺地由我围抱着。我挽她出了房门，就放开了手。由她走在前头，走下扶梯，走出到街上去。

我们两人，在日暮的街道上走，绕远了道，避开那条 P 街，一直到那条 M 港最热闹的长街的中心止，不敢并着步讲一句话。街上的灯火全都灿烂地在放寒冷的光，天风还是呜呜的吹着，街路树的叶子，息索息索很零乱的散落下来，我们两人走了半天，才走到望海酒楼的三楼上一间滨海的小室里坐下。

坐下来一看，她的头发已经为凉风吹乱；瘦削的双颊，尤显得苍白。她要把斗篷脱下来，我劝她不必，并且叫伙计马上倒了一杯白兰地来给她喝。她把热茶和白兰地喝了，又用手巾在头上脸上擦了一擦，静坐了几分钟，才把常态恢复。那一脸神秘的笑和炯炯的两道眼光，又在寒冷的空气里散放起电力来了。

"今天真有点冷啊！"我开口对她说。

"你也觉得冷的么？"

"怎么我会不觉得冷的呢？"

"我以为你是比天气还要冷些。"

"老三！"

"…………"

"那一年在苏州的晚上，比今天怎么样？"

"我想问你来着！"

"老三！那是我的不好，是我，我的不好。"

"…………"

她尽是沉默着不响，所以我也不能多说。在吃饭的中间，我只是献着媚，低着声，诉说当时在民德里的时候的情形。她到吃完饭的时候止，总共不过说了十几句话，我想把她的记忆唤起，把当时她对我的旧情复燃起来，然而看看她脸上的表情，却终于是不曾为我所动。到末了我被她弄得没法了，就半用暴力，半用含泪的央告，一定要求她不要回去，接着就同拖也似的把她挟上了望海酒楼间壁的一家外国旅馆的楼上。

夜深了，外面的风还在萧骚地吹着。五十支的电光，到了后半夜加起亮来，反照得我心里异常的寂寞。室内的空气，也增加了寒冷，她还是穿了衣服，隔着一条被，朝里床躺在那里。我扑过去了几次，总被她推翻了下来，到最后的一次她却哭起来了，一边哭，一边又断断续续的说：

"李先生！我们的……我们的事情，早已……早已经结束了。那一年，要是那一年……你能……你能够像现在一样的爱我，那我……我也……不会……不会吃这一种苦的。我……我……你晓得……我……我……这两三年来……！"

说到这里，她抽咽得更加厉害，把被窝蒙上头去，索性任情哭了一个痛快。我想想她的身世，想想她目下的状态，想想过去她对我的情节，更想想我自家的沦落的半生，也被她的哀泣所感动，虽则滴不下眼泪来，但心里也尽在酸一阵痛一阵的难过。她哭了半点多钟，我在床上默坐了半点多钟，觉得她的眼泪，已经把我的邪念洗清，心里头什么也不想了。又静坐了几分钟，我听听她的哭声，也已经停止，就又伏过身去，诚诚恳恳地对她说：

"老三！今天晚上，又是我不好，我对你不起，我把你的真意误会了。我们的时期，的确已经过去了。我今晚上对你的要求，的确是卑劣得很。请你饶了我，噢，请你饶了我，我以后永也不再干这一种卑劣的事情了，噢，请你饶了我！请你把你的头伸出来，朝转来，对我说一声，说一声饶了我吧！让我们把过去的一切忘了，请你把今晚上的我的这一种卑劣的事情忘了。噢，老三！"

我斜伏在她的枕头边上，含泪的把这些话说完之后，她的头还是尽朝着里床，身子一动也不肯动。我静候了好久，她才把头朝转来，举起一双泪眼，好像是在怜惜我，又好像是在怨恨我地看了我一眼。得到了她这泪眼的一瞥，我心里也不晓怎么的起了一种比死刑囚遇赦的时候还要感激的心思。她仍复把头朝了转去，我也在她的被外头躺下了。躺下之后，两人虽然都没有睡着，然而我的心里却很舒畅的默默的直躺到了天明。

早晨起来，约略梳洗了一番，她又同平时一样的和我微笑了，而我哩！脸上虽在笑着，心里头却尽是一滴苦泪一滴苦泪的在往喉头鼻里咽送。

两人从旅馆出来，东方只有几点红云罩着，夜来的风势，把一碧的长天扫尽了。太阳已出了海，淡薄的阳光晒着的几条冷静的街上，除了些被风吹堕的树叶和几堆灰土之外，也比平时洁净得多。转过了长街送她到了上她自家的门口，将要分别的时候，我只紧握了她一双冰冷的手，轻轻地对她说：

"老三！请你自家珍重一点，我们以后见面的机会，恐怕很少了。"我说出了这句话之后，心里不晓怎么的忽儿绞割了起来，两只眼睛里同雾天似的起了一层蒙障。她仿佛也深深地朝我看了一眼，就很急促地抽了她的两手，飞跑的奔向屋后去了。

这一天的晚上，海上有一弯眉毛似的新月照着，我和许多言语不通的南省人杂处在一舱里吸烟。舱外的风声浪声很大，大家只在电灯下计算着这海船航行的速度，和到 H 港的时刻。

一九二七年一月十日在上海

空虚

　　"我近来的心理状态，正不晓得怎么才写得出来。有野心的人，他的眼前，常有着种种伟大的幻象，一步一步跟了这些幻象走去，就是他的生活。对将来抱希望的人，他的头上有一颗明星，在那里引路，他虽在黑暗的沙漠中行走，但是他的心里终有一个犹太人的主存在，所以他的生活，终于是有意义的。在过去的追忆中活着的人，过去的可惊可喜的情景，都环绕在他的左右，所以他虽觉得这现在的人生是寂寞得很，但是他的生活，却也安闲自在。天天在那里做梦的人，他的对美的饥渴，就可以用梦里的浓情来填塞，他是在天使的翼上过日子的人，还不至感得这人生的空虚。我是从小没有野心的，如今到了人生的中道，对将来的希望，不消说是没有了。我的过去的半生是一篇败残的历史，回想起来，只有眼泪与悲叹，几年前头，我还有一片享受这悲痛的余情，还有些自欺自慰的梦想，到今朝非但享受这种苦中乐 sweet　bitterness 的心思没有了，便是愚人的最后的一件武器——开了眼睛做梦——也被残虐的运命夺去了。啊啊，年轻的维特呀，我佩服你的勇敢，我佩服你的有果断的柔心！"

　　质夫提起笔来，对着了他那红木边的小玻璃窗，写了这几行字，就不再写下去了。窗外是一个小小的花园，园里栽着几株梧桐树和桂花树，树下的花坛上，正开着些西洋草花。梅雨晴时的太阳光线，洒在这嫩绿的丛叶上，反射出一层鲜艳的光彩来，大约蝉鸣的节季，来也不远了。

　　园里树荫下有几只半大的公鸡母鸡，咯咯的在被雨冲松的园地里觅食，若没有这几只鸡的悠闲的喉音，这一座午后的庭园，怕将静寂得与格离姆童话里的被魔术封禁的城池无异了。

质夫搁下了笔，呆呆的对窗外看了好久，便同梦游病者似的立了起来。在房里走了几圈，他忽觉得同时存在在这世界上的人类，与他亲热起来了。

他在一个月前头，染了不眠症，食欲不进，身体一天一天的消瘦下去。无论上什么地方去，他总觉得有个人跟在他的后面，在那里催促他的样子。他以为东京市内的空气不好，所以使他变成神经衰弱的，因此他就到这东中野的旷野里，租了一间小屋子搬了过去。这小庄子的四面，就是荒田蔓草。他那小屋子有两间平屋。一间是朝南的长方的读书室。南面有一口小窗，窗外便是那小小的花园。一间是朝门的二丈宽的客室，客室的的面，便附着一个三尺长二尺宽的煮饭的地方。出了门，沿了一条沟水，朝北走不上五十步路，便是一条乡间的大道。这大道的东西，靠着一条绿草丛生的矮小山岭，在这小山上有几家红顶的小别庄，藏在忍冬茑萝的绿叶堆中，他无聊的时候，每拿了一枝粗大的樱杖，回绕了这座小山，在纵横错落的野道上试他的闲步。

当初搬来的时候，他觉得这同修道院似的生活，正合他的心境。过了几天，他觉得流散在他周围的同坟墓中一样的沉默有些难耐起来了，所以他就去请了一位六十余岁的老婆婆来和他同住。这老婆婆也没有男人，也没有亲戚，本来是在质夫的朋友家里帮忙的，他的朋友于一礼拜前头回中国去了，所以质夫反做了一个人情，把她邀了过来。这老婆婆另外没有嗜好，只喜欢养些家畜在她的左右，自从她和质夫同住之后，质夫的那间小屋子里便多出了一只小白花猫和几只雌雄鸡来。质夫因为孤独得难堪，所以对这老婆婆的这一点少年心，也并不反对。有时质夫从他那书室的小玻璃窗里探头出去，看看那在花荫贪午睡的小家畜，倒反觉得他那小屋的周围，增加了一段和平的景象。

质夫同梦游病者似的在书室里走了几圈，忽然觉得世间的人类与他亲热起来了。换了一套洋服，他就出了门缓缓的走上东中野郊外电车的车站上去。

他坐了郊外电车，一直到离最热闹的市街不远的有乐町才下车。在太阳光底下，灰土很深的杂闹的街上走来走去走了一会，他觉得热起来了。进了一家冰麒麟水果店的一层楼上坐下的时候，他呆呆的朝窗外的热闹的市街看了一忽。他觉得这乱杂的热闹，人和人的纠葛、繁华、堕落、男女、物品和其它的一切东西，都与他完全没有关系的样子。吃了一杯冰麒麟、一杯红茶，他便叫侍女过来付钱。他把钞票交给那侍女的时候，看见了那侍女的五个红嫩的手指，一时的联想，就把他带到五年前头的一场悲喜剧中间上。

也是六月间黄梅雨后的时节，他那时候还在 N 市高等学校里念书。放暑假后，他的同学都回中国去了。他因为神经衰弱，不能耐长途的跋涉，所以便一个人到离 N 市不远的汤山温泉去过暑假。在深山里的这温泉场，暑中只有几个 N 市附近的富家的病弱儿女去避暑的。他那一天在梅雨晴后的烈日底下，沿了乱石（峻）岩的一条清溪，从硅石和泥沙结成的那条清洁的上山路，走到那温泉场的一家旅馆红叶馆的时候，已经是午后五点多钟了，洗了澡，吃了晚饭，喝了几杯啤酒，他日里的疲倦就使他睡着了。不知道睡了几个钟头，他那同沉在海底里似的酣睡，忽被一阵开纸壁门的声响所惊觉。他睁开了两只黑盈盈的眼睛，朝着纸壁门开响的地方一看，只见一个十六七岁的少女，消瘦长方的脸上，装着一脸惊恐的形容，披散了漆黑的头发，长长的立在半开的纸壁门槛上。浮满在室内的苍黄的电灯光和她那披散的黑发，更映出了她的面色的苍白。她的一双瞳人黑得很，大得很的眼睛，张着了在那里注视质夫。她的灰白的嘴唇，全无血色，微微的颤动着，好像急得有话说不出来的样子，窗外的雷雨声，山间老树的咆哮声，门窗楼屋的震动声，充满了室中，质夫觉得好像在大海中遇着了暴风，船被打破了的样子。

深山的夜半，一个人在客里，猛然醒来，遇见了这一场情景，质夫当然大吃了一惊。质夫与那少女呆呆的注视了一忽，那少女便走近质夫的床来，发了颤声，对质夫说：

"……对对不起……对不……起得很，……在这……这半夜里来惊醒你。……可……可是今天我我的声气不好，偏偏母亲回去了的今晚，就发起这样大的风雨来。……我怕得很呀，我怕得很呀，是对不起得很……但是我请你今夜放我在这里过一夜，这样大的雷雨，我无论如何也不敢一个人住在间壁那样大的房里的。"

她讲完了这几句话，好像精神已经镇静起来了。脸上的惊恐的形容，去了一半，嫩白的颊上，忽然起了两个红晕。大约因为质夫呆呆的太看得出神了，所以她的眼角上，露了一点害羞的样子，把她那同米粉做成似的纤嫩的颈项，稍微动了一动，头也低下去了。当时只有二十一岁的质夫，同这样妙龄的少女还没有接触过，急得他额上胀出了一条青筋，格格的讲不出一句回话来。听她讲完了话，质夫才生硬地开了口请她不要客气，请她不要在席上跪着，请她快到蓝绸的被上坐下。半吞半吐的说这些话的时候，质夫因为怕羞不过，想做出一番动作来，把他那怕羞的不自然的样子混过去，所以他一边说，一边就从被里站了起来，跑上屋子的角上去拿了几个坐垫来摆在他的床边上。质夫俯了首，在坐垫上坐下的时候，那少女却早在质夫的被上坐好了。她看质夫坐定后，又连接着对质夫说：

"我们家住在 N 市内。我因为染了神经衰弱症，所以学校里的暑假考也没有考，到此地来养病已经有一个多月了。我的母亲本来陪我在这里的，今天因为她想回家去看看家里的情形，才于午后下山去的。你在路上有没有遇着？"

质夫听了她的话，才想起了他白天火车站上遇着的那一个很优美的中年妇人。

"是不是一位三十五六岁的妇人？身上穿着紫色绉绸的衣服，外面罩着玄色的纱外套的？"

"是的是的，那一定是母亲了。你在什么地方看见她的？"

"我在车站上遇着的。我下车的时候，她刚到车站上。"

"那么你是坐一点二十分的车来的么？"

"是的！"

"你是 N 市么？"

"不是。"

"东京么？"

"不是。"

"学堂呢？"

质夫听她问他故乡的时候，脸上忽然红了一阵，因为中国人在日本是同犹太人在欧洲一样，到处都被日本人所轻视的；及听到她问他学校的时候，心里却感得了几分骄气，便带了笑容指着衣架上挂着的有两条白线的帽子说：

"你看那就是我的制帽。"

"哦，你原来也是在第 X 高等的么？我有一位表哥你认识不认识？他姓 N，是去年在英法科毕业的。今年进了东京的帝国大学，怕不久就要回来呢！"

"我不认识他，因为我是德法科。"

窗外疾风雷雨的狂吼声，竟被他们两人的幽幽的话声压了下去。可是他们的话声一断，窗外的雨打风吹的响声也马上会传到他们的耳膜上来。但是奇怪得很，他们两人那样依依对坐在那里的中间，就觉得楼屋的震动，和老树的摇撼全没有一点可怕的地方。质夫听听她那柔和的话声，看看她那可爱的相貌，心里只怕雷雨就晴了。和她讲了四五十分钟的话，质夫竟好像同她自幼相识的样子。两人讲到天将亮的时候，雷雨晴了，闲话也讲完了。那少女好像已经感到了疲倦，竟把身子伏倒在质夫的被上，嘶嘶的睡着了。她睡着之后，质夫的精神愈加亢奋起来，他只怕惊醒了她的好梦，所以身体不敢动一动，但是他心里真想伸出手来到她那柔软的腰部前后去摸她一摸。她那伏倒的颈项后向的曲线，质夫在心里完全的把它描写了出来。

"从这面下去是肩峰，除去了手的曲线，向前便是胸部，唉唉，这胸部的曲线，这胸部的曲线，下去便是腹部腰部，……"

眼看着了那少女的粉嫩洁白的颈项，耳听着了她的微微的鼾声，他脑里却在那里替她解开衣服来。他想到了她的腹部腰部的时候，他的气息也屏住吐不出来了。一个有血液流着带些微温的香味的大理石的处女裸像，现在伏在他的面前。质夫心里想哭又哭不出来，想啊啊的叫又叫不出来，他的脸色涨得同夹竹桃一样的红。他实在按捺不住了，便把右手轻轻的到她头发上去摸了一摸。她的鼾声忽然停止了，质夫骤觉得眼睛转了一转黑，好像从高山顶上，一脚被跌在深坑里去的样子。她果然举起头来，开了半只朦胧的睡眼，微微的笑着对质夫说：

"你还醒着么？怎么不睡一下呢，我正好睡呀！对不起我要放肆了。"

含含糊糊的说了几句话，她索性把身体横倒，睡着在质夫被上。质夫看看她腰部和臀部的曲线，愈觉得眼睛里要喷出火来的样子，没有办法，他也只能在她的背后睡下。原来她是背朝了质夫打侧睡的，质夫睡下的时候，本想两头分睡，后来因为怕自家的脚要踢上她的头去，所以只能和她并头睡倒。他先是背朝背的，但是质夫的心里，因为不能看见她的身体，正同火里的毛虫一样，苦闷得难堪。他在心里思恼得好久，终究轻轻的把身子翻了过来，将他的面朝着了她的背，翻转了身子，他又觉得苦闷得难堪。不知不觉轻轻地一点一点的他又把身子挨了过去。到了他自家的腹部离她的突出的后部只有二寸余的时候，他觉得怎么也不能再挨近前去了，不得已他只得把眼睛闭拢。但是一阵阵从她的肉体里发散出来的香气，正同刀剑般，直割到他的心里去。他眼睛闭了之后，倒反觉得她赤裸裸的睡在他的胸前。他的苦闷到了极点了，"唉"的长叹了一声，放大了胆他就把身子翻了转来，与她又成了个背朝背的局面。他因为样子不好看，就把腰曲了曲，把两只脚缩拢了。

同上刑具被拷问似的苦了好久，到天亮之后，质夫才朦胧的睡着。他正要睡去的时候，那少女醒了。她翻过身来，坐起了半身，对质夫说：

"对不起得很，吵闹了你一夜。天也明了，雷雨也晴了，我不会怕了，我要回到间壁自家的房里去睡去。"

质夫被她惊醒，昏昏沉沉的听了这几句话，便连接着说：

"你说什么话，有什么对不起呢？"

等她走得隔壁门家房里之后，质夫完全醒了，朝了她的纸壁看了一眼，质夫就马上将身体横伏在刚才她睡过的地方。质夫把两手放到身底下去作了一个紧抱的形状，他的四体却感着一种被上留着的她的余温。闭口用鼻子深深的在被上把她的香气闻吸了一回，他觉得他的肢体部酥软起来了。

质夫醒来，已经是午前十点钟的光景，昨宵的暴风雨，不留半点痕迹，映在格子窗上的日光，好像在那里对他说：

"今天天气好得很，你该起来了。"

质夫起床开了格子窗一望，觉得四山的绿叶，清新得非常。从绿叶丛中透露出来的青天，也同秋天的苍空一样，使人对之能得着一种强健的感觉。含了牙刷，质夫就上温泉池去洗浴去。出了格子窗门，在回廊上走过隔壁的格子门的时候，质夫的末梢神经，感觉得她还睡在那里。刷了牙，洗了面，浸在温泉水里，他从玻璃窗口看看户外的青天，觉得身心爽快得非常，昨晚上的苦闷，正同恶梦一样，想起来倒引起了自家的微笑。他正在那里追想的时候，忽然听见一种娇脆的喉音说：

"你今天好么！昨天可对你不起了，闹了你一夜。"

质夫仰转头来一看，只见她那纤细的肉体，丝缕不挂，只两手提了一块毛巾，盖在那里；她那形体，同昨天他脑里描写过的竟无半点的出入。他看了一眼，涨红了脸，好像犯了什么罪似的，就马上朝转了头，一面对她说：

"你也醒了么？你今天觉得疲倦不疲倦？"

她一步一步的浸入了温泉水里，走近他的身边来，他想不看她，但是怎么也不能不看，他同饿狼见了肥羊一样，饱看了一阵她的腰部以上的曲线，渐渐的他觉得他的下部起作用来了。在温泉里浸了许久，她总不走出水来，质夫等得急起来，就想平心静气的想想另外的事情，好教他的身体得复平时的状态，但是在这禁果的前头他的政策终不见效。不得已他直等得她回房间去之后，才走出水来。

吃完了馆中兼带的饭，质夫走上隔壁的她的房里去，他们讲讲闲话，不知不觉的天就黑了，平时他每嫌太阳的迟迟不落，今天却只觉得落得太早。

第二天质夫又同她玩了一天，同在梦里一样，他只觉得时间过去得太快。

第三天的早晨，质夫醒来的时候，忽听见隔壁她房里，有男人的声音在那里问她说：

"你近来看不看小说？"（男音）

"我近来懒得很，什么也不看。"（她）

"姨母说你太喜欢看小说，这一次来是她托我来劝止你的？"

"啊啦，什么话，我本来是不十分看小说的。"

质夫尖着了两耳听了一忽，心里想这男人定是她的表哥。他一想到了自家的孤独的身世，和她的表哥对比对比，不觉滴了两颗伤感的眼泪。不晓什么原因，他心里觉得这一回的恋爱事情已经终结了。

一个人在被里想了许多悲愤的情节，哭了一阵。自嘲自骂的笑了一阵，质夫又睡着了。

这一天又忽而下起雨来了，质夫在被里看看外面，觉得天气同他的心境一样，也带着了灰色。他一直睡到十二点钟才起来，洗了面，刷了牙，回到房里的时候，那少女同一个二十七八岁的很时髦的大学生也走进了他的房里。质夫本来是不善交际的，又加心里怀着鬼胎，并且那大学生的品貌、学校、年龄，都在他之上，他又不得不感着一种劣败的悲哀，所以见她和那大学生进来的时候，质夫急得几乎要出眼泪，分外恭恭敬敬的逊让了一番，讲了许多和心里的思想成两极端的客气话，质夫才觉得胸前稍微安闲了些。那少女替他们介绍之后，质夫方知道这真是她的表兄 N。质夫偷眼看看那少女的面色。觉得今天她的容貌格外的好像觉得快乐。三人讲了些闲话，那少女和那大学生就同时的立了起来，告辞出去了。质夫心里恨得很，但是你若问他恨谁，他又说不出来。他只想把他周围的门窗桌椅完全敲得粉碎，才能泄他这气愤。旅馆的侍女拿饭来的时候，他命她拿了许多酒来饮了。中饭毕后，在房里坐了一忽，他觉得想睡的样子，在席上睡下之后，他听见那少女又把纸壁门一开，进他的房来。质夫因为恨不过，所以不朝转身来向她说话。她一步一步的走近了他的身边，在席上坐下，用了一只柔软的手搭上他的腰，含了媚意，问他说：

"你在这里恨我么？"

质夫听了她这话，才把身子朝过来，对她一看，只见她的表哥同她并坐在那里。质夫气愤极了，就拿了席上放着的一把刀砍过去。一刀砍去，正碰着她的手臂，"刹"的一声，她的一只纤手竟被他砍落，鲜血淋漓的躺在席上。他拼命的叫了一声，隔壁的那纸壁门开了，在五寸宽的狭缝里，露出了一张红白的那少女的面庞来，她笑微微的问说：

"你见了恶梦了么？"

质夫擦擦眼睛，看看她那带着笑容的红白的脸色，怎么也不信刚才见的是一场恶梦。质夫再注意看了她一眼，觉得她的脸色分外的鲜艳，颊上的两颗血色，是平时所没有的，所以就问说：

"你喝了酒了么？"

"啊啦，什么话，我是从来不喝酒的。"

"你表哥呢？"

"他还在浴池里，我比他先出来一步，刚回到房里，就听见你大声的叫了一声。"

质夫又擦了一擦眼睛，注意到她那垂下的一双纤手上去。左右看了一忽，觉得她的两只手都还在那里，他才相信刚才见的是一场恶梦。

这一天下午三点钟的时候，质夫冒了微雨，拿了一个小小的藤筐，走下山来赶末班火车回 N 市去，那少女和她的表哥还送了他一里多路。质夫一个人在汤山温泉口外的火车站上火车的时候，还是呆呆的对着了汤山的高峰在那里出神。那火车站的月台板，若用分析化学的方法来分析起来，怕还有几滴他的眼泪中的盐分含在那里呢。

质夫拿钞票付给冰店里那侍女的时候，见了她的五个嫩红的手指，一霎时他就把五年前在温泉场遇见的那少女的纤手联想了出来。当他进这店的时候，质夫并没注意到这店里有什么人。他只晓得命店里的人拿了一杯冰麒麟来；吃完了冰麒麟，就又命拿一杯冰浸的红茶来，既不知道他的冰麒麟和红茶是谁拿来的，也不知道这店里有几个侍女。及到看见了那侍女的手指之后，他才晓得刚才的物事是她拿来的。仰起头来向那侍女的面貌一看，质夫觉得面熟得很，她也嫣然对质夫笑了一脸问说：

"你不认识我了么？"

她的容貌虽不甚美，但在平常的妇女中间却系罕有的。一双眼睛常带着媚人的微笑，鹅蛋形的面庞，细白的皮肤。血色也好得很，质夫只觉得面熟，一时却想不出在什么地方见过的。她见质夫尽在那里疑惑，便对他说：

"你难道忘了么？Cafesans souci（法文：无忧咖啡馆——编者注）里的事情，你难道还会忘记不成？"

被她这样的一说，质夫才想了起来。Cafesans souci 是开在大学附近的一家咖啡店，他那时候，正在放浪的时候，所以时常去进出的。这侍女便是一二年前那咖啡店的当垆少妇。质夫点了一点头，微微的笑了一脸，把五元的一张钞票交给了她。她拿找头来的时候，质夫正拿出一枝纸烟来吸，她就马上把桌上的洋火点了给他上火。质夫道了一声谢，便把找头塞在她手里，慢慢的下楼走了。又在街上走了一忽，拿出表来一看，还不甚迟，他便走到丸善书店去看新到的书去。许多新到的英德法国的书籍，在往时他定要倾囊购买的，但是他看了许多时候，终究没有一本书能引起他的兴味。他看看 Harold Nicolson 著的 Verlaine（英文：哈罗德·尼可儿生的《佛尔兰传》——编者注），看看 Gourmont（果尔蒙，法国象征派诗人——编者注）的论文集《颓废派论》，也觉得都无趣味。正想回出来的时候，他在右手的书架角上，却见了一本黄色纸面的 DreamsBook（英文：《梦书》——编者注），Fortune' teller（英文：算命先生——编者注），他想回家的时候，电车上没有书看，所以就买定了这本书。在街上走了一忽，他想去看看久不见面的一位同学，等市内电车到他跟前的时候，他又不愿去了。所以就走向新桥的郊外电车的车站上来。买了一张东中野的乘车券回到了家里，太阳已将下山去了。

又是几天无聊的日子过去了。质夫这次从家里拿来的三百余元钱，将快完了。

他今年三月在东京帝国大学的经济学部，得了比较还好的成绩卒了业，马上就回国了一次。那时候他的意气还没有同现在一样的消沉。他以为有了学问，总能糊口，所以他到上海的时候，还并不觉得前途有什么悲观的地方。

阳历四月初的时候，正是阳春日暖的节季，他在上海的同大海似的复杂的社会里游泳了几日，觉得上海的男男女女，穿的戴的都要比他高强数倍。当他回国的时候，他想中国人在帝国大学卒业的人并不多，所以他这一次回来，社会上占的位置定是不小的。及到上海住了几天之后，他才觉得自家是同一粒泥沙，混在金刚石库里的样子。中国的社会不但不知道学问是什么，简直把学校里出身的人看得同野马尘埃一般的小。他看看这些情形又好气又好笑，想马上仍旧回到日本来，但回想了一下。

"我终究是中国人，在日本总不能过一生的，既回来了，我且暂时寻一点事情干吧。"

他在上海有四五个朋友，都是在东京的时候或同过学或共过旅馆的至友。一位姓 M 的是质夫初进高等学校时候的同住者，当质夫在那里看几何化学，预备高等学校功课的时候，M 却早进了某大学的三年级。M 因为不要自家去考的，所以日本话也不学，每天尽是去看电影，吃大菜。有一天晚晚上吃得酒醉醺醺回来，质夫还在那里念 tangent, cotangent, sine, cosine（英文：正切，余切，正弦，余弦——编者注），M 嘴里含了一枝雪茄烟，对质夫说：

"质夫，你何苦，我今天快活极了。我在岳阳楼（东京的中国菜馆）里吃晚饭的时候，遇着了一位中国公使馆员。我替他付了菜饭钱，他就邀我到日本桥妓女家去逛了一次。唉，痛快痛快，我平生从没有这样欢乐的日子过。"

M 话没有说完，就歪倒在席上睡了。从此之后，M 便每天跑上公使馆去，有的时候到晚上十二点钟前后，他竟有坐汽车回来的日子。M 说公使待他怎么好怎么好，他请公使和他的姨太太上什么地方去看戏吃饭。像这样的话，M 日日来说的。

一年之后质夫转进了 N 市的高等学校，M 却早回了国。有一天质夫在上海报上看见 M 的名氏，说他做了某洋行的经理。M 在上海是大出风头的一个阔人了。质夫因为 M 是他的旧友，所以到上海住了两三天之后，去访问了一次。第一次去的时候，是午前十一点钟前后，门房回复他说：

"还没有起来。"

第二天午后质夫又去访问了一次，门房拿名片进去，质夫等了许多时候，那门房出来说：

"老爷出去了，请你有话就对我说。"

质夫把眼睛张了一张，把嘴唇咬了一口，吞了几口气，就对门房说：

"我另外没有别的事情。"

质夫更有两个至友是在 C. P. 书馆里当编辑的，本来是他的老同学。到上海之后，质夫也照例去访问了一次。这两位同学，因为多念了几年书，好像在社会上也没有十分大势力，还各自守着一件藤青的哗叽洋服，脸上带着了一道绝望的微笑，温温和和的在 C. P. 书馆编辑所的会客室里接待他。质夫讲了几句无关紧要的话，就告辞了。到了晚上五点钟的时候，他的两位同学到旅馆里来看质夫，就同质夫到旅馆附近的一家北京菜馆去吃晚饭。他们两个让质夫点菜，质夫因为不晓得什么菜好，所以执意不点。他们两个就定了一个和菜，半斤黄酒。质夫问他们什么叫做和菜。他们笑着说：

"和菜你都不晓得么？"

质夫还有一位朋友，是他在 N 高等学校时代同住过的 N 市医专的选科生。这一位朋友在 N 市的时候，是以吸纸烟贪睡出名的，他的房里都是黑而又短的吸残的纸烟头，每日睡在被窝里吸吸纸烟，唱几句不合板的"小东人"便是他的日课。他在四五年前回国之后，质夫看见报上天天只登他的广告。这一次质夫回到上海，问问旅馆里的茶房，茶房都争着说：

"这一位先生，上海有什么人不晓得呢！他是某人的女婿，现在他的生意好得很呀！"

质夫因为已经访问过 M，同 M 的门房见过二次面，所以就不再去访问他这位朋友了。

质夫在上海旅馆里住了一个多月，吃了几次和菜，看了几回新世界大世界里的戏，花钱倒也花得不少。他看看在中国终究是没有什么事情可干了，所以就跑回家去托他母亲向各处去借了三百元钱，仍复回到日本来作闲住的寓公。

质夫回到日本的时候，正是夹衣换单衣的五月初旬。在杂闹不洁的神田的旅馆里住了半个月，他的每年夏天要发的神经衰弱症又萌芽起来了。不眠，食欲不进，白日里觉得昏昏陶睡，疏懒，易怒，这些病状一时的都发作了。他以为神田的空气不好，所以就搬上了东中野的旷野里去住。他搬上东中野之后，只觉得一天一天的消沉了下去。平时他对于田园清景，是非常爱惜的，每当日出日没的时候，他也着实对了大自然流过几次清泪，但是现在这自然的佳景，亦不能打动他的心了。

有一天六月下旬的午后，朝晨下了一阵微雨，所以午后太阳出来的时候，觉得清快得很。他呆呆的在书斋里坐了一忽，因七月七快到了，所以就拿了一本《天河传说》（The Romance of the Milky Way）出来看，翻了几页，他又觉得懒看下去。正坐得不耐烦的时候，门口忽然来了一位来访的客人。他出去一看，却是他久不见的一位同学。这位同学本来做过一任陆军次长，他的出来留学，也是有文章在里面的。质夫请他上来坐下之后，他便对质夫说：

"我想于后天动身回国，现在 L 氏新任总统，统一问题也有些希望，正是局面展开的时候，我接了许多北京的同事的信，促我回去，所以我想回国去走一次。"

质夫听了他同学的话，心里想说：

"南北统一，废督裁兵，正是很有希望的时候，但是这些名目，难道是真的为中国的将来计算的人作出来的么？不是的，不是的，他们不过想利用了这些名目，来借几亿外债，大家分分而已。统一，裁兵，废督，名目是好得很呀！但外债借到，大家分好之后，你试看还有什么人来提起这些事情。再过几年，必又有一班人出来再提倡几个更好的名目，来设法借一次外债的。革命，共和，过去了，制宪，地方自治也被用旧了。现在只能用统一，裁兵，废督，来欺骗国民，借几个外债。你看将来必又有人出来用了无政府主义的名目来立名谋利呢。聪明的中国人呀，你们想的那些好名目，大约总有一国人来实行的。我劝你们还不如老老实实的说'要名！要利！预备做奴隶'的好呀！"

质夫心里虽是这样的想，口里却不说一句话。想了一阵之后，他又觉得自家的这无聊的爱国心没有什么意思，便含了微笑，轻轻的问他的同学说：

"那么你坐几点钟的车上神户去？"

"大约是坐后天午后三点五十分的车。"

讲了许多闲话，他的朋友去了。质夫便拿了樱杖，又上各处野道上去走了一回。吃了晚饭，汲了一桶井水，把身体洗了一洗，质夫就服了两服催眠粉药入睡了。

六月二十八日的午后，倒也是一天晴天。质夫吃了午饭，从他的东中野的小屋里出来上东京中央驿去送他的同学回国。他到东京驿的时候已经是二点五十分了。他的同学脸上出了一层油汗，尽是匆匆的在那里料理行李并和来送的人行礼。来送的人中间质夫认识的人很多。也有几位穿白衣服戴草帽的女学生立在月台上和他的同学讲话。质夫因为怕他的应接不暇，所以同他点了一点头之后，就一个人清踽踽的站开了。来送的人中，有一位姓 W 的大学生，也是质夫最要好的朋友。W 看见质夫远远的站在那里，小嘴上带了一痕微笑，他便慢慢的走近了质夫的身边来。W 把眼睛闭了几次，轻轻的问质夫说：

"质夫。二年前你拼死的崇拜过的那位女英雄，听说今天也在这里送行，是哪一个？"

质夫听了只露了一脸微笑，便慢慢的回答说：

"在这里么？我看见的时候指给你看就对了。"

二年前头，质夫的殉情热意正涨到最高度的时候，在爱情上碰跌了几次。有一天正是懊恼伤心，苦得不能生存的时候，偶然在同乡会席上遇见了一位他的同乡 K 女士。当时 K 女士正是十六岁。脸上带有一种纯洁的处女的娇美，并且因为她穿的是女子医学专门学校的黑色制服，所以质夫一见，便联想到文艺复兴时代的圣画上去，质夫自从那一天见她之后，便同中了催眠术的人一般，到夜半风雪凛冽的时候，每一个人喝醉了酒，走上她的学校的附近去探望。后来他知道她不住在那学校的寄宿舍里，便天天跑上她住的地方附近去守候。那时候质夫寄住在上野不忍池边的他的朋友家里。从质夫寓处走上她住的地方，坐郊外电车，足足要三十几分钟。质夫不怨辛苦，不怕风霜雨雪，只管天天的跑上她住的地方去徘徊顾望。事不凑巧，质夫守候了两个多月，终没有遇着她一次，并且又因为恶性感冒流行的缘故，有一天晚上他从那地方回来，路上冒了些风寒，竟病了一个多月。后来因为学校的考试和种种另外的关系，质夫就把她忘记了。质夫病倒在病院里的时候，他的这一段癞虾蟆想吃天鹅肉的故事，竟传遍了东京的留学生界。从那时候起直到现在，质夫从没有见过她一面。前二月质夫在中国的时候，听说她在故乡湖畔遇见了一个歹人，淘了许多气。到如今有二个多月了，质夫并不知道她在中国呢或在东京。

质夫远远的站着，用了批评的态度在那里看那些将离和送别的人。听见发车的铃响了，质夫就慢慢的走上他同学的车窗边上去。在送行的人丛里，他不意中竟看见了一位带金丝平光眼镜的中国女子。质夫看了一眼，便想起刚才他同学 W 对他说的话来。

"原来就是她么？长得多了，大得多了。面色也好像黑了些。穿在那里的白色中国服也还漂亮，但是那文艺复兴式的处女美却不见了。"

这样的静静儿的想了一遍，质夫听见他的朋友从车窗里伸出头来向他话别：

"质夫，你也早一点回中国去吧，我一到北京就写信来给你。"

火车开后，质夫认识的那些送行的人，男男女女，还在那里对了车上的他的同学挥帽子手帕，质夫一个人却早慢慢地走了。

东中野质夫的小屋里又是几天无聊的夏日过去了。那天午后他接到了一封北京来的他同学的信，说：

"你的位置已经为你说定了，此信一到，马上就请你回到北京来。"

质夫看了一遍，心里只是淡淡的。想写回信，却是难以措辞。以目下的心境而论，他却不想回中国去，但又不能孤负他同学的好意。质夫拿了一枝纸烟吸了几口，对了桌上的镜子看了一忽，就想去洗澡去。洗了澡回来，喝了一杯啤酒，他就在书斋的席上睡着了。

又过了几天，质夫呆呆的在书斋里睡了一日。吃完了晚饭出去散步回来，已经九点钟了。他把抽斗抽开来想拿催眠药服了就寝，却又看见了几日前到的他同学的信。他直到今朝，还没有写回信给他同学。搁下了催眠药，他就把信笺拿出来想作口信。把信笺包一打开来，半个月前头他写的一张小说不像小说，信不像信的东西还在那里。他从第一句"我近来的心理状态，正不晓得怎么才写得出来。……"看起，静静的看了一遍，看到了末句的"……啊啊年轻的维特呀，我佩服你的勇敢，我佩服你的有果断的柔心。"他的嘴角上却露了一痕冷笑。静静的想了一想，他又不愿意写信了。把催眠药服下，灭去了电灯，他就躺上他的褥上去就睡，不多一忽，微微的鼾声，便从这灰黑的书室里传了出来。书斋的外面，便是东中野的旷野，一幅夏夜的野景横在星光微明的天盖下，大约秋风也快吹到这岛国里来了。

一九一二年七月改作